THE ROAD TO SCIENCE FICTION

科幻之路

⑮

回声之谷

［美国］詹姆斯·冈恩　编著
James Gunn

万年看客　等　译

译林出版社

图书在版编目（CIP）数据

回声之谷 / （美）詹姆斯·冈恩（James Gunn）编著 ; 万年看客等译. -- 南京 : 译林出版社, 2025. 1.
（科幻之路）. -- ISBN 978-7-5753-0429-0

Ⅰ. I14

中国国家版本馆CIP数据核字第2024HM4318号

著作权合同登记号 图字：10-2023-21 号

回声之谷 ［美国］詹姆斯·冈恩 / 编著 万年看客 等 / 译

策　　划 姬少亭 李兆欣
统　　筹 伍江南
责任编辑 刘帆帆 侯擎昊
翻译监制 东方木
装帧设计 孙逸桐
责任校对 王 敏
责任印制 闻媛媛

出版发行 译林出版社
地　　址 南京市湖南路 1 号 A 楼
邮　　箱 yilin@yilin.com
网　　址 www.yilin.com
市场热线 025-86633278
排　　版 南京展望文化发展有限公司
印　　刷 南京新世纪联盟印务有限公司
开　　本 880 毫米 × 1240 毫米 1/32
印　　张 8.5
插　　页 1
版　　次 2025 年 1 月第 1 版
印　　次 2025 年 1 月第 1 次印刷
书　　号 ISBN 978-7-5753-0429-0
定　　价 68.00 元

目录

法国篇

曾有一轮正宗且可辨识的、思想与艺术的运动，被后世称为科幻小说运动，它显然始于法国。儒勒·凡尔纳在1864年以《地心游记》（*Journey to the Center of the Earth*）开启了科幻文学的进程。当然，凡尔纳也有前辈，可一路追溯至古巴比伦人和他们的史诗《吉尔伽美什》，再到几十个世纪之后19世纪上半叶的玛丽·雪莱和埃德加·爱伦·坡。但凡尔纳的"奇异旅行"系列在科幻史上具有特别的地位：自从1864年他着手创作这套作品以来，科幻小说的进化线路就再也未曾断绝，而是一脉传承至今。

凡尔纳的法国前辈的作品中也曾涉及科幻：弗朗索瓦·拉伯雷的《巨人传》（*Gargantua and Pantagruel*，1532—1564）；西拉诺·德·贝尔热拉克[1]（Cyrano de Bergerac）的《月球远征记》（*A Voyage to the Moon*，1659）；伏尔泰的《小大人》（*Micromégas*，1750）；路易-塞

1. 法国剑客兼作家，他最重要的两部作品《另一世界，或月球上的国家和帝国》（《月球远征记》即为英文版书名）及其续作《太阳上的国家和帝国的趣史》，引述了当时物理学方面的成就，证明了宇宙的无限和永恒，反映出他对太阳中心说的信仰，小说中的科学知识和多级火箭、录音机等丰富想象，表明了他是法国科幻小说的先驱。

巴斯蒂安·梅西耶（Louis-Sébastien Mercier）的《二五零零年回忆录》[*Memoirs of the Year Two Thousand Five Hundred*；1771 年完成时的初稿书名是《二四四零年》（*Two Thousand Four Hundred Forty*）]；雷蒂夫·德·拉布勒托纳（Restif de la Bretonne）的《发现南方大陆》（*La découverte australe*，1781）；贾科莫·卡萨诺瓦·迪·塞恩加尔（Giacomo Casanova di Seingalt）的《二十日谈》（*Isocameron*，1788）。这批 18 世纪的法国小说归入日后被称为“哲理小说”（contes philosophiques）的范畴，却是科幻小说体裁的开山鼻祖。

凡尔纳在他的时代也有同道中人：天文学家尼古拉·卡米耶·弗拉马里翁（Nicolas Camille Flammarion）在虚构与非虚构作品当中都涉及过推想性质的内容，包括《世界末日》（*La fin du monde*，1893—1894）；阿尔贝·罗比达（Albert Robida）的未来主义插画往往伴随着他自己的说明文字，这些插画本身就是在讲述故事；维利耶·德·利勒-亚当[1]（Villiers de L'Isle-Adam）并不算科幻作家，但是也写过《未来夏娃》（*The Eve of the Future*，1886）；此外还不能忘了大 J. H. 罗尼（J.-H. Rosny aîné）。

罗贝尔·卢伊（Robert Louit）和雅克·尚邦（Jacques Chambon）在《科幻小说百科全书》中称，19 世纪 80 年代到 20 世纪 30 年代是“法国科幻的真正黄金时代，我们甚至可以称之为法国的纸浆小说时代”。这一时期的法国并没有纸浆杂志或者科幻杂志，但是许多综合杂志都会“定期刊载‘期望’[2]类短篇小说和连载长篇小说”。马克西姆·雅库博夫斯基在《惊异剖析》（*Anatomy of Wonder*）一书中指出：“许多成名主流作家都在涉足这类体裁的创作，如保罗·克洛岱

1. 法国象征主义的作家、诗人与剧作家。仿生人（android）一词即出自他的科幻小说《未来夏娃》。
2. 原文是法语“roman d'anticipation”，约等于“推想小说”，是一种文学体裁，通常关注未来，往往与科幻小说联系起来，但不能简单与之等同。

尔、埃米尔·左拉、阿纳托尔·法朗士、克洛德·法雷尔，以及地位较为边缘的雷蒙·鲁塞尔。”雅库博夫斯基进一步补充道，20世纪初法国科学传奇杂志的主要撰稿人“包括保罗·迪瓦、当利上尉[1]（Capitaine Danrit）、勒内·戴维南、安德烈·洛里耶、让·德·拉耶尔，以及安德烈·瓦莱丽”。

这一时期的另一位法国科幻作家是屈斯塔夫·勒鲁日（Gustave Le Rouge），他在1908年和1909年写了两部火星人题材的长篇小说，似乎要早于几年后埃德加·赖斯·巴勒斯（Edgar Rice Burroughs）的第一部火星人小说。在两次世界大战之间，法国还出现了一批科幻作家，如安德烈·库弗勒、路易·布瑟纳尔、奥克塔夫·贝利亚尔、泰奥·瓦赫雷、卡斯顿·勒胡（此人笔下最著名的作品当属长篇恐怖小说《歌剧魅影》）、若瑟·莫塞里、雷吉斯·梅萨克、莱昂·格罗克、莱昂·都德、埃内斯特·佩舍龙和莫里斯·勒纳尔等。

1935年，法国出版了首个科幻小说系列，比美国科幻迷在二战后自发的出版还早了十几年。该出版机构名为“世界之上”（Hypermondes），由梅萨克创办，只出版了三部作品，其中两部是梅萨克本人的长篇小说。1943年，梅萨克死于纳粹集中营。在1938年至1945年之间的动荡时期，雅克·施皮茨（Jacques Spitz）出版了20多部悲观主义科幻小说，雷内·巴尔贾维尔（René Barjavel）出版了2部战时科幻小说。

根据卢伊和尚邦的说法，C. P. 斯诺在1957年的讲座中提到的两种文化之间的鸿沟，在二战后的法国变得更加巨大了。“二战结束后，有两大因素严重影响了法国科幻的未来。首先，在大中小学以及所有的思想界当中，文理分科愈发严重。这一点使得立志成为小

1. 法国作家、政治家、军官埃米尔·德里昂（Émile Driant）的笔名，当利由德里昂的字母重新排列而成。

说家的人对于科学本身及其对人类生活的可能影响缺乏好奇心，并把许多人才赶出了科幻领域，同时还使得科幻被确定无疑地视为青少年的消遣读物。法国已经不再梦想本国的未来——乃至全人类的未来。其次，无论法国读者对于科幻还存有多少兴趣，都能从另一个来源得到满足，即美利坚合众国……”

到了 1952 年，美国科幻小说的译作开始影响到了法国科幻圈子。最先登陆法国的美国作品是 E. E. 史密斯（E. E. Smith）的《宇宙云雀号》（*The Skylark of Space*）和杰克·威廉森（Jack Williamson）的《智能机器人》（*The Humanoids*）。在前一年，黑潮出版社（Fleuve noir）创立了名为“期望”（Anticipation）的大众平装书系；而两大出版社伽利玛（Gallimard）和阿歇特（Hachette）联合创办了“奇异射线”（Rayon fantastique）书系。两年后，德诺埃尔出版社（Editions Denoël）开创了“未来的存在”（Présence du Futur）书系和“金属版 2000 系列”[1]（Editions Métal, Série 2000）书系，不过都仅仅持续了几年。1954 年其他的重要出版物还有法文版的《银河》（*Galaxy*）和《奇幻与科幻杂志》（*The Magazine of Fantasy and Science Fiction*），法文名称分别为《银河》（*Galaxie*）和《小说》（*Fiction*），而后者开始刊登法语短篇科幻小说、文章和评论。

在法国得以培养科幻读者群的关键因素之一是科幻得到了以鲍里斯·维昂、米歇尔·皮洛丹、雷蒙·格诺、莫里斯·布朗肖、乔治·加莱、斯蒂芬·斯普里埃勒和剧作家奥迪贝蒂为首的知识精英的接纳。这批人当中有几位创办了《科学家俱乐部》（*Le club des savanturiers*），格诺为月刊《批评》（*Critique*）写了一篇题为《一种新兴文学类型：科幻小说》（“Un nouveau genre littéraire: les sciences-

1. 这个书系的特点是每本书的封面都有金属反光，出版时间是 1954 年至 1957 年。

fictions”）的文章，米歇尔·布托尔为《南方手册》（*Cahiers du Sud*）写了《科幻小说发展的危机》（“La crise de croissance de la science-fiction”），维昂翻译了 A. E. 范·沃格特和亨利·库特纳（还有雷蒙德·钱德勒）的作品，另外他本人也创作过荒诞主义科幻作品。他于 1959 年去世，年仅 39 岁。20 世纪 50 年代开始初试啼声的还有斯特凡·伍尔、B. R. 布鲁斯（原名罗杰·布隆代尔）、库尔特·斯坦纳（原名安德烈·吕埃朗）、吉米·吉耶、理查德-贝西埃、M. A. 雷让、莫里斯·利马、让-卡斯顿·旺代尔、皮埃尔·巴尔贝、吉勒·托马斯和 J. L. 勒梅。

随着 20 世纪 50 年代向 60 年代过渡，弗朗西斯·卡尔萨克（原名弗朗索瓦·博尔德）、米歇尔·热里、热拉尔·克莱因、夏尔·亨内贝格、菲利普·屈瓦勒和克里斯蒂娜·勒纳尔为法国科幻做出了最重大的贡献。这一时期的其他作家包括雅克·斯泰亨贝格、茱莉亚·维尔朗热、马塞尔·巴廷、克劳德·谢尼斯、米歇尔·德穆特、让-皮埃尔·安德烈翁、让-皮埃尔·于贝尔和丹尼尔·瓦尔特。在维尔高（原名让·布吕勒）涉足科幻领域，创作了《你应该认识他们》（*You Shall Know Them*，1952）和《希尔瓦》（*Sylva*，1961）之后，其他一些主流作家也紧随其后，诞生了如皮埃尔·布尔的《人猿星球》（*Planet of the Apes*，1963）、罗贝尔·梅尔的《海豚之日》（*The Day of the Dolphin*，1967）和《末世之谜》（*Malevil*，1972）、克洛德·奥利埃的《ε 星上的生活》（*La vie sur Epsilon*，1972）等长篇小说。

新浪潮运动终于在 20 世纪 70 年代传到了法国。菲利普·K. 迪克、J. G. 巴拉德、托马斯·M. 迪施、哈伦·埃利森和诺曼·斯宾拉德等人的作品都被译成了法语，并且与 1968 年的五月风暴运动一拍即合，促使法国科幻从此走上了政治化道路。瓦尔特、安德烈翁和于贝尔走的都是这个方向，多米尼克·杜艾、皮埃尔·佩洛和菲利普·戈伊等人则紧随其后。这一趋势塑造了法国科幻小说的明显特征之一，正如雅库博夫斯基在解读热里的《不安定的时代》（*Le Temps incertain*，1973）时所说的："将英美科幻的推想特质与法国特有的社会政治因素相结合，是法国科幻小说迈出的重要一步。"法国科幻的另一个关注点是心理学以及雅库博夫斯基所谓的"对于软科学的依赖，这一点可能源自笛卡尔式环境伦理观[1]以及主流文学价值观"。

但在20世纪80年代法国科幻经受了一轮衰落。在卢伊和尚邦看来，原因或许在于公众的热情不足、出版数量太多、出版业当中普遍存在的问题，以及新法国科幻的"过度政治化"。这一时期，法国每年的本土科幻作品出版种类从40余种锐减到了五六种。一部分作者转而"更加关注风格、诗歌以及实验性写作"，另一些作者则开始"表达其如臻化境的个人世界。这些人当中有让-马克·利涅、雅克·巴伯里、弗朗西斯·贝特洛，尤其突出的是塞尔日·布吕索洛"，最后这位在不到10年的时间里出版了40多部长篇小说。根据卢伊和尚邦的评论，最后还有"第三类作者，他们将自己的技艺投入了所谓'新古典'科幻的创作，此类作品促使读者反思当代议题……同时又不放弃科幻极具异域风情与冒险经历的传统诱人之处"。他们举出了G. J. 阿尔诺、贝尔纳·西莫内和若埃尔·乌桑的例子。

雅库博夫斯基用下面这句话总结了法国科幻小说的经验："法国科幻的招牌不曾被纸浆小说这样的历史糟粕抹黑过。事实上，现代法国科幻小说往往是一杯制作复杂的鸡尾酒，调酒的主料包括凡尔

1. 即人类支配自然，环境代表着无穷无尽的资源，人类可以心安理得地开发利用，而不必心存忧虑。

纳，被曲解的英美流派影响，还有法国实用主义和通俗小说，再加上些许对结构主义、政治评论以及荒诞主义的热衷用来增加风味。”卢伊和尚邦则认为：“法国与科幻的关系史就是一段漫长的调情，穿插了数世纪的间歇性激情爆发。近年来，由于越来越多的法国人成为美国或英国科幻作品的热忱消费者，法国科幻的重心逐渐从作者向读者转移，从主动转向被动……法国本土科幻创作流派尚未真正成型。”

像所有的当代评价一样，对当前法国科幻的任何评价都肯定会随着日后的事件而改写。但是有一位作家的经历或许是未来的征兆：她用法语写作，但其主要主顾是美国的杂志和书籍出版商。她名叫伊丽莎白·沃纳尔博格（Élisabeth Vonarburg），住在加拿大法语区，而美国科幻小说在当地的存在感一直都很强。

（万年看客　译）

探索已知与未知的世界

我们从儒勒·凡尔纳开始。可以肯定，正如约翰·克卢特（John Clute）在《科幻小说百科全书》中指出的那样，凡尔纳的情况与 H. G. 威尔斯类似，他也会“有意识地依据早已在具备阅读能力的公众当中渗透开来的流行文学传统来进行写作”。即使在他的祖国法国，凡尔纳也能向若干位文坛前辈取经，例如 16 世纪的弗朗索瓦·拉伯雷，17 世纪的西拉诺·德·贝尔热拉克，18 世纪的伏尔泰、梅西耶、雷蒂夫·德·拉布勒托纳与贾科莫·雅各布·卡萨诺瓦，等等。这些人的作品不仅幻想奇丽，而且往往讽刺意味十足。此外凡尔纳还将埃德加·爱伦·坡视为榜样。他很欣赏后者的作品，但是或许有所误读。凡尔纳的优势在于他见识了工业革命与科学进步，特别是在探索方面。与他的前辈们不同，他能够在这种新式小说当中融入以下信念：科学与技术具备改变人类境遇的力量。

大时代与注定要体现时代的作家通过一本在 1864 年出版的小说走到了一起。小说中的人物钻进了冰岛的一座死火山口，由此进入了地球表面以下的神秘世界。《地心游记》并不是凡尔纳创作的第一部长篇小说，不过确实是他的第一本长篇科幻小说。凡尔纳于1828年出生在港口城市南特，他的父亲是一位律师，原本指望子承父业，但是凡尔纳却决定前往巴黎寻求文学生涯。在父亲的经济支持下，凡尔纳写了许多东西，但是总体而言并不成功。1857年，他娶了一位带着两个女儿的寡妇，并且成为巴黎证券交易所的一名经纪人，然而他的妻子鼓励他继续写作。他最终向一位名叫儒勒·埃策尔（Jules Hetzel）的新出版商成功推销了一部自己的作品。此人随即与凡尔纳签约，要求凡尔纳每年写一部长篇小说，他将会以连载形式将这些长篇小说刊登在自己新近创办的儿童杂志上，最后整理成书。经过一番修改，这部处女作变成了《气球上的五星期》（*Five Weeks in a Balloon*），并于1863年出版。这是一个关于探险与冒险的故事。

《地心游记》是一本与众不同的小说，书中洋溢着对于探险的热爱以及勇闯未知领域的豪迈气概。这两者是凡尔纳作品的典型特质。日后埃策尔将凡尔纳的作品整理成了合集，起名“奇异旅行”丛书，丛书的副标题是“前往已知与未知世界的远航”（“Voyages dans les mondes connus et inconnus”）。埃策尔在1867年指出，凡尔纳的“目标是归纳总结现代科学在地理、地质、天文等领域搜集到的一切知识，并且通过他那诱人且栩栩如生的特有笔法重新讲述我们所在宇宙的历史”。

这句话概括了凡尔纳后半生的事业。他成为探索已知与未知世界的先锋作家，偶尔也会插入一两部较为传统的历史小说与悬疑小说，甚至还有一部情节看似奇怪但却完全可行的《八十天环游地球》（*Around the World in Eighty Days*，1873），这部小说是他笔下最成功的作品。不过，1865年出版的《从地球到月球》（*From the Earth to the Moon*）为他未来的写作生涯树立了标杆，1870年的《海底两万里》（*Twenty Thousand Leagues Under the Sea*）则或许体现了凡尔纳艺术造诣的巅峰。凡尔纳不仅获得了事业成功，还获取了可观的金钱收益。用克卢特的话来说，“他成了家并且家道兴旺，住在一栋乡间别墅里，时常乘坐游艇出海，从不懈怠地向埃策尔的公司提供着一部又一部长篇小说，并且成为代表 19 世纪法国中产阶级的显赫人物”。与此同时，里昂・斯托弗（Leon Stover）在《圣詹姆斯科幻作家指南》（*St. James Guide to Science-Fiction Writers*）当中指出，凡尔纳受到了“马克思主义问世之前的社会主义牧首”克劳德・昂利・圣西门[1]思想的激励。圣西门的信徒们“将工业生产当作遍及全世界的进程来崇拜”，他们的口号是“全世界都属于人类”，他们相信工业革命将会“让全人类团结起来共同探索自然……不再因人剥削人而分裂”。

凡尔纳的作品几乎完全关注工程进步加持之下的人类现有能力。在他的作品当中，孜孜以求的心智与坚定进取的灵魂能使一切皆有可能。他不喜欢设想与推测，这一点是他的作品与 H. G. 威尔斯作品的根本区别。用凡尔纳自己的话来说，他本人惯于使用“物理”，而威尔斯则会“凭空发明”。当凡尔纳着手完善科幻小说时，探索时代已经进入了尾声，而凡尔纳对此乐见其成。与其说他关心全新的交通方式，倒不如说他更关心最新的工程奇迹能让人类前往哪些从未被涉足过的地方，包括深海与外太空。

凡尔纳的作品结合了惊异感与事无巨细的白描。他不仅带着读者踏上了前往“已知与未知”世界的旅程，还详细描述甚至列举了他们可能在这些世界发现的事物。日后有一位法国作家雷蒙・鲁塞尔（Raymond Roussel）将凡尔纳称作“古往今来最伟大的文学天才”；教皇利奥十三世称赞凡尔纳文笔纯粹；他还获得了法国荣誉军

1. 法国伯爵，是 19 世纪初叶杰出的思想家，马克思、恩格斯把他同傅立叶、欧文并列为三大空想社会主义者。

团勋章。他在 1905 年寿终正寝，临终时早已荣誉等身。但最重要的是，他开创了探索与介绍从来不为人知的神秘世界的科幻传统，这一传统直到今天都未曾消退。1926 年雨果·根斯巴克创办《惊奇故事》杂志时将三位作家当成了典范，凡尔纳是其中之一（其余两位是爱伦·坡与威尔斯）。他还在杂志刊头登载了一幅素描，画面上是凡尔纳位于亚眠的坟墓，凡尔纳掀翻了墓石，正在奋力向外爬。这幅画是对凡尔纳的不朽愿景的致敬。

（万年看客　译）

地心游记（节选）

［法国］儒勒·凡尔纳

第二十七章　地中海

起初我什么都看不见。由于不习惯光亮，我猛然闭上了眼睛。当我重新睁开眼时，我被面前的景象惊呆了。

“海！”我叫道。

“是的，”叔叔回答，“李登布洛克海，我想没有一个航海家能和我争夺发现它并以我的名字命名它的荣誉！”

这里是一个湖泊或大海的起点，广阔的水面一望无际。起伏的波涛在月牙形的海岸边止步不前，金色而细腻的沙滩上到处都是小贝壳，里面居住着地球上最初的生命。海浪撞碎在沙滩上，发出一种只有在封闭的巨大空间里才能听得到的奇特声响。细小的浪花在和风中飞舞，有几丝甚至吹到了我的脸上。在微微倾斜的海滩上，有一堵巨大的石壁矗立在距海水六百多英尺的地方，它笔直向上，高耸入云。石壁下部有几块锋利的岩石一直插入海中，形成许多岬角，碎浪的牙齿咀嚼着它们。远处，在烟雾迷蒙的地平线上，肉眼能清晰地看到这些岬角的影子。

这是一片名副其实的海洋，海岸线曲折不定，但它渺无人烟，荒凉得可怕。

我的眼睛之所以能看到大海的远处，是因为有一道特殊的光线照亮了一切。这道光线不是光芒四射、热力无穷的太阳光，也不是苍白朦胧、冷若冰霜的月光，不是，这道光线的照明能力、它在传播过程中摇曳不定的特点、它那明亮干燥的白色、它所造成的微弱的气温上升，还有它事实上强于月光的亮度，这一切都非常明显地说明存在着一个电源。它就像一道北极光、一种宇宙间持续不断的现象，照遍了这个可以容纳一个海洋的山洞。

你要是愿意，可以把我头上的穹顶称为“天空”。它似乎是由巨大的云团构成的，这些变幻莫测的蒸汽一旦遇冷凝结，随时都可能化为倾盆大雨。我原以为在这样高的气压下，水不会产生蒸发现象，然而，由于某种不为我所知的物理原因，空中飘浮着大面积的水汽。不过当时“天气很好”。电层在高高的云端造就了奇异的光线变化，下面的云朵则笼罩着浓重的阴影。强烈的光线时常会从两片云彩之间穿过，一直照到我们身上。不过归根结底，这不是太阳光，因为它不产生热量。我有一种凄凉肃杀的感觉。我意识到在这云层的上面，不是星光灿烂的天空，而是把所有重量都压在我身上的花岗岩穹顶，不管这个空间多么巨大，它也不够星星——哪怕是最小的——在里面自由飞翔。

这时我想起了一个英国船长的理论，他把地球比作一个中空的巨大圆球，球内的空气由于压力而发着光，而普鲁托[1]和普罗塞毕娜[2]两个星座则在里面划出一道道神秘的轨迹。难道他的话是真的？

1. 罗马神话中的冥王，在希腊神话中名为哈德斯。
2. 罗马神话中冥王普鲁托的妻子，和后者一起统治阴间，在希腊神话中名为普西芬尼。

我们确确实实被关在这个巨大的洞穴里了。我们无法判断洞穴有多宽，因为海岸向两边无尽地延伸下去；也无法知道它有多深，因为我们只能看到一条模糊的地平线。它一定有好几英里高，因为肉眼看不到架在花岗岩石壁上的穹顶；但在空中大约二点五英里的高度，飘浮着很多云团，它们比地球上云层的高度还要高，这可能是因为空气密度较大。

“洞穴”一词显然不足以描绘这个巨大的空间。对于一个来到地球深处冒险的人来说，人类的语言是永远不够用的。

此外，我不知道用什么地质学原理来解释这个巨大洞穴的存在。它是由于地球冷却而形成的吗？我读过一些游记，也知道一些著名的洞穴，可是没有一个能有这么大。

如果冯·洪堡先生在勘探了哥伦比亚的瓜夏拉山洞[1]之后，没有测量出它的深度为两千五百英尺的话，那么仅凭目测人们是不会认为它有这么大的。美国肯塔基州的猛犸洞[2]也十分巨大，因为它的穹顶高于深不可测的湖水五百英尺，游客们深入洞穴二十五英里，却仍然看不到尽头。但是，在我现在欣赏的这个洞穴前，前面提到的那些山洞能算什么呢？这里的天空云层密布，电光四射，洞穴里还蕴藏着一片浩渺的海洋。面对如此宏大的景象，我的想象已经无能为力了。

我静静地凝视着这壮观的景色，感觉无法言喻。我仿佛身处天王星或海王星这样遥远的星球，看到了地球人所难以体验的奇观。要描绘这种全新的感受，就必须用全新的字眼，但是我想不出。我看着，想着，赞叹着，既惊愕又恐惧。

---

1. 因洪堡的描述而著名，它先是一条长达四百七十二米的笔直通道，通道尽头有一个深度为两百一十米的洞穴。
2. 位于美国肯塔基州的著名洞穴。

这种意想不到的景象使我的脸上重新泛起了健康的色彩。惊讶犹如一种崭新的疗法，治愈了我的伤痛。此外，浓密清新的空气为我的肺提供了更多的氧气，使我重新振作起来。

不难想象，对于一个在狭窄的坑道里被囚禁了四十七天的人而言，能呼吸到这种潮湿而略带咸味的海风，真是无穷的享受。

因此我一点都不为自己离开阴暗的石洞而后悔。叔叔早就习惯了这些奇景，因此他不再惊讶。

“你有力气散一会儿步吗？”他问我。

“当然有，”我回答，“没有什么能比散步更令我惬意的了。”

“好吧，挽着我的胳臂，阿克赛尔，让我们沿蜿蜒的海岸走走。”

我连忙表示同意，于是我们便开始沿着这片新发现的海洋散步。在我们的左面，陡峭的岩石层层叠叠，形成巨大的一堆，给人一种不可思议的感觉。岩石的侧壁上悬挂着无数瀑布，清澈的水帘隆隆地倾泻着。几缕轻烟在岩石之间飘荡，显示着沸泉的位置；小溪平缓地朝大海这个公共蓄水池流去，它们在斜坡上寻找着机会，以便发出更加悦耳的潺潺声。

在这些溪流中间，我认出了我们忠诚的旅伴——汉斯小溪，它平静地汇入大海，仿佛从地球诞生的那一天起，它就没有做过其他事情。

“我们会想念它的。”我叹了一口气说。

“唉，”教授回答道，“这条或那条小溪，对我们来说又有什么区别呢？”

我觉得他的回答有点忘恩负义。

可是这个时候，我被一种意想不到的景色吸引住了。在离我们五百步远的一个岬角拐弯处，出现了一片高大、茂密、深邃的森林。森林里的树木不高不矮，呈规则的阳伞状，带着清晰的几何形轮廓。

空气的流动似乎对树叶毫无影响，它们在微风中岿然不动，如同一片用石头做成的雪松林。

我加快脚步。我无法叫出这种奇特树种的名字。也许它们根本就不是目前为人类所知的二十万种植物中的一种？也许它们应该在湖沼植物群中占据一个特殊的地位？是的，当我们来到树荫底下的时候，我的惊讶早已变成了赞叹。

其实，在我面前的是地球植物，只是体型非常庞大。叔叔立刻叫出了它们的名字。

"这不过是一片蘑菇林罢了。"他说。

他说得对。大家可以想象一下这种喜欢温暖潮湿的植物生长得有多好。我听说，根据布里亚[1]的理论，"巨型马勃"的口径可以达到八至九英尺。可是生长在这里的却是高达三十至四十英尺的白蘑菇，而且蘑菇伞的直径完全相同。它们多得数以千计。光线无法穿过这片浓密的阴影，因此蘑菇伞下一片漆黑，这些小圆顶并排着，犹如某个非洲居民区的圆屋顶。

我想到蘑菇林的深处去。一股能置人于死地的寒气从多肉的蘑菇伞上袭来。我们在这片潮湿的黑暗中游荡了半个小时，当我们回到海边的时候，我从心底里感到万分舒服。

不过，这个地下王国的植物并不局限于蘑菇。远处一丛一丛地长着大量其他树木，树叶都已经褪了颜色。它们很容易辨认，都是地球上比较低级的灌木，只是体积大得惊人：有一百英尺高的石松、巨型的封印木，也有和生长在高纬度地区的冷杉一样高大的乔木状蕨类，还有鳞木，它们长着圆柱形分杈枝茎和长长的叶子，满是皮刺，看上去就像令人恶心的油性植物。

1. 法国生物学家，真菌学的创始人之一。

“真惊人、真奇妙、真壮观！”叔叔叫道，“地球第二纪，也就是过渡期的植物群落全在这里了。这些今天生长在我们花园里的低级植物，在地球诞生之初就像树一样高大！看，阿克赛尔，看吧！没有一个植物学家能这样大饱眼福！”

“说得对，叔叔。上苍似乎有意要把这些古老的植物保存在这个巨大的温室里，而这些植物被聪明的科学家们复制得如此相像。”

“不错，孩子，这里的确是一个温室，不过，要是你说这里也许还是一个动物园，那就更确切了。”

“动物园！”

“是的。你看我们脚下的尘土，还有地上四散的骸骨。”

“骸骨！”我叫道，“对，是古代动物的骸骨！”

我跑向那些由不可分解的矿物质[1]组成的古老遗骸，毫不犹豫地叫出了这些巨型骨骼的名字，它们就像是枯树的躯干。

“这是乳齿象的下颚骨，”我说，“这是恐兽的臼齿，这是巨型野兽大懒兽的股骨。是的，这里的确是一个动物园，因为这些动物的骸骨肯定不是由于地壳的运动而被搬运到这里来的。这些动物本来就生活在地下海的岸边、乔木植物的阴影下。瞧，我看到一副完整的动物骨骼。可是……”

“可是什么？”叔叔问。

“我不懂这个花岗岩洞穴里怎么会出现这种四足动物。”

“为什么？”

“因为动物在地球上出现的时代应该是第二纪，也就是当沉积地层在河流的冲积作用下形成，并且取代了原始时代的灼热岩石之后。”

---

1. 磷酸钙。——原注

“是的！阿克赛尔，有一个很简单的回答能消除你的疑问：这里的地层本身就是沉积地层。”

“什么！在地面以下如此深的地方会有沉积地层？”

“不错，这种现象在地质学上是可以解释的。有一段时期，地球被一层具有伸缩性的外壳包裹着，这层外壳在地心引力的作用下交替起伏。有一部分沉积地层可能在地面发生塌陷的时候，被带进了突然裂开的地缝。”

“也许是这样。可是，既然在地下的这个区域曾经生活过古代动物，那么有谁能保证它们现在没有仍然游荡在黑暗的森林里，或是陡峭的岩壁后呢？”

想到这里，我不无恐惧地观察了一下地平线；但是空旷的海岸上没有出现任何动物。

我有点累，于是便走到一个岬角的顶端坐下。海浪打在岬角底部，发出阵阵响声。从这里，我可以看到整个被月牙形海岸线环绕着的海湾。在海湾尽头的金字塔形岩石中间，有一个小小的港口。由于不受海风的影响，港口的水面非常平静。这里足以停泊一艘大船和两三艘小船。我几乎以为自己能看到几艘鼓足风帆的小船，正借着南风出海远航呢。

不过这种幻觉很快就消失了。我们是这个地下世界唯一有生命的动物。风暂时停下的时候，冷漠的岩石和海面就被一种比沙漠上更为深沉的寂静笼罩着。这时候，我想穿过远处的迷雾，撕开遮在地平线上的神秘缦纱。我急于提出的是什么问题？大海的尽头在何处？它通向何方？我们能否有朝一日看到它的彼岸？

叔叔对这些问题的答案深信不疑。而我则既想知道，又怕知道。

我们凝视着这些奇妙的景象，过了一个小时，才踏上通往石洞的沙滩小路。当晚，我在千奇百怪的念头中酣然入睡。

第三十章　海兽大战

八月十五日，星期六。大海依旧单调乏味。看不到一丝陆地的影子。地平线似乎非常遥远。

由于昨天的胡思乱想，我的头还是晕晕乎乎的。

叔叔不曾胡思乱想，可是他的心情很不好。他用望远镜观察了周围的每一个角落，然后气恼地交叉起双臂。

我发觉李登布洛克教授似乎要重犯他性急的老毛病，于是就把它写进日记。只有在我遭遇危险、忍受痛苦的时候，他才曾经表现出一丝人情味。然而我一旦康复之后，他又恢复了本性。可是有什么值得他发火呢？难道我们的旅行进展得还不顺利吗？难道木筏前进得还不够快吗？

“你好像很着急，叔叔。”我看到他不时举起望远镜张望，就对他说。

“着急？不。”

“那么是不耐烦？”

“比这更小的事都会让人不耐烦！”

“可是我们前进的速度很快……”

“快有什么用？我不是嫌我们的速度太慢，而是嫌海太大！”

我想起出海前，教授曾经估计这片地下海的长度是七十五英里左右。可是我们现在已经航行了三倍的距离，南方的海岸还是遥不可及。

“我们并没有在下降！”教授又说，“这一切都是在浪费时间，再说，我来这么远的地方，可不是为了在这个池塘里划船！”

他称渡海是划船，称这片海洋是池塘！

“可是，”我说，“既然我们走的是萨克努塞姆指明的道路……”

“问题就在这儿。我们走的的确是他走过的那条路吗？萨克努塞姆是否也碰见了这片广阔无边的海洋？他是否也渡了过去？那条为我们指引方向的小溪会不会把我们带上歧路？”

“不管怎么样，我们来到这里一点都不遗憾。这里的风景太奇妙了，而且……”

“我们不是来看风景的。我为自己确定了一个目标，我要实现它！所以别和我谈什么欣赏风景！”

我牢牢记住了他的话，于是便听任教授独自咬着嘴唇心急如焚。晚上六点，汉斯要求发薪金，叔叔给了他三块银币。

八月十六日，星期日。一切如旧。天气照常。风力稍稍增强了一些。我醒来时，首先关心的便是光亮。我总是担心这电光会逐渐暗淡，直至熄灭。这种担心并没有变成现实。木筏的影子清晰地投射在海面上。

这海真是无边无际！它可能和地中海，甚至和大西洋一样宽。为什么不呢？

叔叔测量了好几次水的深度。他拿出一根一千两百英尺长的绳索，将一把沉重的铁镐系在顶端，然后放入水中。可是碰不到底。我们费了好大的劲才收回铁镐。

铁镐被拉上木筏后，汉斯指给我看上面明显的痕迹。它似乎被两个坚硬的物体猛烈地夹击过。

我看着向导。

他说了一个丹麦词。

我听不懂，回过头去看叔叔，叔叔正陷入沉思。我不想打扰他，便重新回头看着冰岛人。他张开嘴，然后又闭上，重复了好几次，才使我明白了他的意思。

“牙齿！”我仔细地看了看铁镐，惊诧地说。

是的，这的确是嵌进铁镐内的牙印！长着这些牙齿的颚骨一定力大无比！难道在海水深处，活动着一种比鲨鱼更为凶猛、比鲸鱼更为可怕、在地球上早已灭绝了的怪兽？我盯着这根几乎被咬断的铁镐，心想昨夜的梦难道真的要变成现实了？

我整整一天都被这种想法折磨着，只是后来睡了几个小时，才勉强平静下来。

八月十七日，星期一。我试图回忆第二纪古代动物的特性，这些动物出现在软体动物、甲壳动物和鱼类之后，哺乳动物之前。当时整个地球属于爬行动物。这些怪兽主宰着侏罗纪时期的海洋[1]。自然给了它们最为完善的构造。它们的体型何等巨大！力量何等神奇！如今的爬行动物，不管是鼍龙还是鳄鱼，不管它们多么巨大、多么凶猛，和它们早期的祖先相比，只是些软弱无力的小爬虫！

想到这些怪兽，我不禁打了一个寒噤。没有人亲眼见到过这种活的动物。尽管它们在人类出现几十万年之前就生活在地球上，但是根据在石灰质黏土里发现并被英国人称为“下侏罗纪化石”的骨骼化石，人们可以复制出它们的结构，了解它们巨大的体型。

我曾经在汉堡博物馆看到过一具长达三十英尺的爬行类动物骨骼。难道我这个地球的居民命中注定要和这些古老的动物见面吗？不，不可能！可是铁镐上确确实实刻着有力的牙印，从这些牙印来看，这头怪兽的牙齿是圆锥形的，和鳄鱼一样。

我惊恐地注视着大海，生怕看到一个海底洞穴的居民蹿出来。

---

1. 侏罗山脉的地层就是由第二纪时期的海洋上升构成的。——原注

我想即使李登布洛克教授不像我这样害怕，至少也同意我的看法，因为他在检查了铁镐之后，也用目光扫视着海面。

“这主意真见鬼！”我自言自语道，“他怎么会想到测量水深的！他一定打搅了某个动物的休息，要是我们在海上不受到袭击……”

我看了看武器，它们都很好，我稍稍放心了一点。叔叔看着我，用手势对我表示赞同。

水面剧烈地动荡着，这已经说明了水底的骚动。危险在逼近，必须小心。

八月十八日，星期二。夜晚降临了，确切地说是睡意来临的时候到了，因为这片海上没有黑夜，直射的光线使眼睛感到很疲劳，仿佛我们是航行在阳光照耀着的北极海面上一样。汉斯把着舵。他值班的时候，我睡着了。

两个小时后，一阵可怕的震动将我惊醒。木筏被一种难以形容的力量从水面上掀起，抛到一百三十多英尺以外的地方。

“怎么了？”叔叔叫道，“是不是触礁了？”

汉斯指着一千三百英尺开外的海面，有一头黑乎乎的东西正在起伏着。我看着叫了起来：“是一头巨大的鼠海豚！”

“对，”叔叔回答说，“现在又来了一条异常巨大的海蜥蜴！”

“远处还有一条可怕的鳄鱼！你看它的颚骨有多宽！还有牙齿！啊！它消失了！”

“鲸鱼！一条鲸鱼！”这时候教授叫道，“我看到它那巨大的鳍了！你看它鼻孔里喷出的水和气！”

果然，海面上升起了两根高高的水柱。面对这一群海兽，我们惊恐万状。它们大得异乎寻常，即使是其中最小的海兽也能用牙齿把木筏一口咬断。

汉斯转着舵，想让筏子顺风行驶，以便逃离这群危险的动物；可是他在木筏的另一侧看到了同样可怕的敌人：一只四十英尺宽的海龟和一条三十英尺长的海蛇，后者那巨大的脑袋伸在水面上。

逃不掉了。这些爬行动物在逼近；它们围着木筏迅速地转着，就是高速行驶的火车也没有它们快；它们以木筏为中心，划出一个又一个圆圈。我拿起了枪。可是子弹打在这些动物的鳞片上，又会有什么用呢？

我们吓得连气都不敢出。它们来了！一边是鳄鱼，另一边是海蛇。其他海兽全都不见了。我想开枪，汉斯用手势制止了我。两头怪兽从离木筏三百多英尺远的地方游过，相互朝对方猛扑过去，它们是如此狂怒，所以根本没有看到我们。

战斗在离木筏六百多英尺远的海面上展开。我们可以清晰地看到两头怪兽的搏斗。

现在其他海兽似乎也赶来参加战斗了：鼠海豚、鲸鱼、海蜥蜴、海龟。我每时每刻都能见到它们。我指给冰岛人看。可是他摇了摇头。

“两头。”他说。

“什么！两头？他说只有两头怪兽……”

“他说得对。”叔叔叫着说，他一直用望远镜注视着怪兽。

“怎么会！”

“没错！第一头怪兽长着鼠海豚的嘴、海蜥蜴的头和鳄鱼的牙齿，所以我们会看错。这是古代爬行动物中最可怕的鱼龙！”

“另一头呢？”

“另一头是长着龟壳的海蛇，它叫蛇颈龙，是鱼龙的死敌！”

汉斯说得没错。仅仅两头怪兽就把海面搅得天翻地覆。在我眼前的是两头原始海洋里的爬行动物。我看到鱼龙血淋淋的眼睛大得就像人头。自然给了它强有力的视觉器官，因而它能承受水的压力，生活在深海。人们曾称它是海蜥蜴中的鲸鱼，这不无道理，因为它有着和鲸鱼一样大的体型、一样快的速度。鱼龙在水面上竖起垂直的尾鳍时，我估算出了它的大小：它至少有一百英尺长。它的颚骨也十分巨大，自然学家们认为它至少有一百八十二颗牙齿。

蛇颈龙的身体呈圆筒形，尾巴很短，四肢像桨。它的身体盖满了甲壳，天鹅般柔软的头颈高高地伸在离水面三十英尺的空中。

两头海兽狂怒地撕打着。它们掀起像山一样高的浪涛，甚至波及我们的木筏。我们有好几次几乎就要沉没了。海面上传来极为尖厉的叫声。两头海兽缠绕在一起，我无法辨认出它们。胜利者的愤怒令人心惊胆战。

一个小时过去了，两个小时过去了。战斗进行得依然激烈。两名战士一会儿接近木筏，一会儿又离它而去。我们一动不动，时刻准备开枪。

突然，鱼龙和蛇颈龙都不见了，水面上形成了一道名副其实的漩涡。好几分钟过去了。难道战斗将在大海深处结束吗？

猛然间，一只巨大的脑袋伸出海面，这是蛇颈龙的脑袋。怪兽受到了致命的创伤。我再也看不到它的甲壳，只见它的长颈伸起来、落下去、再伸起来、再落下去，就像一根巨大的鞭子抽打着波涛，它的身体犹如被截断了的蠕虫一样扭曲着。海水溅到很远的地方，蒙住了我们的眼睛。但是，这头海兽的垂死挣扎不久就接近了尾声，它的动作逐渐减弱，身体也逐渐不再扭曲，最后这条长蛇一动不动地躺在平静下来的海面上。

至于鱼龙，它是回到自己的海底洞穴去了呢，还是会重新出现在海面上？

（陈伟　译）

构想未来

儒勒·凡尔纳通过每年一部的长篇小说向全世界传达的愿景被一群与他同时代的人引向了不同的方向。这其中有天文学家尼古拉·卡米耶·弗拉马里翁，也有插画家阿尔贝·罗比达。弗拉马里翁在 1880 年出版了《大众天文学》(*Popular Astronomy*）一书，不过他早在学生时代就开始创作科学传奇，并且在 1862 年出版了《可居世界的众多》(*La pluralité des mondes habités*）与《其他世界的居民》(*Les habitants des autres mondes*）两本书。这两本书都是非虚构的推想作品。随后他又在 1864 年出版的《真实和想象的世界》(*Real and Imaginary Worlds*）一书中进一步渲染了前两部作品的内容——此时凡尔纳的创作生涯甚至还没开始起步。再接下来弗拉马里翁还出版了两部关于灵魂转世的传奇小说——《斯黛拉》(*Stella*，1877）与《尤安妮》(*Uranie*，1889)。但是他最重要的作品还是 1893 年至 1894 年出版的《世界末日》(*La fin du monde*)。根据布赖恩·斯塔伯福德的说法，弗拉马里翁的名誉在晚年受到了一定损害，因为那时他对通灵术产生了浓厚的兴趣（就像他的朋友柯南·道尔一样)。

另一方面，罗比达则是一位讽刺作家，他最杰出的作品都是用石板笔与蜡笔创作出来的。《科幻小说百科全书》的编者彼得·尼古拉斯（Peter Nicholls）和乔恩·古斯塔夫森（Jon Gustafson）称他为19世纪法国最重要且最受欢迎的科幻插画家。起初他为拉伯雷、西拉诺、斯威夫特以及弗拉马里翁的作品绘制插画，后来逐渐开始撰写搭配插画的评论文字。他的大部分插画最早以连载形式在期刊中分期出版。1879年，罗比达出版了以戏谑模仿凡尔纳为主题的《萨图尔宁的非凡历程》（*Voyages très extraordinaires de Saturnin Farandoul*），并且在书中声称主人公"进入了儒勒·凡尔纳先生知道与不知道的所有国家"。在他职业生涯后期的1890年，他创作了一部以时空旅行为题材的奇幻小说《远古与我们今天同在》（*Jadis chez audjourd'hui*）。1902年他又创作了一部以时光倒流为题材的小说《世纪之钟》（*L'horloge des siècles*）。他的旺盛创作力保持到了人生的终末，在1925年还出版了未来幻想小说《空中城堡》（*Un chalet dans les airs*）。

不过他最重要的作品当属创作于19世纪80年代的《二十世纪》（*Le vingtième siècle*）。该系列插画自1882年开始连载，共计50期。插画内容描述了受到新技术影响的未来生活，这些新技术包括电话、电视、食品工厂、海底城镇、飞行出租车以及水下运动。随后他又在1883年出版了续作《电气生活》（*La vie électrique*），同年《二十世纪的战争》（*La Guerre au vingtième siècle*）也在《讽刺漫画》（*La Caricature*）杂志上连载。他还在1887年出版了同名小说，但内容略有不同。在小说当中，他设想1945年爆发了世界大战，届时飞行器将会轰炸敌方城市并攻击敌人的坦克；毒气和细菌武器都会得到应用；此外还会出现火焰喷射器、潜艇与水下部队。

在尼古拉斯与古斯塔夫森看来："上述作品中的文字通常而言

并不出众。但是在大多数情况下，这些作品的插画——往往采取了细节详尽的讽刺漫画风格——总是一以贯之地充满了创造性和趣味性……他的机器和武器通常都是精心设计的产物——某些设计或许还能投入使用……”另一方面，I. F. 克拉克（I. F. Clarke）在《期望模式》（*The Pattern of Expectation*）当中指出：“所有这些致命的活动都发生在想象当中的无人区。尽管罗比达描述了城市的灭亡，但他那天真取乐的心态使他无法真正想象未来欧洲全面战争的实际后果。”克拉克将这一点称作“一塌糊涂的预测失败”，并继续指出：“罗比达与其他假想战争的作者们的预测取决于想象力与理智之间的危险差异，这种差异严重妨碍了针对未来可能性的冷静分析。他们设想的世界大战一方面天翻地覆，另一方面却又一切如故；一方面充斥着大规模装备的致命武器，另一方面又不会对工业化世界的复杂结构造成任何灾难性的影响。他们的思想偏见致使他们对于这其中的矛盾视而不见，不以为意。”

尽管如此，罗比达的确为凡尔纳的想象提供了细节详尽的视觉呈现。克拉克称他为“科幻史上最有才华且最具原创性的艺术家”。

（万年看客　译）

二十世纪的战争

[法国]阿尔贝·罗比达

一、征兵动员

1945年上半年出奇地平静。多瑙帝国小规模内战持续了3个月，美国在海岸试图登陆时被我军潜艇舰队击退，中国在科西嘉岛的军事行动被粉碎，除了这些日常的小打小闹以外，欧洲极其平静。

我的朋友法比尤斯·莫里纳斯是个来自图卢兹的年轻人，颇具魅力，靠吃利息而生活无忧。1945年6月25日，他悠闲地叼起一支烟，把窗户大开着，窗外花园的花香和比利牛斯的微风吹进房间里来。法比尤斯有些疲惫，两天来他一直忙着收拾行李，准备在海滨浴场开放的时节去挪威海岸度假。莫里纳斯之前一门心思准备行李，完全没空收听电话播报的新闻。6月25日中午，他通过电话听说两天前战争的导火索点燃了，本来一片光明的政治前景突然阴暗下来，他很是震惊。严重的是，这次冲突完全发生在金融层面，起因是直击各方利益的关税问题。生意就是生意，如今，文明人的贸易条约要用大炮来保驾护航。“行吧，行吧，”莫里纳斯心想，“只要别耽误我去浴场度假就行。”他手中的烟即将燃尽时，电话那头说：

"征兵令：

"今征法比尤斯·莫里纳斯先生为本土空军第六中队二等炮兵，请于今日下午5点到蓬图瓦兹上空3 200米处"雀鹰号"航空舰报道。"

"见鬼！"莫里纳斯叫着跳起来，"就要1点了，我得赶紧！今年是去不成海滨浴场了。"莫里纳斯已经习惯了匆忙离家，他快速拨了几通电话告别，收好各种证件。随后，他打开抽屉，依次取出自己的装备。45分钟后，莫里纳斯已经系好护腿，绑好军装上衣，大衣斜挂在肩上，自动手枪和长刀收在腰间，氧气囊挂在胸前，和一群人一起进入巴黎通道。而后，一辆专列将他们送至巴黎。4点10分，他们有些木然地到达通道总站，飞行器已经在等待人马到齐。5点整，这队航空员抵达了他们的终点，踏上了"雀鹰号"航空舰的甲板。

"雀鹰号"的指挥官把士兵们召集起来，告诉他们将在午夜之时宣战，激动的言语中洋溢着爱国之情。机组人员匆忙安顿下来。指挥官时不时看一下手表。忽然，下方传来一声信号，中尉按下一个按钮，启动了电动推进器，"雀鹰号"开始前进，带着我的朋友莫里纳斯驶向荣耀。

黎明时分，一股令人作呕的气味唤醒了吊床上的莫里纳斯，他登上甲板，发现"雀鹰号"正在穿过一层浓雾。舰队遇上了一队正在执行任务的喷雾飞艇，它们正在用浓雾掩盖边境，以便隐蔽军事行动。

二、移动碉堡

法比尤斯扶着"雀鹰号"的栏杆俯身看去，思绪混乱。事情发展之快让他仍处在茫然中，他恍惚间还以为自己在去海滨浴场的途中，"我带泳衣了吗？见鬼！只有量身定制的泳衣才有格调！"

耳边的一声炮响将法比尤斯猛然拽回现实。他睁大眼睛，前方600米处出现一队敌方的移动碉堡，被浓雾阻碍了前进。工程师用哨声指挥“雀鹰号”全体人员就位：中队机组迅速推进，航空舰展开队形，向敌方移动碉堡的两翼和后方飞去，而敌方正冒着一切风险全力加速，试图突出重围。“雀鹰号”和另外五艘航空舰率先加入近距离作战。

法比尤斯在左侧二号炮位，他埋头将弹药筒装入弹夹，完全没有看到战斗场面。突然，一记连环炮从炮眼打进舱内，放倒了炮位指挥官和所有其他炮手，只有法比尤斯安然无恙。他毫不犹豫地跳上炮身，异常冷静地仔细瞄准，发射！炮弹出膛后声震天响，目标碉堡瞬间灰飞烟灭。

浓雾渐渐退去，战斗越来越激烈。已经有十几座移动碉堡被击毁，剩下的反抗也越来越不成气候，但也有两艘航空舰受创，从空中坠落到冒着滚滚浓烟的残骸之间。“雀鹰号”也受到严重损坏，恰好落入一片敌方的移动碉堡中，这些移动碉堡的机组人员伤亡惨重，只得放弃抵抗。战斗结束了：只有少数几座移动碉堡得以幸免，躲进一片森林，航空舰只得放过它们。“雀鹰号”和其他几艘退出战斗的航空舰的机组成员被分配到缴获的移动碉堡中，继续参与战斗。法比尤斯由于表现杰出被任命为副工程师，负责指挥先遣碉堡。

全速前进！移动碉堡有如被敌人追赶一般急速前进。早上9时许，它轻松突破一片防御工事的严密防线，这里由一个女子军团把守，她们是征召来接替由17至59岁的男子组成的头两道防线的。这些未经沙场的女兵毫无防备，眨眼间被解除武装，这座城市就这样攻下来了。但很可惜，我军未能长久占领这座城市。城市的电话线没有被及时切断，敌人得知有一个小分队大着胆子深入境内，于是决定迅速采取行动将其摧毁。

午夜之时，移动碉堡载着一个营的敌军抵达城市之外几公里处，他们悄悄潜入，直到郊区才被发现。这些敌军一个个身穿化工服潜入街道，制服上套着围裙，头颈套上皮质头盔。他们在一个花园的露台上悄无声息地拿出神秘而古怪的工具，组装零件，安好管道，不出 10 分钟，一组化学炮台就装好了。他们将头盔上用棉花填充的面甲放下来，各自就位，只等指挥官一声令下。开火！四颗毒气弹相继发射，在空中划出一道抛物线。

三、城市遇袭

法比尤斯和战友们围着篝火扎下营。一名发现异常的哨兵还没来得及拉响警报，第一颗毒气弹就在空中炸开了一团绿色浓雾。随着一声大喊和一股烟雾，另外三颗炮弹相继爆炸。随后是一片死寂。篝火熄灭，无人存活，就连不幸留在城市中的居民也全都在自己家里突然中毒而死。自从科学迅猛发展以来，大家对战争所带来的意外已经见怪不怪了。

或许是天意，当时法比尤斯又饿又渴，于是去地窖寻找征用的物资。毒气弹爆炸那一刻，他正好在一间密封得极好的小地窖里，与外部空气隔离开来。一群战友里只有他一个人躲过了毒气，但接下来不吃不喝地昏迷了 36 个小时！与此同时，指挥他所在部队的将军得知敌军已夺回这座城市，于是下令发射 1944 型远程鱼雷飞艇。飞艇埋伏在 3 000 米高空的卷云和雨云中，等待夜幕降临城市，随后，推进器启动，飞艇俯冲而下，到适当高度，掷下威力巨大的鱼雷。城市突然被连根拔起，迅速膨胀，在空中炸开。

不幸中的万幸是，仍在昏迷中的莫里纳斯和其他重量较轻的物体一起被及时抛出了爆炸区域，没有被喷射的火焰吞噬。几乎没有烧伤的莫里纳斯突然从昏迷中醒了过来，发现自己被一股烟柱裹挟着。他使劲抓住手指碰到的一个物体：是和他一起被抛到空中的一个风向标。上升的过程停止了，莫里纳斯感觉到自己开始下坠。他开始慌了。30 秒后，他被一股意料之外的清凉感托住了。

四、医 学 兵 团

在水底昏迷片刻之后，莫里纳斯恢复了意识，惊慌失措地游上河面。他径直游向河岸，藏身在芦苇丛中。傍晚时分，敌方的化学兵到河边洗澡休息。莫里纳斯看准机会，拿走一套他们的制服穿在身上，混进了返回炮塔堡垒的巡逻队。一名副官安排他在一个大厅站岗，医学兵团的化学兵、医生和药剂师正在那里讨论最后部署。他们计划引爆在法国军队脚下埋好的 12 颗地雷，其中灌有毒气以及导致恶性高烧、皮鼻疽、痢疾、麻疹、急性牙痛等一系列病痛的细菌。

地雷已经准备就绪，弹药车即将运走所需的锌质毒气炮弹和细菌弹。但幸亏法比尤斯通晓敌方的语言，完全听懂了他们的计划。他胸中涌起壮志雄心，决心要为拯救军队而献身。他迅速架起步枪，将所有子弹都射向装满毒气和细菌的巨大储藏罐。枪响之后便是骇人的爆炸。我们的英雄莫里纳斯把储藏罐、弹药车和炮弹都炸上了天。高压浓缩的毒气在爆炸时带来无比猛烈的冲击，浓烟翻卷涌动，从各个出口窜出，在平原上弥漫，与空气混合，同时裹挟着种种叫不上名字的刺鼻气味和不计其数的病菌。议事厅里满目疮痍，将军、军官、化学工程师、医生、士兵，所有人都突然倒下，在地上痛苦挣扎，成为莫里纳斯释放的病菌的猎物。疫病在敌军当中迅速传播开来，不到 3 分钟便蔓延至方圆 60 公里内。置生命于不顾的法比尤斯幸好戴着化学兵的面罩，并无性命之忧，只是牙痛得厉害。

法国军队幸免于疫病感染。法军医学兵团驻扎在最前线岗哨的一名微生物工程师听到远方传来的轰鸣声，意识到敌军阵营中发生了意外爆炸，即刻电话通知将军。将军下令要求现有的所有大炮前进，用隔离烟雾保护前线部队。军队左翼已经摆脱敌军威胁，将军在烟雾的掩护下撤出污染区，他突然折回，直捣在右翼行动的敌军。与此同时，莫里纳斯忍着牙齿的剧痛追上部队，向将军报告了自己的行动。莫里纳斯得到将军大加赞赏，受到整个参谋部的拥抱祝贺，还被授予奖章并得到通报表彰，他终于感到疼痛平息了。然而，他还是时不时遭受剧烈的牙痛，不久便只得换上满口假牙。

再说回敌军的情况。他们的医院接收了 179 549 名患病的士兵和平民，而且，所有疫病混合之后，产生了一种奇特的全新疾病。全欧洲的医生都致力于研究该疾病，并根据其创造者莫里纳斯的名字将这种疾病命名为“莫里纳斯热”，而其发源地成为一个长期对健康极为有害的地方。

五、攻坚行动——泵动式机枪兵和通灵者

法比尤斯·莫里纳斯因为他的英勇壮举被升为泵动式机枪兵团的少尉。这支部队刚刚组建，机动性极强，可以迅速移动到任何地点，立即以猛烈火力覆盖普通火炮部队无法抵达的位置。

起初，有四个机枪泵被分到莫里纳斯手下，每个机枪泵由五名士兵操作。在首次激烈交火中，莫里纳斯与部下牢牢守住一座房屋的废墟，顶住四次连续进攻，手下换了三拨，只有他一人最终毫发

无损地从这场屠杀当中脱身。当晚，他被擢升为中尉。

战区的土地里尽是用导线连接起来的鱼雷，还有地雷和巧妙隐藏起来的炮塔。士兵行进时不得不万分小心，由电气专家和通灵者打头阵，负责探查地雷并引爆敌军的鱼雷。航空舰师正在别处执行任务，无法从空中炸毁炮塔，只能进行常规的攻坚战。泵动式机枪兵团中尉莫里纳斯参与进攻一组要塞。大炮幸运地接连命中，成功摧毁了驱动炮塔的动力装置，突击队一拥而上，从缺口冲入炮塔内。

我军攻下了一线炮塔，准备围攻一座防御牢固的大型城市。将军在另一据点组织了一次佯攻，随后在一个暗夜派出一队作为储备力量的通灵者。这些通灵者由科学部长提供，是巴黎最厉害的磁疗师和催眠师。他们慢慢走向敌军防线，使用充满能量的诱导动作，发出阵阵催眠波。真是令人心焦的一刻！防守的敌军会向他们开火，还是被催眠波制服而让通灵者通行呢？

仍是一片死寂，通灵者继续前进，穿过了层层防线，跟在他们身后的一支纵队先是看到几个岗哨和一些站岗的小兵处于昏迷之中，随后发现驻扎在一个堡垒中的整支部队都因磁疗术释放的困意而一动不动，睡倒在地。将军得到电话通知，命令军队前进，兵不血刃地将堡垒收入囊中。

通灵者精疲力竭，要休息至少两个小时才能恢复。这对我军来说非常危险。敌人可以在我军设防之前用毒气弹摧毁堡垒。但敌军对所发生的一切毫无觉察，他们的大炮始终沉默着。破晓时分，通灵者体能恢复，再次开始施展催眠术。三名催眠师因脑充血而牺牲之后，首席通灵者凭借强大的意志力，终于用磁疗催眠法让敌军城南防线的堡垒指挥官投降了。

六、无畏的化学炮兵连

但战争还没有结束。通灵者睡了一个难得的好觉，随后准备向城内军队发动攻势。他们当晚就开始行动。不幸的是，他们在匆忙行进中忘记探查战场上遍布的地雷，踩踏触发一颗地雷爆炸，整个小队无一幸免。

只能重新发动常规进攻了。在夜间，将军下令冒着枪林弹雨搭建出一座化学攻城炮台。骇人的军火比拼开始了！空气中燃烧着红、绿、紫、黄、蓝等各色火光，忽闪的火光和巨大的火焰不时划开天空，成千上万的化学炮弹、细菌弹和气瓶彼此交织，各色毒气和毒烟投射而来。敌军的化学兵也发动攻击，这场战役可谓是两支精通化学的部队之间的史诗级对决。面对进攻，敌军当即揭开伪装，亮出两座麻痹性毒气炮台，对我军造成重创。我军士兵中弹后或是身体无法动弹，或是陷入致命昏厥。作为回应，我军发射了会导致严重癫痫的毒气鱼雷。但窒息毒气弹和疥疮细菌弹像冰雹一样密集落入我军阵地。其中，疥疮细菌弹是敌军精妙的新发明。我方化学兵因此付出惨痛代价。最后，我军一名工程师发明了腐蚀液体瓶（硫酸盐遇空气后的产物，后来获得科学院奖章），一夜之间摧毁了敌方炮台。

就在此时，我方得知，敌军潜艇舰队准备离开母港，其目的地未知，意图或为破坏我方港口，或为在我方海岸某地登陆。一艘侦察艇冒险进入敌军海域，并得以查清这支海军的舰艇数目，其中包括精良的重炮艇、高速装甲艇以及能够在水下快速前进和变换阵型的鱼雷艇。在海上巡游的法国海军的规模和实力也毫不逊色，拥有水下部队和登陆部队。海军上将工程师计划在半路拦截敌军舰队，将其摧毁，而后攻击敌军港口。

法比尤斯·莫里纳斯收到命令，加入法国海军部队。由于之前的出色表现，他被派往海军担任鱼雷工程师。他受到极力举荐，于是被海军上将任命为最新型水下鱼雷艇“氰化钾号”的指挥官。法比尤斯迅速登上舰艇，开始他的指挥工作。“氰化钾号”的空间非常有限，只能登载六名艇员，是一艘纤细灵巧的小型鱼形艇，可以快速助攻，进行高难度勘测，还能悄无声息地在水域之间穿梭，在大型重炮艇下方放置鱼雷。

七、“氰化钾号”水下鱼雷艇

海军上将把鱼雷艇交给莫里纳斯时说：“您在陆地战役中表现得像兔子一样机敏，希望您在水下也继续保持这些优秀品质。”

“对天发誓！我会向您和敌人证明的。”莫里纳斯谦逊地回答道。

“氰化钾号”几乎贴着海底，隐身在海藻覆盖的岩石间前进。两天之后，潜艇到达敌方海域，就要进入敌军守卫海岸的水雷防线。莫里纳斯和手下连续 72 小时不眠不休，解除了三道超过 80 公里的水雷防线。莫里纳斯在没有触发爆炸的情况下清除了所有水雷，同时小心避免切断任何一根线缆，好让敌军以为防线依然完好无损。

最后一道水雷防线位于敌军舰队为蓄电池充电的锚地尽头。“氰化钾号”在无人发觉的情况下成功靠近。这次，莫里纳斯没有拆除水雷，而是另有计划：他将敌军的线缆切断，转而将这一列水雷重新连在电池上。随后，“氰化钾号”便藏在岩洞中，通过一根通气管呼吸，静静等待着敌军舰队出港时从此处经过。

“启动！”莫里纳斯对手下的电工兵发出命令。

水雷引爆，一股巨大的泡沫旋风席卷而来，七艘重炮艇在空中被炸成碎片，另外五六艘潜艇被冲到岸边，损坏严重。走在前面的几艘重炮艇逃过一劫。英勇的“氰化钾号”从隐蔽处出动，发射的鱼雷命中一艘大型轰炸艇的侧翼。这是“氰化钾号”最后的壮举：大型轰炸艇的前部与“氰化钾号”相撞，撞断了“氰化钾号”的鱼雷发射管，并严重损坏其发动机。就在“氰化钾号”丧失战斗力之时，莫里纳斯发觉所有侦察艇和鱼雷艇都气势汹汹地朝他们围了上来。“只能智取了！”莫里纳斯心想。他并没有逃向公海，而是驶向岸边，沿着海岸行进，以礁石作为掩护。

“氰化钾号”钻进礁石之间，一路磕磕绊绊地朝更开阔的水域而去，不时追赶上来的敌军鱼雷艇也跟着磕磕绊绊。夜幕降临之时，“氰化钾号”搁浅在一条河流的河口附近。敌军两艘冒失前进的侦察艇也搁浅了，结果彼此相撞。趁着混乱，莫里纳斯让手下穿好潜水服，最后放手一搏。情况十分危急，敌军潜水员已经开始用斧头攻击“氰化钾号”了。“氰化钾号”成员逃向未知的水底。敌军潜水员犹豫片刻，还是跟了上去。莫里纳斯和手下躲进表面黏滑的岩石中，时不时停下脚步，用压缩空气卡宾枪向敌人射出一发子弹。莫里纳斯用钩子勾住岩缝，在河水中顺利前进。

他们这样走了 9 天，时而在岸上，时而在河中穿过城市。敌军骑兵在后面追踪着他们的足迹，时而跟丢，时而又跟上。一天，莫里纳斯在水下听到了震耳欲聋的炮声。因为水是很好的声音导体。炮声应该是从 100 公里开外的战场传来的，可以重归法国军队了！

“振作起来，前进！”

又是 3 天急行军。他们万分小心，平安穿过了若干敌军部队。莫里纳斯终于认出了熟悉的制服。他和手下的潜水员在河岸边的一场枪战中出现在了大吃一惊的士兵面前。

正在用电话下达命令的将军问："这些人是哪儿来的？"听莫里纳斯讲述完来龙去脉后，将军忍不住赞叹："好样的！"接着又说，"在你们去野战医院之前，我还有个任务交给你们。"

"随时听候命令！"莫里纳斯回答道。

"你们还要下一次水。"而莫里纳斯回答道："立刻执行！"

"你带着手下潜到河底。离此处4公里是敌人的第一道防线，你们要穿过去！防线后面是敌军的大型移动装甲炮塔，你们要躲过他们的火力……你们到炮塔后方，找到敌军连通左右翼部队的电话线，把它们切断，我会牵制住左翼兵力，摧毁右翼部队。你们完成任务后再绕开炮塔火力，回来向我报告。出发！"将军话音未落，莫里纳斯已经出发了。

八、"空中轻骑兵39号"

莫里纳斯顺利完成任务返回，身上又添两处新伤。他立刻住进野战医院，很快又被转往法国本土医院。他于3周后康复，重返空军舰队，奉命指挥"空中轻骑兵39号"。莫里纳斯根据总工程师指令，绕道抵达敌方北部省份，在各处俯冲，以扰乱军情，切断线缆，对城市造成破坏，并找机会炸毁敌军碉堡。

在莫里纳斯的指挥下，"空中轻骑兵39号"凭借快速袭击、急速俯冲和出其不意的进攻，在敌方领土上造成了前所未有的破坏。敌方空军徒然搜索之时，莫里纳斯已经在200公里以外进行破坏活动了。最后，敌军咬牙切齿地派出一整个中队追击，还派出了大批单独作战的小型鱼雷飞艇。一名侦察兵发出警报，"空中轻骑兵39号"被无数大小不一的鱼雷飞艇追上并包围起来，每艘飞艇上都有两名至六名敌人。莫里纳斯明白，此时只有放手一搏，才有可能拼出一条生路。他亲自操作，冒着极大的危险，开足火力冲出鱼雷飞艇的包围圈，成功地从敌军当中逃了出来。

莫里纳斯心想："见鬼！既然在这里无法施展，那我去突袭他们的殖民地好了！"接着，"空中轻骑兵39号"乘着一阵大风径直飞向南方，身后只有几艘鱼雷飞艇还在穷追不舍，它们猜到了他的计划，竭尽全力想要追上来。莫里纳斯绝不容许自己被追上或是受袭。他使出计谋，让鱼雷飞艇接连坠毁。但最后一艘鱼雷飞艇殊死一搏，摧毁了"空中轻骑兵39号"的发动机推进杆和方向舵。敌军殖民地因此逃过一劫。莫里纳斯迫降在一条河流岸边的一片丛林中。经过位置测定，他得知这里是白尼罗河，几百公里之外是比利时的非洲领地、大湖帝国、法属刚果王国和美国殖民地。

莫里纳斯正在修理"空中轻骑兵39号"。突然，一群野兽被新鲜肉味吸引，聚集过来，严重干扰了士兵的工作。真是狭路相逢！一群狮子，一对犀牛，几条品种各异的蛇，还有整整一大家子鳄鱼！

"这么多野兽！"莫里纳斯边喊边向后退。推进器被拆开了，无法运转，"空中轻骑兵39号"完全动弹不得。狮子和鳄鱼越来越近，越来越躁动。

"大家可以自己选，别挑花了眼才好。"莫里纳斯的副手讲着冷笑话，"是想到狮子胃里还是到鳄鱼肚子里？"

"算了吧，"莫里纳斯叫道，"我说了，这些不过是些动物而已！……咱们不是还有硫酸吗？快去机舱里拿！"

他们费力地将一大桶硫酸和一个手动泵抬到甲板上，架起了防御装置。莫里纳斯先向即将毁坏"空中轻骑兵39号"的一头蠢笨犀牛发射了一记鱼雷。公犀牛被炸得四分五裂，母犀牛受到了震慑。

“女士，您也想来一颗鱼雷吗？”莫里纳斯优雅地问道。

狮子、蛇、鳄鱼向莫里纳斯和手下的隐蔽处逼近了。轮到泵上场了！大股硫酸时而命中威严的狮王，时而落进攒动的鳄鱼群中，效果十分可观。猛兽个个上蹿下跳，哀嚎打滚。“继续喷！”莫里纳斯轻轻说道，“一个也别落下！”大家继续奋力泵射硫酸，两个士兵趁机加紧修理推进器。突然间，换上备用舵的“空中轻骑兵 39 号”飞了起来。被硫酸烧得面目全非的狮子、蛇和鳄鱼从甲板上摔落，在岩石上撞了个粉身碎骨。

九、空中对决

“空中轻骑兵 39 号”回归正位于地中海上空的空军舰队。由于时间紧迫，上将工程师对莫里纳斯草草表示祝贺之后，便立即将他派往先遣部队。根据命令，先遣部队只负责在发现敌方舰队时发出消息，而不与敌军交火。但是，在巡航的第二晚，“空中轻骑兵 39 号”在高空巡视时，借以隐蔽的云团突然散开，他们一下子暴露在敌军的一艘大型轰炸飞艇前。莫里纳斯前往位于法国南部昂蒂布的空中军火库补充弹药，随后迅速返回战场。敌军舰队已经被发现，本世纪最大的一场空战即将开始。“空中轻骑兵 39 号”的位置在战线最左翼，莫里纳斯一只手放在发射按钮上，用目光搜寻着旗鼓相当的对手。战斗异常激烈！许多飞行器相撞，被炮弹开膛破肚，从高空坠入深海。双方作战都十分英勇。胶着的长久对战之后，胜利的天平微微向我军倾斜。正在这时，阴沉许久的天空中，一场可怕的暴风雨来了。仍在交战的两军飞行舰队被旋风裹挟着，越过直布罗陀海峡，来到了汹涌的大西洋上空。整整三天，幸存的飞行器随暴风飞在空中。我军和敌军不时从云间看到对方，便继续开炮，但目标转眼又不见了。风忽然停了，在不远处的蓝天碧海之间，美洲海岸出现在眼前。

“是墨西哥！”莫里纳斯测定位置后说。他向身后望去，目力范围之内只剩下一架敌军飞行器了。双方经过战斗和风暴的考验，操控系统都已受损，急需着陆修理，但谁也不愿意放弃战斗。莫里纳斯亲自瞄准，甫一开火便正中敌机外壳。炮火一刻也不停息，两架飞行器在空中盘旋，瞄准，忽高忽低，试图找到对方的失误。双方在交火中来到一座墨西哥大城市的上空，当地居民紧张地观望着战况。已有几颗炮弹落入城中，炸毁了三幢房屋，造成多起严重事故。终于，一颗炮弹准头不错，穿透敌机，致使其操控失灵，缓缓下坠。但敌机不顾险情，又向“空中轻骑兵 39 号”发射了十几颗炮弹。只听地面传来一声惊恐的尖叫。一片烟雾中，两艘飞艇都旋转着，坠落在城市中。

惊人的爆裂伴随着骇人的坠机。只听一记雷鸣般的声响，敌机不偏不倚撞上一座纪念碑，消失在废墟下面。而“空中轻骑兵 39 号”的坠落速度减缓，划出一道曲线，机头朝前，轻轻落入一片优雅的住宅区中。一片吱呀作响，一座外观气派的大楼的屋顶被撞穿，裂了开来，“空中轻骑兵 39 号”穿过三层天花板，毁坏了所有隔墙，最终在底层的一套华丽公寓中停了下来，莫里纳斯一身荣耀和战伤，落在房间家具上，昏了过去。

住在这套公寓里的千金小姐是墨西哥的上层贵族。她受到惊吓，昏倒在奄奄一息的莫里纳斯身边。她比莫利纳斯先醒了过来，接着开始组织抢救。这位年轻的墨西哥姑娘名叫多洛蕾丝，她不放心让别人照看从天而降到她家的英雄。这位英雄不仅闯进了她家，大概也已经闯进了她的心。2 周后，莫里纳斯身体基本恢复，此时，城中各处都已在传颂他的英勇事迹。多洛蕾丝的父亲身穿正装，邀请从天而降到他家的法比尤斯成为他们家族的一员。“空中轻骑兵 39 号”的指挥官正好尚无婚约。接着，传来的电报向全世界宣告，刚刚签订了激动人心的和平条约。

就这样，我的朋友法比尤斯·莫里纳斯身体康复了，结了婚，没多久便乘着重整一新的“空中轻骑兵 39 号”，踏上了返回法国的凯旋之旅。

（白钰　译）

寻找人之初

大 J. H. 罗尼是法国科幻小说发展进程中的重要人物。当代受众了解此人主要是通过 1981 年的电影《火之战》(*Quest for Fire*)，该电影改编自他在 72 年前出版的同名长篇小说《火之战》(*La Guerre du Feu*，1909)。大罗尼是一名讲法语的比利时作家，原名约瑟夫-亨利·博埃克斯(Joseph-Henri Boëx)，后来与弟弟贾斯汀共用 J. H. 罗尼这个笔名总计 14 年，其间两人合作创作了一部分作品。兄弟二人于 1907 年结束了合作关系，此后约瑟夫·亨利在为作品署名时自称“大”罗尼，而弟弟贾斯汀称作“小”罗尼。

大罗尼的长篇科幻小说中只有一本在其生前被译成英文，即《巨猫》(*Le félin géant*，1918)。大罗尼痴迷于史前人类。1990 年出版的法文版罗尼科幻合集包括了《瓦米雷》(*Vamireh*，1892)、《艾莉玛》(*Eyrimah*，1893)、《蓝河的于尔伏》(*Helgvor du fleuve bleu*，1930)，以及上文提到的两本书。史前小说在 19 世纪与 20 世纪之交风靡一时，远在琼·奥尔(Jean Auel)的作品问世之前，就诞生了斯坦利·沃特洛(Stanley Waterloo)的《阿布的故事》(*The Story of Ab*，1897）、H. G. 威尔斯的《石器时代的故事》（*A Story of the Stone Age*，1897），还有杰克·伦敦的《在亚当之前》（*Before Adam*，1906）等此类长篇小说。对人类物种初兴之时的兴趣从未真正消失，并且在随后的几十年中屡屡再现。显著之例便是瓦尔迪斯·费舍尔（Vardis Fisher）的十二卷巨作《人的誓约》（*The Testament of Man*）的前五卷。20 世纪 50 年代，诺贝尔奖获得者威廉·戈尔丁（William Golding）也在《继承者》（*The Inheritors*，1955）中探讨了人类的早期发展。

达蒙·奈特翻译并出版了大罗尼两篇最著名的短篇小说。奈特将大罗尼称作“法国文学的巨人，龚古尔学院主席，龚古尔兄弟与阿尔丰斯·都德的朋友。在漫长的一生中，他出版或发表了约 107 部长篇小说、文章、戏剧剧本、回忆录等。其中只有少数是科幻小说，但都是开山之作，科幻萌发的新芽。大罗尼，而不是凡尔纳，被视为法国科幻小说之父”。

鉴于凡尔纳耗费毕生来创作“奇异旅行”丛书，而且还将秉承冒险脉络的科幻小说名正言顺地推向了全世界，将大罗尼称作法国科幻之父的说法或许略显夸张。但显然大罗尼给科幻小说带来了凡尔纳既不具备也从未想过的文学敏感性，此外还促使科幻小说关注日常生活与人际关系在不寻常环境当中的私密细节。大罗尼将科幻小说当作文学的一分子来对待，从而让文学界接受了科幻小说的概念，而科幻小说在他的手中也确实成了文学。至少从这层意义上来说，科幻小说后来之所以能够以从未在美国实现过的方式在法国受到尊重，并且得到法国主流文学界的接纳，大罗尼可谓居功至伟。

在奈特翻译并出版的两部短篇小说之一《形》（“Les xipéhuz”，1887）当中，大罗尼讲述了史前人类与非有机生命的外星人相遇的故事；在另一篇短篇小说《另一个世界》（“Un autre monde”，1895）

当中，大罗尼塑造了一个父母为正常人类的变异人超人。还要再过40年，奥拉夫·斯台普顿（Olaf Stapledon）才会创作这一概念领域内第一部也是质量位居前列的科幻长篇小说《怪人约翰》（*Odd John*，1936）。

这两部短篇小说以及《地球末日》（“La mort de la terre”，1908）都收录在1978年出版的大罗尼短篇小说合集《形与地球末日》（*The Xipehuz and the End of the Earth*）当中，由加州大学河滨分校学者乔治·斯拉瑟（George Slusser）翻译。

（万年看客　译）

另一个世界

［法国］大 J. H. 罗尼

一

我出生于海尔德兰。那里的几亩薄地和一湾混水便是我们的家产。田边生着松树，风吹过时会发出金属的声响。整个农庄没几间能住的房子，农庄也在孤寂中一步步走向死亡。我们来自一个古老的牧民家族，家里曾经人丁兴旺，现在只剩下我的父母，我的妹妹和我自己。

一开始我的命运凄惨，后来我却成就了少有的光辉人生。我遇见了知音之人，他教授的知识人世间只有我能知晓。不过在这之前我曾长久地经受苦难，我绝望过，疑惑过，内心的孤寂一度侵噬着我最坚定的信念。

来到这个世界的时候我的构造就与众不同。从一开始我就是别人惊诧的对象。我并不是畸形：别人说我出生的时候脸和身体比普通婴儿还要显得优雅一些。但我却有着最不平常的肤色，一种浅紫色，这颜色非常浅，但却非常鲜明。在灯光下，特别是在油灯下，颜色还要更浅一些，几乎成了一种古怪的白色，好像是百合浸到水里显现的那种颜色。至少，这是其他人的看法——这么说是因为我看到的我自己完全不同，而我看到的世上其他事物也和别人看到的完全不同。随着时间的推移，我身上其他异常之处也逐渐显现出来。

虽然出生时看上去还算健康，但我的成长过程非常艰辛。我身形枯瘦，没有一时不在叫苦，在我八个月大的时候还没人见过我笑。很快大家就对把我养大成人不抱希望了。斯瓦登丹的医生说我先天不足，只有在健康卫生上倍加小心才能保住性命。日复一日，人们觉得我指不定哪天就不在了。我想，我的父亲已经认命了，作为一个循规蹈矩的荷兰人，他的古怪孩子让他很丢面子。而我的母亲却相反，我有多古怪她就有多爱我，她后来甚至认为我的肤色挺可爱的。

事情就是这样，直到一件小事救了我的命：鉴于我身上发生的事情都属于异常，人们对此事议论纷纷，却又并不觉得出乎意料。

家里一名女仆离开之后，我们请了一名弗里斯来的结实姑娘顶替她。她踏实肯干，但是嗜酒成性。我被托付给新来的女仆照顾。她见我如此孱弱，便突发奇想，偷偷给我喝啤酒和兑了水的杜松子酒，在她看来这个药方包治百病。

更奇怪的事儿发生了，我开始有了力气，而且显示出了对酒惊人的偏好。女佣暗自高兴，我父母和医生表现出的惊奇也让她沾沾自喜。被逼问到最后，她只好吐露缘由。我父亲暴怒不已，医生连呼这是迷信和愚蠢。他们给女仆们下了严格的命令，并且不再允许这个弗里斯来的女仆照看我。

于是我又开始变瘦，日益憔悴，直到母亲心软，在我饮食里添回了啤酒和杜松子酒。立刻，我又找回了活力和生气。经验证实，酒精对我的健康必不可少。我的父亲觉得这件事让他蒙羞，医生则给我开了些药酒以求息事宁人，自此我的健康再没出过问题——有人由此便说我日后必定是个酒鬼放荡子。

这个事件之后不久，我周遭的人又发现了一个异象。我的眼睛本来很正常，后来开始奇怪地变浑浊，好像蒙了一层很厚的角质，像某些甲虫的鞘翅一样。我的医生推测我会失明，但也承认这个现象着实奇怪，之前从没研究过类似病例。很快我的瞳孔和虹膜变成一个颜色，渐渐混淆不清了。另外人们还发现我可以直视太阳而不会感到不适。事实上，我完全没有失明，甚至不得不承认我视力状况相当好。

我就这样长到了三岁。根据邻居的说法，我是个小怪物。我淡紫的肤色几乎没变；眼睛变得完全不透明。我话讲得不利索，但语速非常快。我双手很灵活，干细活儿明显好于干粗活儿。如果我肤色正常，眼球透亮的话，我算得上优雅而漂亮，这一点大家都不否认。我展现出一些聪明才智，但因为有些缺陷，身边的人也帮不了我。更何况，除了我母亲和弗里斯来的女佣之外，没人喜欢我。对于外人来说，我就是一个满足他们猎奇心的物件，对我父亲来说，则是持续的耻辱。

如果说，一开始他还抱有一丝希望，想我有朝一日变回一个正常人，随着时间的推移，他也放弃了这个念头。我变得越来越古怪，从我的品味、习惯、品质各个角度来说都是这样。到六岁的时候，除了极少的蔬菜和水果之外，酒精几乎成了我唯一的食物。我个子长得极快，但出奇地又瘦又轻。说我轻不是因为我不重，而是我密度轻——我在水里游泳完全不费力，可以像白杨木板一样浮在水上，头和身体都不会下沉。

我身手也很敏捷，和轻盈的身躯相称。跑起来的时候我像一只野羊一样，能轻易在无人敢涉足的鸿沟和障碍间自由穿梭。一眨眼的工夫，我就上了一棵山毛榉的顶端，甚至，我能一下跳上农庄的房顶。不过，背负稍微沉一点的东西对我来说就是负担了。

总之，这些现象表明了我不寻常的本质，它们将我与别人区别开来，让我不太合群但却没让我被划分在人类范围之外：我可能是个怪物，但比那些生来头上长角，长动物耳朵，牛头马面，乃至身上长鱼鳍，没长眼睛或者三只眼，四条手臂或者四条腿，或者不长胳臂腿的，要正常多了。虽说我皮肤颜色不太一般，但和常年风吹日晒的人的肤色也差不多；我的眼睛虽然不透明，但也不令人生厌；我的敏捷算得上是个优秀品质；至于我对酒的依赖可以被看作一种常见的恶习，天生嗜酒。而那些粗人，包括我们家的弗里斯女佣，只当这是对杜松子酒“功效”的肯定罢了，同时这也有力地证明了他们绝佳的品味。关于我语速过快，旁人很难跟得上，人们只当我吐字不清，和学说话的孩子没什么差别。因此，严格来说，虽然与众不同，但我身上并没有什么吓人的地方，这是因为，我最奇异的特点并不为周围人所知：没人注意到我看见的世界和正常人看见的不一样。

有些东西我看得没有别人清楚，但我能看到很多其他人看不到的东西。特别是颜色上，常人讲的赤橙黄绿青蓝靛，在我看来只是深深浅浅的灰色，但我能看到紫色，以及紫色以外一系列普通人看来只是暗色的颜色。后来我发现自己还可以辨别出十五种不同的颜色，它们就像黄色和绿色一样截然不同，当然，那些颜色中间还有无数的过渡色。

另外，我眼中的透明度和普通人眼中的也不一样。我透过玻璃和水看东西比较模糊，玻璃对我来说是彩色的，浅浅的一层水对我来说也是彩色的，很多所谓“透明”的水晶对我来说近乎不透明，相反，一些在别人看来不透明的物体却阻挡不了我的视线。大体上，我能看穿的物体比你们普通人要多，自然中到处都有半透明和浑浊的物体，对我的眼睛来说，完全不透明的物体是少见的例外。我能透过木头、叶子、花瓣、磁铁、煤炭等物体看到东西。但当物体达到一定厚度的时候，我无法看透了，比如说一棵大树，一米深的水，一大块煤或石英。

金子、铂金、水银在我看来是黑色且不透明的，冰是发黑的。空气和水蒸气是透明的，但是彩色的，某些钢片、某些纯度高的黏土也是。我能透过云朵看到太阳和星星，我还能清晰分辨出天上飘着的不同的云朵。

这种与普通人视觉上的差别，就像我之前说的，几乎没有被我身边的人注意到：他们只觉得我分不清颜色，属于一种常见的残疾，没什么值得注意的。而且这个不同之处对我的生活没什么影响，因为我对事物形状的感知和大多数人是一样的，甚至可能会更敏感一些。颜色的称谓对我来说不是问题，只有形状一样的新事物出现并需要通过颜色区分的时候我才会觉得为难。当一个人说这件长衫是蓝色，那件是红色，不管在我眼中它们真实的颜色如何，我只要记住它们分别是哪件长衫就好了。

从上面来看，你可能觉得我是用某种方式将我见到的颜色和别人的一一对应起来，就跟我也能看到他们眼中的颜色一样。但事实上，前面说到过，别人眼中的红黄蓝绿，当这些颜色是纯色，就像棱镜中折射出的纯色那样的时候，它们在我眼里只是有些发黑的灰色，对我来说算不上颜色。然而在自然中，这样的纯色很少，情况就不同了，比如，一件所谓绿色的物体，对我来说是一种复合颜色[1]；换一件所谓绿色的物体，对你来说颜色跟第一件一模一样，对我来说则完全是另一种颜色。由此你可以看出来，我的色谱和普通人的色谱完全对应不起来。我接受将铜和金子的颜色都称为黄色，就像你们同意将矢车菊和虞美人的颜色都叫作红色一样。

1. 当然，这种复合颜色不包括绿色，因为绿色对我来说只是一种暗色。——原注

二

如果你们觉得我视觉上跟普通人的不同已经很新奇了，那跟我接下来要讲的相比，这根本算不得什么。我看到的色彩、透明度完全不一样的世界，我那能透过云彩和黑夜看到星星，以及透过树丛看到隔壁房间或者庄园外面发生什么的能力，这些与我察觉到的人类之外的另一个生命世界相比，简直是小儿科。这个世界就在人类周围，但人们对它毫无知觉，也从没有过任何直接接触。在普通人看到的动物群落之外，还有一个在外形、组织形式、生活习俗和繁衍方式上与之毫无相似之处的群落。这个群落在我们身边生活，我们对它们构不成任何障碍，它们从我们身边的事物中汲取活力并与之互相影响，而我们却对它们的存在一无所知。这个动物群落，就像我说的那样，也不知道我们的存在。两个动物群落在互不知晓的情况下各自发展。这个生命世界，像我们的世界一样多元，从它们对地球表面的影响来看，它们甚至比我们还要强大：它们可以在水中、空中和地下活动，同时改变这些介质，就像我们一样，但比我们还要高效，因此它们也间接影响到我们的命运，就像我们也间接影响到它们的命运一样。童年和少年时代我只是注意到它们的存在，而这五年以来，我狂热地研究着曾在我眼前出现和正在我眼前出现的旁人见不到的一切。

三

现在回想起很久以前刚注意到另一个世界的时候，我当时深深地被与我们如此不同的造物所吸引。一开始，我将另一个世界的生物跟其他生物混淆，但我发现其他人对这些生物并不惊讶，甚至没人做出任何反应，我便觉得没必要指出它们的奇特之处。六岁的时候，我已经完全知道这些生物跟田里的植物还有农场的家畜之间的区别，但我还是会将它们和没有生命的火光、水流还有云彩混淆，因为这些生物摸不到碰不着，当它们挨上我的时候，我没有任何感觉。它们的形状非常多样，但都具有轻盈、不立体的特点，简直像移动的二维图画，或是几何图案一样。它们可以穿过所有的有机体，但是有时会受到一些我见不到的东西的阻碍。

以上这点之后我再描述。现在，我只想指出并明确它们外形的多样性、几乎没有厚度、不可触摸以及行动自由的特点。

快到八岁的时候，我终于可以清楚地将这些生物与大气现象和我们的生物界区别开来了。这一发现让我欣喜若狂，我试着向别人诉说这一发现，但从没成功过。一方面，我说话让人难以理解，另一方面，别人并没有我那样奇怪的视觉。他们没心思花时间解读我的手势和句子，也没人愿意承认我能够看穿木板，尽管我已经给出种种证明。在我和别人之间，有一种无法跨越的隔阂。

没有人理解我，我只能将自己封闭在失落和幻想中。小小年纪，我便成了一个独行者。人们在我身边觉得不自在，和同龄的小孩一起玩的时候，我也觉得不自在。我不是被欺负的对象，我的速度和机敏帮我躲过孩童的把戏，并让我能够轻而易举地报复。一有风吹草动，我转眼就躲远了，别人怎么也追不上我。不管几个人一起也没法把我围起来，更别说能动我分毫，或者耍伎俩骗我进圈套。虽说我手无缚鸡之力，但我爆发力惊人，嗖的一下就能冲出重围，还能出其不意给对手以结实的一击。也因为这样，那些孩子不再找我麻烦。他们知道我不会生事，但又觉得我像个巫师，不是有骇人法术的那种，而是遭人白眼的那种。我也就此过上了一种离群索居的寂静生活，还好有我温柔的母亲使我通达人性，虽然她整天操劳，顾不得时时安抚我。

四

我接下来会先简要地描述几个我十岁时发生的场景，以便读者对我前面的介绍有个具体认识。

那是一个早上，厨房里光线很好，那种光线对我父母和家里的用人来说是浅黄色，对我来说则是五光十色。早餐是面包和茶。但我不喝茶。用人给我端上一杯杜松子酒和一个生鸡蛋。母亲温柔地照料我，父亲则问我些问题。我试着减慢语速，好好回答他，他只能零散地听到一些音节，他耸耸肩，大概是想："这个孩子是学不会说话了。"

母亲同情地看着我，觉得我只是有点笨罢了。家里的用人们对我这个紫色的小怪物已经见怪不怪。弗里斯的女佣早就回她老家了。我有个妹妹，这时才两岁，常常在我身边玩耍，我很爱她。

早餐结束后，我父亲和用人一起去田里，母亲则开始日常的劳作。我在院子里跟着她。家里的小动物来到她旁边。我饶有兴致地看着它们，我很喜欢它们。但就在我四周，另一个世界的生物在我身边躁动不安，更加吸引我的注意力：这是只有我一个人可以了解的秘境。

在这棕色的土地上，散布着几种形状的生物，它们走走停停，贴着地表微微浮动。它们分为不同的种类，它们的外形轮廓、行动方式，特别是穿过它们的光线在布局、轨迹和颜色上各不相同。还是孩子的时候，我就发觉这些光线是构成它们生命的主要部分。尽管它们形体的质地相对来说是暗淡无光的，但它们体内的光线却总是很耀眼。这些光线形成错综复杂的网络，从几个中心发出，渐渐扩散，直到渐渐消失，模糊不清。它们在色调上有数不清的差别，弯曲程度也多种多样。同一条光线上的颜色也有很大差别，形状上的差别则没有那么丰富。

总体来说，这些生物的特征是：轮廓清晰但不太规则，体内有几个发光中心，多种颜色的光线频繁地互相交叉。当它们活动起来的时候，光线也跟着颤动闪烁，发光中心随之时而缩小，时而扩大，但与此同时轮廓几乎没有变化。

我清楚地看到这一切，尽管我那时还不能准确地定义它们，我完全被这些摩地根[1]的魅力所征服，久久地凝视着它们。其中一个长宽几乎都有十米，缓慢地穿过院子，而后消失了。它拖着几条纤绳一样粗的带子，发光中心像鹰的翅膀一样大，我对它极其感兴趣，甚至有些恐惧。我犹豫了一下是否要跟着它，但其他的生物吸引走了我的注意力。它们大大小小很不一样：有的比我们见到的最小的昆虫大不了多少，有的竟能长达三十多米。它们行进的时候贴在地上，当遇到障碍物时，比如说一堵墙、一座房子，它们会像吸着障碍物的表面一样继续移动，同样轮廓不会有很大改变。但当障碍物是活物或者曾经是活物的时候，它们可以直接通过：就这样我千百次看到它们从一棵树中间，或是一只动物或一个人脚下钻出来。它们也可以这样穿过水体，但通常它们更愿意待在水面。

除了在地上的摩地根之外，我在空中也能观察到别人看不到的种群。它们光芒四射，灵活机敏，有着多种形态，最美的鸟儿在它们身边也显得暗淡和笨重。它们也有着线形的轮廓，但底色不再是

1. 在我还是孩子的时候，很自然地给它们起了这个名字，后来也一直这么叫，虽然这个名字不对应它们的任何特质或外形特点。——原注

灰色。它们发着奇异的光芒，像太阳一样闪耀，光线像叶脉一样伸展出来，发光中心剧烈地跳动。我将它们称作飞根，它们的形状与地上的摩地根相比更不规则。通常，它们通过有规则的收缩、交叉和舒展进行移动，但我当时懂的不多，无法分辨我的想象与现实。

那天我穿过一片割过的草地时，一只摩地根正在跟另一只打架，它们成功地吸引了我的注意力。它们之间经常有争斗，这很让我激动。有的时候，打斗的双方势均力敌，但更多的时候是强的一方攻击弱的一方（弱方不一定是个头小的）。现在的情况是，弱小的一方在短暂的防御之后开始逃跑，进攻的一方紧追不舍。它们速度飞快，但我还是能跟上它们继续观战，直到分出胜负。搏斗又开始了，它们结结实实地冲向对方，撞击之下它们闪闪发光，光线直指它们相撞的接触点，光线的中心变暗，缩小。一开始，搏斗双方不相上下，弱的一方展开更凶猛的攻势，甚至比对手略胜一筹。它想借机再次脱身逃走，但无奈对方迅速追击并将它捉住，用自己的轮廓形成新月形的包围圈锁住了它的去路。这是弱势一方最想避免的情况，它通过剧烈挣扎试图挣脱强势一方的攻击，但反抗不及之前有力，显得很急促。现在，我看到它所有的光线都在颤抖，光线中心绝望地跳动着，渐渐地，光线暗了下来，变细了，光线中心变得模糊。几分钟之后，弱势一方重获了自由，它慢慢走开，显得暗淡而虚弱。它的对手，与之相反，变得更加耀眼，光线的颜色更加鲜明，光线中心更加清晰和活跃。

这场搏斗深深地打动了我。我对其产生种种幻想，将之与我见过的动物打斗作对比。我困惑地发现，总的来说摩地根不会要对手性命，获胜的一方将手下败将的力量吸走之后就会收手。

到了早上八点的时候，斯瓦登丹学校就开门了。我一跃跳回农场，拿上书，迅速来到我的同类之间，他们谁也不知道一个无比神秘的世界就在他们身边，谁也不知道他们正在穿过一些生物的身体，而这些生物也从他们的身体一穿而过，双方都对这一现象毫无知觉。

在学校我算不得一个好学生。我写出来的字非常潦草，歪歪扭扭难以辨读，说出来的话别人也听不懂。我漫不经心得非常明显，老师总要对我说："卡尔·文德瑞克，你看够飞来飞去的苍蝇了吗？"

唉，我亲爱的老师，我确实在看苍蝇，但教室里的飞根更是紧紧牵动着我的心弦。所有人，特别是您，作为智慧化身的老师，对此不知不觉，更让我的心头异常激动不安。

五

十二岁到十八岁那几年，是我人生中最艰难的一段时光。

首先，我父母试图送我上中学，我在那儿得到的只有痛苦和失望。经历种种困难之后，我基本能清楚地进行日常对话了。我得非常努力才能慢慢吐字，显得笨拙，也没有抑扬顿挫。但一涉及复杂一点的东西，我的语速就会不由自主地变快，这时就再没人能听懂我的话了，所以我的成长无法通过口头叙述让人注意到。另外，我的字迹也难以辨认，字母都连在一起，由于我不耐烦，常常漏写字符和词，一切都乱糟糟地堆在一起。书写是如此沉重，如此令人窒息，比说话还要让我痛苦。有时候，我试着写作业，但实在太费劲，以至于开始不久就大汗淋漓，很快就没了精力和耐心，感觉就要晕过去了。相比之下，我宁愿被老师批评、被父亲责骂、遭受惩罚、挨饿、被看不起，也不想再写作业。

就这样，我基本完全没有了表达的机会。因为长得瘦小，肤色奇怪，眼睛不透明，我本来就是别人取笑的对象，又因为无法和人沟通，别人完全把我当成傻瓜。我最后不得不退学，认命当个乡野村夫。我父亲决定放弃一切对我的希望那天，他出奇地温和，说：“可怜的孩子，你看，我已经尽了为父的责任了，以后你过得怎样也不要怨我。”

我非常受触动，留下了滚烫的泪水，我从没有为自己的格格不入感到如此痛苦。我不知哪来的勇气，轻轻地抱住我的父亲，低声说：

“但我不是个低能儿。”

事实上，我那时自认比我的同学们高一等。一段时间以来，我的智力有了显著的提高，我可以阅读、理解、推测，我可以通过无数世上只有我可以看到，而旁人看不到的对象进行冥想。

我的父亲听不清我说的话，但他被我的拥抱感动了，说：“我可怜的孩子。”

我看着他，陷入巨大的悲痛，因为我从此知道，我们父子之间的鸿沟永远无法弥合了。我的母亲，出于爱的直觉，知道此时我并不比同龄的孩子差。她充满温情地凝视着我，对我说着来自她内心的简单却温柔的话语。即便如此，我还是不得不退学了。因为我肌肉没什么力量，便被安排照看绵羊之类的家畜。我欢天喜地地答应了。我不需要牧羊犬帮忙，马群里不管是小马驹还是公马，哪一个也没有我敏捷。

就这样，我十四岁到十八岁时过着牧羊人的孤独生活。这比我之前经历的都更适合我。沉醉在观察、沉思，还有不时的阅读之中，我继续丰富着我的大脑。我不停地对比我眼前的两个世界，从中形成关于宇宙组成的想法，我模糊地勾勒出一些假设和运行系统。如果说这一时期我的思考还与事实相去甚远，提不出清晰的综述——这些想法都是青春期少年那种不成系统、稍显急躁，却充满激情的想法——但至少它们不乏新意，而且层出不穷。我不得不承认，这些思考完全源自我独特的体质。它们还没有完全成熟，但不夸张地说，我自信自己这些思考在逻辑和精密程度上已经远远超过了同龄人。

在我被排挤的时候，我没有伙伴，跟周边人，即便是和我最爱的母亲也没有真正的交流，我的思考是我悲伤生活中唯一的宽慰。

在十七岁的时候，生活于我变得实实在在无法忍受。我厌倦了幻想，厌倦了在思想贫瘠的孤岛上过混沌的生活。我陷入了颓废和厌烦之中，甚至几个小时都不动一下，对整个世界丧失兴趣，对家里发生的事情毫不关心。我能看到别人看不见的精彩事物，那又如何呢？反正这些认知都会跟我一起死去。我窥探到了生物的秘密，看到了两个有生命的世界互相穿插而又互不了解，这些见识对我有什么用呢？如果我能通过某种形式教授或分享，这些事物本应使我陶醉，让我充满热情和活力，但这些徒劳、没有产出、荒谬而可怜的思考，成了我与别人永久的心理隔阂。

好几次，我试着提起笔，想通过不懈的努力把自己的某些观察固定在纸上。但从离开学校之后，我就彻底放弃了羽毛笔，而且，我字写得实在不好，几乎只能将二十六个字母抄写下来。那时哪怕我见到一丝希望，说不定都还能勉强坚持下来。但谁会拿我可怜的、费尽心血写的稿子当真呢？哪儿会有不拿我当疯子的读者呢？哪儿会有抛开鄙视和嘲讽愿意见我的智者呢？投入到这种徒劳无功而恼人的酷刑中，就像普通人逼自己用独眼巨人的凿子和锤子把他的思考刻在大理石板上一样。我自己的字，应该像速记一样，甚至比通用的速记还要简洁。

所以，我也就一点书写的勇气都没有了，尽管我仍然期待会有一段未知的、不凡的命运。我觉得在地球上某个角落会有一些不存偏见的头脑，清醒、有探究精神，可以研究我、理解我，可以让我发光，让我对别人讲出我心中的秘密。但这些人在哪儿？遇见他们的希望在何处？

于是我又陷入无尽的忧郁中，陷入静止和毁灭的念头中。一整个秋天，我对整个宇宙感到绝望。我萎靡不振，如无心草木一般，只有痛苦反抗的时候，我才会从这种状态中出来，久久地呻吟。

我变得更瘦了，瘦得出奇。村里人嘲讽地叫我“圣灵”。我的身影像秋天变黄的杨树一样颤抖着，轻得像影子一样，而我却同时长得像个巨人一样高。

慢慢地，一个计划出现在我心里。既然我的生活已经被牺牲了，既然我的日子毫无乐趣，只剩灰暗和痛苦，为什么沉溺其中而不动起来呢？想确定是否存在可以与我应答的灵魂，至少要努力寻找再给出答案。至少要离开这个愁云密布的地方，到大城市去寻访有识之士和哲学家。我自己本身不就吸引别人好奇吗？在吸引别人关注我超人的认知之前，我难道不可以吸引别人研究我这个人吗？我独特的生理特征、我的视觉、惊人的速度和奇特的营养需求不值得分析吗？

我越幻想这些，越觉得有希望，我的决心也就日益增长。直到有一天，我不再犹豫，跟父母说出了我的计划。他们两个人谁也不太明白我的想法，但都最终同意了我反复的表白：我要去阿姆斯特丹，哪怕可能结局潦倒，哪怕最终不得不回到家乡。

一天早晨，我出发了。

六

从斯瓦登丹到阿姆斯特丹大概有一百公里的路程。我用两个小时就轻松走完了全程。中间没什么事情发生，除了我跑得太快，让来往行人很是惊讶，还有我路过小城市和大市镇时引得人们扎堆观看。有两三次，我向路边独自一人的老人问路，其余的时候我都是凭准确的方向感指引。

我到达阿姆斯特丹的时候大概九点。我坚定地进入这座庞大的城市，沿着它像梦境一样美丽的运河踱步，河面上浮着商人的小船。与我之前担心的不同，我并没有引起那么多关注。我快步走在忙碌的人群中，偶尔遭到年轻流浪汉几句嘲讽。

然而我决定不停下来休息。我差不多把这个城市走遍了，最后才在绅士运河沿岸一家小酒馆停下了脚步。这个地方很清净，壮丽的运河充满活力，在树荫的簇拥下延绵流淌着。在河岸穿梭的摩地根里似乎有我没见过的种类。几次犹豫之后，我跨过了小酒馆的门槛，向老板问路。我尽量放缓语速，礼貌地向他打听哪里有医院。

老板惊愕地看着我，脸上显出好奇和疑虑。他把烟斗从嘴上拿下来又放回去，反复几次之后，说：

“您大概是从海外殖民地来的吧？”

这时纠正他毫无用处，我便回答道：

“正是！”

他很高兴自己判断敏锐，又问我：

“是不是从婆罗洲上我们不能进入的地区来的？”

“没错！”

我还是说得太快了，他睁大眼睛等我回答。

“没——错！”我放慢速度说。老板满意地笑了。

“您说荷兰语比较费劲，对吗？那，您是想找家医院。您大概是病了？”

“是。”

店里的顾客渐渐围了过来。人群中已经开始传言说我是婆罗洲的食人族，不过，人们看我的目光好奇多于憎恶。人们开始从街上挤进店里，让我焦虑和紧张起来。但我还是保持着泰然自若的样子。我假装咳嗽几声，说：

“我病得很重！”

“这个地方来的猴子也一样，”一个胖男人好心地说，“到了荷兰水土不服，很快就死了。”

“他肤色挺有意思！”另一个人补充说。

“他怎么看东西呀？”有一个人指着我的眼睛问。

人群越围越近，在我身边聚了将近一百双眼睛，还时不时有新的人进到大厅里。

“他个子真高啊！”

确实，我比他们之中个子最高的人还要高出一头。

“而且很瘦！”

“吃人看来是吃不饱的。”

说话的人都没有恶意，还有几个好心人为我说话：

“别挤他了，他身体不舒服。”

“来吧，朋友，打起精神！”胖男人发现我很焦虑，说，“我来带你去医院。”

他挽起我的胳膊，在人群中给我开出一条通道，说：

“给病人让下路！”

荷兰人并不是很怕生，人们给我们让开道，但继续跟着我们。我们沿着运河走，身后跟着一大群人，不时有人喊：

“这是婆罗洲的食人族！”

终于，我们到了医院，正好赶上了出诊时间。人们把我带到一个实习生面前。这个年轻人带着蓝框眼镜，一脸阴郁地接待了我。随我来的同伴对他说：

“这是移民地来的野人。”

“什么？野人？”对方吃惊地说。

他摘下眼镜好好看我，惊讶使他好一会儿都没有动静。他突然问我：

“您能看见吗？”

“我能看得很清楚。”

我说得太快了。

“他有口音！”胖男人骄傲地说，“朋友，再说一遍。”

我照做了，他们听懂了我的话。

“人类的眼睛可不是这样。”实习生小声说道，“那您的肤色呢？你们的族人都这样吗？”

于是，我努力一字一字地说：“我来是想让一个学者看看我。”

“那您是没病吗？”

“没有。”

“那您是从婆罗洲来的吗？”

“不是。”

“那么您是从哪儿来的呢？”

“从斯瓦登丹来，离杜伊斯堡不远。”

“为什么陪您来的人说您从婆罗洲来呢？”

“我不想跟他分辩。”

“您想见一个学者，是吗？”

“是。”

“为什么？”

“为了让人研究我。”

“为了赚些钱吗？”

“不，不为了什么。”

“您不缺钱？不是乞丐？”

“不！”

“是什么促使您想被研究的？”

“我的组织构造……”

又一次，尽管我努力放慢，但还是说得太快了。我不得不重复一遍。

“您确定可以看见我？”他盯着我问道，“您眼睛的质地像角一样。”

“我看得很清楚。”

于是我走来走去，快速拿起一些物件，又放回去，将它们抛向空中，又接住它们。

“这太神奇了！”年轻人说。

他的话语温和了下来，几乎带着友善，使我感到有了希望。

“您听我说，”他最后说，“我相信冯·德·霍伊维尔博士会对您的情况感兴趣。我先通知他一声，您就在旁边的房间等他。另外，我再确认一下，您总的来说没有疾病？”

“完全没有。”

“好，那请您在这里等一会儿，博士很快就到。”

我进了房间，置身于酒精保存的种种怪物之间：胎儿，野兽形态的儿童，两栖巨兽，接近人形的蜥蜴。

这就是我的等候室，我自己也将在这些酒精坟墓中占据一席之地吗？

七

冯·德·霍伊维尔博士出现的时候，我激动得难以自已。我就像见到应许之地一样颤抖，我欣喜于即将到岸，又害怕被禁止上岸。

博士前额宽而有些秃，目光炯炯有神，面容柔和又坚毅。他一言不发地为我检查，和其他所有人一样，他惊讶于我极度的消瘦、超长的身高、角质包围的眼睛、淡紫色的皮肤。

“您说您想要被研究？”他终于开口问道。

我用力地回答，破口而出：“是！”

他微笑着表示赞同，接着问了我一个于我再寻常不过的问题：

“以您眼睛的情况，您可以看清楚吗？”

“很清楚。我甚至能看透木头和云朵……”

但我说得太快了，他担忧地看了我一眼。

我尽力控制自己，身上流下大颗的汗水：

“我——能——看——透——木——头——和——云——朵……”

“那这真是太不寻常了！好，您透过这扇门看见什么了？”

他指给我一扇锁着的门。

“一个装有玻璃门的大书柜……一张雕花桌子……”

“没错！”他很震惊。

我简直心花怒放，感觉灵魂受到了安抚。

学者沉默了几分钟，然后说：

“您好像讲话有些吃力。”

“其实是我说话太快了！我不会慢慢说话。”

“那好，您试着按您自然的速度说几句。”

我就跟他讲了我刚到阿姆斯特丹时发生的事情。他非常专注地听我讲话，他观察时显出的充满智慧的神态我之前从没见到过。他听不懂我说什么，但他展现了惊人的洞察力。

“如果我没想错的话，您一秒钟能发出十五到二十个音节，也就是人耳能接受的频率上限的三到四倍。另外，您的声音也比我听过的所有人声要尖。您的动作非常迅速，和您的说话方式是匹配的。

您的组织构造很可能整体比我们常人运作得要快。”

我赶忙说：“我跑得比猎犬还快，写字却……”

他打断我说：“啊，写字，让我们看一下您写字。”

我在他递给我的吸水纸板上涂写了几个词，一开始还能看清，之后越来越潦草，越来越粗糙。

“非常好！”他说，话里透着欣喜和惊讶，“我想我们的相遇很值得庆祝，研究您一定是非常有价值的。”

“这是我最强烈的，也是我唯一的愿望！”

“显然这也是我的愿望。科学……”他似乎陷入了沉思，而后说：

“我们需要找到一个简单有效的沟通方法。”

他来回踱步，眉头紧蹙。突然他说：

“我真是傻了，您可以学速记呀，哈哈！”

他脸上写满了笑容。

“我还忘了有留声机，这个忠实密友。录制之后只要减速播放就可以听清了。就这么说定了，您在阿姆斯特丹期间就和我在一起吧。”

使命有望实现给我带来了巨大的快乐，之前徒然和枯燥的生活都显得有些甜蜜了。在博士智慧的人格面前，在科学的王国面前，我感受到了美妙的舒适，我孤独灵魂的阴郁，对官能丧失的悔恨，多年来忍受被排斥的苦楚，全都一扫而空，在新生活、真正的生活和被救赎的命运前化作过眼云烟。

八

第二天博士就开始为研究做准备。他给我父母写了封信，为我找了一名速记老师，并引进了一套留声机。因为他有充足的资金又极其热爱科学，他提出对我的视觉、听觉、肌肉构造、肤色进行全方位的细致研究，他对这些越来越好奇，不时地说：

“这真是奇迹！”

几天过去后，我欣喜地明白有条理的组织有多重要，即要区别开单一和复合、简单的异常和神奇的异常。同样，我还开诚布公地向博士要求了一个特权：我会一点一点向他揭示我的能力。

博士首先对我敏捷的感官和动作进行研究。他认为我有一套与我语速匹配的敏锐听觉。我们接连针对转瞬即逝的声音进行了几个实验，我可以轻松听清并模仿十到十五个人同时说话，由此完全验证了博士的设想。我视觉的敏锐度也不逊色；我们将我解析骏马飞奔、昆虫振翅的动作的能力与即时照相机捕捉画面的能力作对比，我的眼睛甚至更胜一筹。至于我对普通事物的感知力，无论是观察一群人同时进行活动，还是观察玩耍的儿童、乐器的演奏、扔向空中的一把石子，或是在走廊上同时向上抛出多个小球，然后在空中计数，我的表现都让博士的家人和朋友们感到震惊。

我在宽敞的花园快跑，一跳便能跳出二十米，我能迅速接住或追上掷出的物品，博士对此并没有大惊小怪，反倒是他身边的人因此非常崇拜我。在乡间散步的时候，我不时超过一匹奔驰的马儿，偶尔紧随着空中的燕子，博士的夫人和孩子对此简直百看不厌。不管是谁，不管是怎样的路况，我都能超出对方两倍的路程，就连鸟儿我也可以轻松超过。

而博士对实验的结果越来越满意，他是这样界定我的：“天赋异禀，所有的动作都可以如此迅速，没有人，也没有任何已知的动物可以将其超越。这一速度无论是在其身体整体还是在最微小的组织中都得到完全体现。事实上，对如此与众不同的造物，应当在动物界为其创立独立的分类和名称。其奇特的眼睛形态和淡紫色皮肤是其特殊状态的具体表现。”

对我肌肉系统的检查没有发现重大异常，我只是过于消瘦。我的听觉和其他身体系统也没有实质变异，只是皮肤颜色比较特别。至于我蜘丝一般细且黑得发紫的头发，博士也做了细致研究。

有几次博士笑着对我说：“要好好剖析您才行呢。”

时间就这样不知不觉地过着。我很快学会了速记，一方面我热切地渴望学会，另一方面速记这种转写方式正合我的天性，我甚至设计了一些新的缩合词。我开始写东西，我的速记员帮我进行传译。其次，博士为我专门改造了几台留声机，可以将我的话语记录并减速播放。

时间一长，博士对我建立起了完全的信任。起初几周，他曾怀疑我身体上的异常状态会造成心智上的疯狂，这也是人之常情。如今他已经打消了这个疑虑，我们的关系比以前更牢固了，我想彼此也更加亲近了。我们用大量常人眼中不透明的介质以及水、玻璃、石英这些在我看来达到一定厚度就变为深色的介质来测试我的视力。我之前说过我能看透木头、树叶、云彩以及许多其他物体，而水达到半米深时我就看不清水底，至于对常人来说很清澈的玻璃，在我看来则颜色有些深，没那么透明。一大块玻璃对我来说则显得黑乎乎的。博士一一证实了这些特点，他对我能透过云层看见星星这一点尤其震惊。

就是在这时候，我才开始向他提及我看到的颜色跟常人也不同。一系列实验证实了我无法区分红橙黄绿青蓝靛这些颜色，就像普通人的肉眼无法分别红外线和紫外线一样。但实验也表明我可以辨别紫色以及超出紫色以外的多种颜色，这一光谱的丰富程度至少是彩虹显现的光谱的两倍。[1]

---

1. 在我看来，石英可以分出八种颜色：极深的紫色和紫外光谱中与之紧随的七种颜色。还有大概八种颜色，石英也无法析出，但用其他介质可以大致分析出来。——原注

这比其他现象更让博士吃惊。研究工作耗时漫长，进行得非常细致，并且水准极高。在博士的精心操作下，通过科学方法得到的关于人类的细小发现使他更加理解一些看似没有关联的现象，例如磁场、亲和性、感应力等，他对一些生理学概念有了新的理解。他了解到金属在不同的压力、温度、电场的作用下会显现不同的、未知的颜色；再透明的气体即便在很稀薄的情况下也会呈现不同的颜色；无数通常被看作黑色的物体，在紫外线中能展现出比肉眼可以识别的色谱更加多样的色彩；电线、树皮、人的肌肤，在一天、一小时乃至一分钟内都不停地变化出多种未知的颜色——试想一个天才学者从中能获得多少启迪。

我们一起耐心地工作了一整年，而我却从没提起过摩地根——我无论如何都想让他先信服，我想先将我特殊视觉的无数证明摆在他面前，而后再和盘托出我最终极的秘密。终于，我相信揭开秘密的时机到了。

九

那是一个早晨，正值秋天，天气很温和，一周以来天上都云层密布，而雨一直没下。霍伊维尔博士和我在花园里散步。博士不怎么说话，专心观察我的一举一动。后来他开口说：

“无论如何，能透过云层直接看到太空实在是太梦幻了，我们这些普通人，简直像盲人一样……”

“如果我跟您说我不止能看到天空呢？”我答道。

“是啊，整个世界在您眼里都不一样……”

“比我跟您说过的还要大不一样！”

"什么？"他满怀好奇地叫起来，"您还对我隐瞒了什么吗？"

"我隐瞒了最重要的一点！"

他站定在我面前，直直地看着我，一副着实焦虑的样子，在我看来显得有些神秘。

"是的，最重要的一点。"

我们离房子不远，我快速回去让人准备留声机。这套设备比较重，由我的朋友调试精准，可以录很长的对话。用人把设备放在石桌上，夏天晚上天气好的时候，博士和他的家人朋友会在那里喝咖啡。设备装置妥当，正适合我们畅谈。我们的对话开始得跟平常差不多：

"是的，我向您隐藏了最重要的一点，因为我需要完全得到您的信任。就算是现在，即便我特殊的体质使您有了新的科学发现，我也担心您不会一上来就轻易相信我。"

我收住话头，等留声机重复我的话：我看到博士面色变得苍白，和那些大学者发现新领域时一样，他的双手颤抖着。

"我相信您！"他郑重地说。

"如果我说，我们的生物圈，包括我们世界里的动物和植物，不是地球上唯一的生命形式，而是还存在着另一个您见不到但却同样丰富多姿的生物圈，您也会相信我吗？"

他怀疑我在讲些神秘法术，忍不住说：

"第四种状态的世界……灵魂、鬼魂和幽灵。"

"不，不，完全不是。这些生命和我们世界的一样，转瞬即逝，有生理需求，有生老病死，有斗争冲突；和我们一样脆弱而短暂，受制于同样或类似的自然规则，是大地的囚徒，饱受无常之苦。但这是一个同我们的世界完全不一样的世界，除了通过对大地这个我们共同载体的改变之外，和我们的世界之间互不影响。"

我不知道霍伊维尔博士是否相信我，但我确定他情绪非常激动。

“它们大体上是流态的吗？”他问。

“这一点我无法知道，因为用我们常用的物质概念来分析，它们的属性中有很多互相矛盾的地方。大地以及大部分金属对它们来说和对我们一样坚硬，虽然有时候它们可以稍稍进入腐殖土中。它们相互之间是完全坚固而无法渗入的，但尽管有些吃力，它们却能穿过植物、动物、有机组织，甚至是我们，而我们也能穿过它们。如果它们中的一员能察觉到我们的存在，可能我们对它来说也显得像流态，就像它们在我看来也像是流态一样。但像我一样，它可能也会因同样的矛盾而无法下结论。它们的形态很奇怪，看起来毫无厚度。它们在体型上有着无数的差异。我见过长达上百米的，也见过像我们生物圈里最小的昆虫一样小的。它们当中的一些通过大地和大气获取营养，另一些通过大气和其他同类获取养料，但不会像我们的世界一样出现血腥杀戮，强的一方只获取弱的一方的能量，而不会伤害到它的性命。”

博士突然对我说：

“您从小时候就能看见它们吗？”

我知道他在想什么，他猜测我的机体近期可能出现了紊乱。

“从小就能看见！”我坚定地回答，“我可以提供一切必要的证据。”

“您现在也看得到它们吗？”

“是的，花园里有很多。”

“具体哪里？”

“在小路上，草坪上，墙上，空气中。您要知道，它们有的生活在地表，有的生活在空中，还有的生活在水上，生活在水上的几乎贴在水面从不离开。”

“到处都有很多吗？”

“是的，城市里几乎不比田间少，房屋里面也不比街上少很多。但室内的要比室外的小不少，可能是因为出去有困难，虽然木门对它们构不成障碍。”

“那铁、玻璃还有砖头呢？”

“这些它们穿不过去。”

“您可以为我描述体型比较大的一个吗？”

“在树边就有一只。它的形状很长，比较不规则，左凹右凸，边缘成波浪状，可以把它想象成一只扩大版的矮胖幼虫。但这种形态不是它所属种类的常态，因为同一个种类中的个体结构差异巨大，如果我们在此能用种类这个词的话。它厚度极小，这确实是它们共有的特性：它们的厚度几乎不超过零点一毫米，但长度可以达到近两米，宽可以达到四十厘米。它最重要的特点，也是它们生物圈的特点，在于个体体内互相交错的光线，这些光线方向不一，在两个光线系统之间交织成细网。每个光线系统都源于一个光束中心，光束中心像个斑点一样，有时微微凸出于它身体的表面，有时略显凹陷，但并没有固定的形状，有时接近圆形或椭圆形，有时呈环状或螺旋状，有时又呈其他不规则的形状。令人惊讶的是，光线中心是可以移动的，大小也时时变化。中心整体的波动使其边缘也剧烈地跳动。通常中心发出的光束很宽，也有很细的光束，光束发散开来，散作无数的细小光线，渐渐消失。而有些光线比其他光线暗淡很多，并不源于光束中心，它们独立于光线系统，交叉时也不改变颜色。这些光线可以在个体体内游走，并改变曲线，而中心及其发出的光线相对是稳定的。至于我们眼前这只摩地根的颜色，我无法向您描述——它显现的任何一种颜色都不在您肉眼可以观察到的色谱里，对您来说这些颜色也没有对应的名称。光线交织的地方颜色非常亮，在光束中心则略暗一些，独立的光线几乎没有颜色，但有一种特殊的光泽，简单来说，有些类似紫外线照射下的金属……我观察并总结过摩地根的生活、进食和活动方式，但我现在还不想和您说。”

我停了下来，博士重复放了两遍留声机听我的录音，而后他沉默了很久。我从来没见过他这样。他面部僵硬，眼睛发呆，毫无光彩。他出了很多汗，汗水流过他的鬓角，浸湿了他的头发。他想开口说话，但一个字也说不出。他颤抖着在花园里来回踱步，等走了一圈回来的时候，他眼神和嘴角透着近乎宗教性的狂热和激动，不过比起气定神闲的神迹追寻者，他更像是一个新兴宗教的信徒。

最后，他轻声说：

“您说的这些话太不可思议了！可您又讲得那么清晰有条理，而且您之前给我带来了那么多的发现，我怎么还有权利质疑您的话呢？”

“当然要质疑，”我热切地对他说，“要严苛地质疑，这样您的实验才会更有产出。”

“啊！”他的声音里透着梦幻，“这真是奇迹，这简直比天方夜谭还要神奇！我作为人类的智力在这些认知面前简直不值一提。这太让我激动了，但是，我还是有些疑惑……”

“我们一起用实验来消除你的疑虑吧，事实会以百倍来报答我们的努力的！”

十

我们狂热地投入工作中，不出几个星期，博士就消除了他的疑虑。巧妙的实验、无可否认的证据都印证了我的种种说明，另外我们有了两三个关于摩地根影响大气现象的发现，这些都扫除了他心中的猜疑。霍伊维尔博士的长子也加入到我们的研究中来，这个年轻人科学研究能力很强，提高了我们工作的效率和可靠性。

伙伴们的严谨态度和研究分类能力让我对摩地根的了解变得更清晰、更完整，我也在积极向他们学习。发现一个接着一个，严谨的实验带来了扎实的成果，这在古时候，甚至即使在一个世纪之前都会被当作痴人说梦。

到如今，我们进行研究已经五年了，而这项工作还远远没有走到尽头。我们的工作成果也不会很快公之于众，我们约定好，不匆忙赶工。我们各个发现的内在联系非常紧密，必须要以所有细节耐心细致地进行讲解。我们不在意是否要赶在某个学者之前发表，不在乎专利，也没有任何野心。我们所在的高度不存在虚荣和傲慢。微不足道的名利如何能与研究工作带来的快乐相提并论呢？另外，这些副产品完全源于我特殊的体质，这一体质的产生纯属偶然，又怎么能以此为傲呢？

我们充满热情地与研究为伍，但同时我们生活得又十分安详。

还发生了一件事，为我的生活增添了色彩，在休息的时候给我带来了无尽的欢乐。读者们都知道我长相丑陋，还非常怪异，年轻女孩见了我都害怕。但我还是找到了伴侣，她对我的温情报以微笑。

这是一个患癔病、精神焦虑的可怜女孩，有一天我在阿姆斯特丹一个收容所遇到了她。旁人说她看上去很痛苦，脸色苍白得像石膏一样，双颊塌陷，目光涣散。我却觉得她很可爱，很喜欢她和我做伴。而她也不像别人一样觉得我长相吓人，和我一起时她显得很高兴，很放松。我很感动，便想着再见到她。

很快，我们就发现，她的健康状况和精神状态在见到我之后都有所改善。测试之后我们发现我可以通过磁场影响她：当我走近她，特别是伸手向她打招呼时，可以向她传递愉快、宁静、平和等对她有治愈效果的感觉。而反过来，我在她身边可以感到久违的温情。

她的脸庞在我看来很漂亮，她的苍白和消瘦于我也是精致的，像很多超敏感体质的人一样，她的眼睛可以看见磁石的光泽，在我看来一点也不像别人批评的那样涣散。

总而言之，我对她倾心，她也报我以热情。从那时起，我就决心要和她结婚。而我有幸得到朋友们的好意成全，没有遭受什么波折就实现了这个心愿。

我们的婚姻生活很美好。我的妻子渐渐恢复健康，虽然仍旧很敏感脆弱。我第一次体会到了和其他男性一样的快乐。尤其是这六个月以来，我的生活有了盼头：我们有了一个孩子，而他完全遗传了我的体质。在肤色、视力、听觉、运动速度、营养摄取方面，他完全是我的翻版。

博士欣喜地看着孩子长大，我们满怀希望——对摩地根的研究、对与我们平行的生物圈的研究是如此耗时费力，却不会因为我以后不在了而停滞。我的孩子将来很可能继承我的事业。他为什么不能找到天才的伙伴，把他的人生推向新高度呢？他为什么不能也用他自己的眼睛看到别人看不见的世界呢？

而我，我不可以再有其他后代吗，不可以期待我亲爱的妻子来日再为我生几个像我的孩子吗？想到这里，我激动得心跳加快，真正的福乐降临在我身上，我感到自己在人间实属幸运。

（白钰　译）

一位超现实荒诞玄学家短暂而幸福的一生

鲍里斯·维昂（Boris Vian）可能代表了法国科幻小说的一个转折点。他不仅将美国科幻小说翻译成法语并助其在法国广受欢迎，而且还展示了通过科幻概念来品评时事的能力。第二次世界大战之后的美国科幻小说开始越发关注被科研实验室释放出来的、足以改变世界的力量。此前的美国科幻小说因为关注原子能（与原子弹）以及太空飞行而饱受公众嘲笑，但是后来的事态发展却证明了科幻的思考绝非无的放矢。维昂同样亲历了战争，也品尝过祖国被纳粹德国占领的滋味。这段经历以及翻译美国科幻作品的经验促使他将关注点转向了内在世界，转而研究西方文化与人类灵魂出了什么问题。在此过程中，他可能影响了英国“新浪潮”运动的发展。

维昂出身于阿夫赖城的一个中产阶级家庭，但他很早就走上了叛逆之路。12 岁时他得了风湿热，几年后又罹患伤寒，这两次患病影响了他的心脏功能（但这场病也可能促使他转向了文学与音乐领域）。他在 39 岁那年不幸猝死，当时他正在参加一场非公开电影放映会。放映的电影改编自他笔下一部硬汉主人公的长篇悬疑小说，他本人亲自撰写了剧本。他在巴黎度过了短暂而狂热的生涯，其间创作了 10 部长篇小说、42 篇短篇小说、7 部戏剧剧本、400 首歌曲、4 本诗歌集、6 部歌剧剧本，还翻译了总共 20 部长篇和短篇小说。与此同时他还参加过爵士乐队演出，录制过唱片，演过电影，并且撰写了约 50 篇报刊文章。但是他当初接受的是工程学教育，而且在纳粹德国占领法国期间整整做了 4 年工程师，直到 1946 年才转向专职写作。

如此繁忙紧张的工作安排远非维昂的孱弱体格所能承受，更何况他还要过一名巴黎的作家兼爵士乐艺术家的生活。在担任工程师的时候维昂写过几本长篇小说，然后出版了一部成功的浪漫奇幻小说《岁月的泡沫》（*L'Écume des Jours*，1946）。再然后维昂结交了让-保罗·萨特与西蒙娜·德·波伏娃，两人推荐他和他当时的妻子担任翻译。一位出版商问他能不能找几本美国纸浆悬疑小说翻译一下，几周后维昂呈交了一份名为《我要在你们的坟上啐唾沫》［*J'irai cracher sur vos tombes*，1946；1948 年英译为《我唾弃你的坟墓》（*I Spit on Your Graves*）］的手稿，声称原作者名叫弗农·苏利文（Vernon Sullivan）。这本"译作"不仅销量火爆，而且赢得了如潮好评。2 年后，遭到法庭传唤的维昂当庭承认自己就是这部作品的作者。后来他又创作了 3 本假托弗农·苏利文之名的小说。

此时维昂也开始了实打实的翻译工作，翻译了肯尼思·费林（Kenneth Fearing）的经典作品《大钟》（*The Big Clock*）和雷蒙德·钱德勒（Raymond Chandler）的《湖底女人》（*The Lady in the Lake*）以及《长眠不醒》（*The Big Sleep*），还有 A. E. 范·沃格特、威廉·泰恩、亨利·库特纳和雷·布拉德伯里的科幻小说。他还翻译了范·沃格特的《非 A 世界》（*The World of Null-A*），使得沃格特就像之前的埃德加·爱伦·坡那样在法国获得了更甚于在美国本土的欢迎。这批译作使得维昂在法国获得了现代科幻小说旗手的美誉。1950 年他创作的剧本《全部屠宰》（*Équarrisage pour tous*）抨击了军队里的作风与官僚主义。他的另一部著名戏剧是《创建帝国的人们》（*Les Bâtisseurs d'Empire ou le Schmürz*，1959）。他还开始出版自己创作的超现实主义科幻短篇与长篇小说，其中长篇小说有《北京的秋天》（*L'automne à Pékin*，1947），约翰·克卢特和马克西姆·雅库博夫斯基在《科幻小说百科全书》中将这部作品称作“或然世界中的沙漠乌托邦”；《红草》（*L'Herbe rouge*，1950），“一个将时光旅行和怀旧情调融为一体的超现实主义故事”；以及《摘心器》（*L'Arrache-Cœur*，1953），“一则关于脱胎换骨的寓言”。

维昂还加入了一个名为“荒诞玄学院”（Collège de 'Pataphysique）的戏仿科学组织，该组织最早由阿尔弗雷德·雅里（Alfred Jarry）进行描述，此人的短暂生命与职业生涯恰与维昂相呼应。像维昂一样，雅里接受了理科教育，写作范围广泛，精于超现实小说与荒诞小说，并且同样英年早逝。他创造了“荒诞玄学”（pataphysics）一词。根据布赖恩·斯塔伯福德的说法，这一学科“研究例外而非规律，并致力于为现实问题提供虚构的解决方案”。雷蒙·格诺、雅克·普莱维尔和欧仁·尤内斯库等作家将这一学科变为了现实。

维昂只有一部短篇小说集《蚂蚁》（*Les Fourmis*，1949）在他生前得到了出版。译者茱莉亚·奥尔德在序言中评论道：“但的确，维昂自始至终都是一位荒诞玄学家——别出心裁地遣词造句、玩笑般地创造新韵脚、发明乐器、即兴吹奏小号、构想出各种有趣的故事，还无不散发着潇洒的活力。”奥尔德追溯了马拉美、普鲁斯特、萨特、尤内斯库以及贝克特等人对于维昂的影响：“当他在 1945 年到 1946 年间构思创作其早期作品之时，已将普鲁斯特的叙事技巧、马拉美的文字游戏以及萨特的存在主义观点融会贯通，并借此创造了自己的声音。”她引用了维昂去世后负责其遗作的某位编辑的话：“毫无疑问，鲍里斯·维昂心目中的小说应当简短明快、绝不磕绊、飞转不休、戛然而止——这也正是他的写作方式。”

奥尔德总结道：“尽管天不怕地不怕，维昂却始终拿花哨的异想天开、古怪的两性遭遇，以及注定没有结果的浪漫恋爱当作幌子，将针砭时弊掩藏其中。但是他独具一格的戏仿往往将隐藏在战争、贫困、疾病以及失业之中的恐怖凸显出来。他的叙事虽然看似寓言，但其中各式各样的古怪主人公却总是无法摆脱此类恐怖的纠缠。”克卢特与雅库博夫斯基补充说：“终其写作生涯，维昂使用各种科幻手段来表达人的自我受到外部世界猛烈冲撞的感受，他笔下的角色有时也挣脱自身枷锁，超脱自我……”

但维昂自己并没能做到这一点。

（万年看客　译）

死鱼

［法国］鲍里斯·维昂

一

车厢门一如既往地卡着；列车另一头，头戴鸭舌帽的列车长用力按下红色按钮，蒸汽从管道喷出。助手费劲地把车门掰开。他快热死了。灰色的汗珠像苍蝇一样沿着他的脸歪歪扭扭地淌下来，眼见着浸透了他脏兮兮的薄衬衫领子。

列车长松开按钮，列车又要开了。蒸汽欢快地从车底冒出，车厢门猛地一松，助手差点没站稳。他踉踉跄跄地下了车，插销划开了他的挎包。

列车开了，带起的气流把他推向臭烘烘的茅厕，里边有两个带大刀的阿拉伯人在谈论政治。

助手抖了抖，拍了拍湿漉漉的脑袋上烂杂草一样塌掉的头发。半裸的胸膛上冒起一阵淡淡的雾气，露出凸起的锁骨以及一对或是两对难看又羸弱的肋骨尖。随着一阵沉重的脚步声，他沿着红色和绿色的六边形砖块铺成的站台行走，这里和那里都有长条的黑色痕迹。下午天上下了一些章鱼，根据伟大的宪章，站台的雇员本该好好清理站台，但他们当时忙着干一些不可告人的活计。

助手在他的口袋里翻翻找找，手指撞到了他本来要放回出口处的粗糙的硬纸箱。他膝盖疼得很——他白天去探索池塘，湿气让他那不牢固的关节咯吱咯吱响。

不得不说，他从挎包里拿出了一个体面的好东西。

他把车票递给站在护栏后一个身影模糊的男人。男人接过票，看了一眼，然后无情地笑了。

“您没别的票了吗？”他说。

“没有了……”助手说。

“这张票是假的……”

“但这票是我老板给我的。”助手轻轻颔首，面带微笑，客气地说道。雇员冷笑了一下。

“那难怪这票是假的了。他今天早上从我们这儿买了十张。”

“十张什么？”助手问。

“十张假票。”

“但是为什么呢？”助手说。

他的笑容逐渐消失，嘴角向左垮下来。

“为了给你们啊，”雇员说，“为了让你们先被骂，这也是我正在做的，这是一；二就是为了让你们不得不付罚款。”

“为什么？”助手说，“我没什么钱。”

“因为用假票乘车很无耻……”雇员说。

“但这不是你们制造的吗？……”

“没办法，总有人会无耻到用假票乘车。您，呵，您以为整天造假票很好玩吗？”

“您要是去做清理站台的工作肯定能做得更好。”助手说。

“别玩文字游戏，”雇员说，“交罚款，三十法郎。”

“这不可能……”助手说，“没票也只用交十二法郎。”

“用假票严重多了，”雇员说，“交钱，不然我叫我的狗来了！”

“它不会来的。”助手说。

“嗯，”雇员说，“但它总归能叫得您耳朵疼。”

助手看着雇员阴郁瘦削的脸，雇员回以恶毒的目光。

“我真的没什么钱。”他咕哝道。

“我也是。”他说，“交钱。”

“他一天给我五十法郎……”助手说，“我还得糊口。”

雇员拉了下鸭舌帽的帽檐，一块蓝色的罩子垂下来挡住他的脸。

“付钱……”他把大拇指和食指合拢摩擦道。

助手够到他那发亮的、打着补丁的零钱包。他从里面抽出两张皱巴巴的十法郎钞票，和一张还沾着血的五法郎钞票。

“二十五……”他不确定地讨价还价。

“三十……”雇员伸出三个指头说道。

助手叹了口气，老板的脸浮现在他脚趾间。他朝上面吐了口唾沫，正中眼睛。他的心跳得更快了。那张脸逐渐消散变黑。他把钱紧紧攥在手里，然后离开了。他听到咔嗒一声，鸭舌帽的帽檐又恢复到原位。他慢慢走着，到了小山坡脚下。挎包擦伤了他干瘪的胯，渔网上的竹制手柄，随着他的行走，不时地抽打着他羸弱又畸形的小腿。

二

他推开铁栅栏门，发出刺耳的嘎吱响。台阶上方一盏红色的大灯亮了，门厅里响起一阵轻微的铃声。他用最快速度走进去并关上门，由于防盗装置不在一贯所在的位置，所以他不可避免地被电到了一下。

他爬上过道。快到中间的时候，他的脚碰到了一个坚硬的物体，紧接着从地上喷出一股冰凉的水柱，溅到他的脚踝和裤子上，膝盖下方全部湿透。

他跑了起来。愤怒，就像每个夜晚一样，逐渐占据上风。他握紧拳头，翻过三个台阶。在往高处走的途中，他的渔网缠住了大腿，让他差点摔倒。一根不知道哪儿来的钉子第二次划破了他的挎包。身体里有什么东西扭作一团，他喘着气，说不出一句话。过了一会儿，他平静下来，下巴垂到胸上。潮湿的裤子传来一阵凉意，他抓住门把手，仓促地拧开。一阵难闻的烟雾升起，他皮肤的一部分粘在灼热的瓷器上，变黑，然后蜷成一团。门开了。他走了进去。

他瘦弱的大腿撑不住了，他倒在门厅的一个角落，跌坐在冰冷的地砖上，能感受到地砖的斑驳。他的心脏在肋骨之间发出低沉的声音，剧烈又无规律地一下一下用力震动着他。

三

“这差远了。”他的老板说。——他在检查挎包里的物件。

助手站在桌子前等待着。

“你把它们弄坏了。”老板补充道，“这里的齿纹完全被破坏了。”

“是渔网太旧了。”助手说，“如果您想让我抓到又新、质量又好的邮票，您得赔我一张干净的渔网。”

“是谁用这个渔网？”老板说，“是你还是我？”

助手沉默了。他灼伤的手让他疼痛难忍……

“回答我。”老板说，“是你还是我？”

“是我，为了您。”助手答道。

“我不强迫你。”老板说道，“如果你要求每天赚五十法郎，总要证明你值这个数。”

“减去车票的三十法郎……”助手说。

“什么车票？我给你买了往返车票了。”

“那个是假票。”

“你只能多加小心。”

“您怎么能指望我察觉到呢？”

“不难，”老板说，“用硬纸板做的票很明显就能看出来是假的，正常的是用木头做的。”

“好了，”助手说，“请您还我三十法郎。”

“不。所有这些邮票质量都很次。”

“这不可能，”助手说，“我花了两个小时才钓到这些，我还得把冰砸开。我已经尽我所能地小心了，六十张里面几乎只有不到两张是坏的。”

“这些不是我想要的，”老板说道，“我想要两分的圭亚那，1855年的。我对你昨天已经抓到的桑给巴尔系列毫无兴趣。”

“我们找到什么就抓什么，”助手说，“尤其是用这样的渔网。再说现在也不是圭亚那的时节。那些桑给巴尔您可以换掉。”

“今年所有人都能找到桑给巴尔，”老板说，“已经不值钱了。”

“那个打到腿上的水柱，那个门上的防盗装置，还有那个门把手……”助手突然爆发了。

皱纹在他年轻又干瘪的脸上挤成一团，他看起来快哭了。

“这能让你坚强起来，”老板说，“你想让我在这儿做什么，嗯？我，感到无聊。”

“去找邮票吧。”助手说。他用尽力气，总算控制住了自己。

“我雇你来就是做这个的，”老板说，“你是个贼，你偷了你挣的钱。”

助手疲惫地用磨破的袖子擦了擦额头。他的头跟钟一样亮。桌子略微向外移开了一些，他想找个东西当抓手。但是壁炉抢先逃跑了，所以他摔了下来。

“起来，”老板说，“别坐在我的地毯上。”

“我想吃晚饭。”助手说。

“下次吧，如果你回来得没这么晚。”老板说，“起来，我不想看见你在我的地毯上。快起来，该死！”

他的声音暴怒到颤抖，指关节敲得桌面咚咚直响。

助手费了很大劲才换成跪姿。他肚子很痛，手上留着血清和血浆。他先前用一块脏手帕缠了一下。

老板快速地筛选了一下，然后朝他脸上扔了三张邮票。它们粘在他的脸颊上，发出轻微的吸附声。

“你去把它们放回你抓的地方。”他说。

助手在哭。他的湿发垂在额头上，邮票在他的左脸留下印记。他笨拙地站了起来。

“我说最后一次，”老板说，“我不要次的邮票。而且不要再跟我说是渔网的问题。”

“好的，先生。”助手说。

“这是你的五十法郎。”老板说。

他从口袋里抽出一张钞票，朝上面吐了口唾沫，然后把它撕成两半，扔到地上。

助手痛苦地弯下腰。他的膝盖连着发出三下短促干脆的折断声。

“你的衬衫太脏了，”老板说，“你今晚睡在外面。”

助手把钞票捡起来，离开了房间。风更大了，震动着门厅铁门前的波形窗户。他把办公室的门重新关好，瞥了老板的身影最后一眼。而老板，正埋头专注于他的桑给巴尔集邮册，拿着一个黄色的放大镜，开始对比和估值。

四

他裹紧长外套，走下台阶，外套由于跟邮票水塘接触了过长时间而发绿。风从衣服布料的眼子里灌进来，把他的背吹得鼓起来，以至于他看起来像个驼背，这对他的脊柱不是没有伤害的。他忍受着内在模仿的痛苦，每天都要努力使他那些可怜的器官保持正常的形状和固有的功能。

天现在黑透了，地上反射出暗淡和廉价的微光。助手转向右侧，沿着房子的墙走着。他以解开的水管被拖行而形成的黑线来指引方向，老板拿着这些水管去淹死地窖里的老鼠。他来到附近一个满是蛀洞的狗窝，前一天晚上他也睡在这里。里面的稻草是潮的，闻起来有股蟑螂的味道。一床老旧的被子挡住了拱形入口。他把被子提起来，摸索着进入，那里忽然发出一道刺眼的强光，接着是爆炸声！一个巨大的鞭炮刚刚在狗窝里炸开，强烈的粉尘气味充斥其中。

助手受到了惊吓，心跳加速。他试图屏住呼吸来减缓心跳，但他的眼睛几乎立刻跳起舞来，他贪婪地吸了一口气。粉尘的气味同时进入他的肺里，让他稍稍平静下来。

他等待着一切恢复宁静，他仔细听了听，然后轻轻吹起了口哨。他径直慢慢爬进狗窝，在脏兮兮的稻草上蜷起身子。他又吹起口哨，然后竖起耳朵。一阵细微的脚步声在靠近，在地上苍白的微光里，他看到了他的活物，柔软、毛茸茸、被驯服的活物，他用死鱼把它喂养得如此之好。它进到狗窝里，靠着他躺下。他突然想起了什么，把手伸向脸颊。那三张邮票开始吸他的血，他粗暴地把邮票扯下来，忍住不叫出来。他把邮票远远地扔出狗窝外。地面的湿气可能会让它们保持到明天。活物开始舔他的脸，他跟它说着话，平静下来。他用很低的声音说话，因为他一个人的时候，老板会用一些设备监听他。

“他太让我心烦了。”他喘了口气。

活物轻声呢喃，更用力地舔了舔他。

“我想我应该做点什么。不能由着自己被欺凌，不管他怎么说，都要穿干净体面的衬衫，再拿到木制的假票。接着，把渔网修好，制止他往上面戳洞。我觉得我应该拒绝睡狗窝，并且要求有我自己的房间。还要要求涨薪，因为我无法靠着一天五十法郎生活。还要增重，变得强壮帅气，在他预料之外进行反抗，还要往他脸上拍块砖。我觉得我会的。”

他换了个姿势，由于思考得太紧张，以至于狗窝里的空气一阵一阵地从圆形洞口排出，里面剩下的空气不够呼吸了。他从狗窝地下的缝中透进来一些空气，空气穿过稻草，加重了蟑螂的气味，现在跟加热的杜松子酒那难闻的味道混合在一起。

“我不喜欢这个狗窝。太冷了。幸好你在这里。地窖里有些吵闹，是水进入老鼠洞的声音。你不可能每天都听着老鼠在耳边叫唤着睡觉。他为什么要不顾代价地弄死那些老鼠，还要用水淹死？我们背了那些老鼠的血债。”

活物不再舔他。他能在发光的地面那灰色的背景里看到自己的倒影和它的长鼻口、尖耳朵，以及反射着冷光的黄眼睛。它转了个圈，寻找了一个便利的位置，在他身边依偎下来，鼻子靠在他大腿上。

“我好冷。”助手说。

他小声抽泣起来。他的眼泪落到稻草上，升起一阵轻薄的烟雾，他的视线变得模糊。

“明天早上叫醒我，”他补充道，“我得把那三张邮票拿回来。希望他不会给我假的车票。”

远处传来一阵骚动，紧接着有刺耳的嗞嗞声和飞奔的脚步声。

“噢！”助手说，“就是这个！他又开始搞那些老鼠了！但愿是老鼠吧。我会自己拿着水管做这个。希望明天晚上他能给我五十法郎。我太饿了，我能吃下一只活的老鼠。”

他一边两手按着肚子，一边继续哭着。渐渐地，他抽泣的节奏缓下来，像机器逐渐停止运转，他蜷曲的身体伸展开来。他的脚伸在狗窝口外面，脸靠着难闻的稻草睡着了。在他空空如也的胃里，有石子的声音。

五

老板蹲伏在房间里，听到卖胡椒的姑娘说着一贯动听的话经过这里。他站起来跑向门厅，故意夸张地把门打开。他站在台阶上，看到姑娘走近了。

她穿着和往常一样的制服：齐臀的褶裙，红蓝相间的短袜，露脐短背心，更有红白条纹的棉制帽子，毛里求斯的胡椒卖家靠着耐心把这个帽子输出给了全世界。

老板朝她点点头，她走上前来。他也同时下了台阶向她走去。

“日安，”他说，“我要一些胡椒。”

“要多少粒？”她假笑着问道，因为她很讨厌他。

她的黑发和白皙的皮肤对老板起作用了——就像一杯冷水倒在了睾丸上——事实上，起了很大的作用。“上台阶来，”老板说，“我会告诉你具体的数量。”

“你就是想站在后面看我的大腿，对吗？”

“对。”老板流着口水说。

他伸出了手。

“先付胡椒钱。”她说。

“多少钱？”

“一百法郎一粒，你可以先尝一尝。”

“你会上台阶来吗？”老板嘟哝道，“我给你一套桑给巴尔系列。”

“我哥哥昨天拿了三张回家，”她发出悦耳的轻笑，“尝尝我的胡椒。”

她拿给他一粒，老板没有看出这是一颗有毒的康乃馨种子。他毫不疑心地放进嘴里，吞了下去。

卖胡椒的姑娘已经走开了。

“什么？”老板疑问道，“那不上台阶了吗？”

“哈哈哈！”卖胡椒的姑娘笑道，带着十足的恶意。

与此同时，老板开始感觉到毒药的提神效应，他绕着房子全力奔跑起来。姑娘斜靠着大门，注视着他。

第三圈的时候，她向他挥了挥手，等着他回看向她。他越跑越快，到第四圈的时候才看向她。她把小褶裙往上卷起，从她站立的地方，她看到老板的脸变紫了，然后完全变黑，最后烧了起来。由于他一直盯着刚才她让他看到的部位，他被园子里用来淹老鼠的水管绊倒了。他的脸摔在一块大石头上，正好磕在两块颧骨中间，鼻子和下巴的位置。他的脚还在地上蹬着，蹬出了两道沟，随着他的鞋子一点点磨损，沟里可以看到五个难看的脚趾印。

卖胡椒的姑娘把大门关上，继续前进。她把帽子的流苏甩向另一边，以示嘲笑。

六

助手徒劳地尝试打开车厢门。车里的温度被调得非常高，这样乘客们在下车时就会着凉感冒。这是因为列车的工程师有个做手帕生意的兄弟。

他辛苦了一整天，抓捕不太理想。而他现在心中充满了欣喜，因为他马上要去杀了他的老板。他终于强行把门掰开了——他一直反反复复地拉，然后意识到，大帽子列车长开了个恶毒的玩笑——他把门的开向调反了。

他很开心这次挫了挫列车长的锐气。他轻快地跳上站台，在口袋里摸索。他轻易地找到了那小片皱了的硬纸板，他得在出口处上交。他快速向那个地点走去，那儿有个滑头的男人，他认出了昨天的咔嗒声。

“我有一张假票。”他说。

“啊？”对方说，“让我瞧瞧。”

他把票递出去，那个男人接过票，检查得如此仔细，以至于帽子张了开来，以便让耳朵进到内衬里面。

“仿得很好。”男人说。

“——不过不是木制的。这是用硬纸板做的。”助手说。

“真的吗？”男人说，“如果先前不知道这是硬纸板做的，你会一口咬定这是木制的。”

“看起来完全一样，”助手说，“你就想想，我老板把它当成真的给我。”

“一张真票才十二法郎，”男人说，“他买假票要花更多钱。”

“多少钱？”助手问。

“我会给你三十法郎。”男人说着，把手伸向口袋。

从他随意的姿态中，助手识别出他是个堕落的家伙。但是男人只拿出用核桃染料制成的三张十法郎的假钞。“拿着！”他说。

“这自然是假钞，是吗？”助手问道。

“你得认识到，我不可能以真换假。”男人说。

“对，”助手说，“但我不换。”

他蹲下，继而猛冲过去，这样他瘦弱的拳头就可以狠狠擦伤帽子下这个人的整个右脸了。男人把手放在帽檐上，在说“你保管好”的时候被打倒了。他的肘部猛地撞在站台硬邦邦的水泥地上，那里的地上特地铺了荧光蓝的六边形。

助手跨过他的身体继续往前走。他觉得自己被热烈又明亮的生活浸透了，他加快了上山的步伐。他把渔网的带子拆下来，用作登山绳。行进中，他叉住路堑沿路护栏的铁柱上端，拉住手柄，在边缘锐利的石头之间轻松地往上爬。几米之后，被扯碎的渔网飞走了。他准备把钢丝圈绕在他老板的脖子上。

他很快抵达了门口，毫无顾忌地把门推开。他希望能被电到，这样他的愤怒会更强烈，但什么都没发生，他停了下来。台阶前有什么东西在无力地动弹。他沿着小路奔跑，尽管很冷，他的皮肤却开始变红，他闻到了身上平时没注意到的气味，一股混着稻草和蟑螂的霉味。

他绷紧了精瘦的肱二头肌，手指扣住竹制手柄。毫无疑问，他的老板杀人了。

他停下来，认出了那深色的西装和发亮的上过浆的领子，他惊呆了。老板的头只剩下发黑的一团，他的腿已经挖出两条深深的、带纹路的沟。

一种绝望袭来，他对自己的愤怒和对杀戮的渴望感到震惊，浑身发抖。他匆匆环顾四周，不安又慌乱。他本来准备了很多话要说。他必须得说出来。

“你为什么要这样做？你个杂碎！”

“杂碎”这个词回荡在没有感情的空气里，带着一种陈旧又空洞的音色。

“杂碎！废物！婊子养的！混蛋！臭婊子养的！强盗！废物！婊子养的！”

老板没有回答，眼泪从他的眼睛里涌出。他拿起竹制手柄，插在老板的背上。

“回答我，你这个老混蛋。你给了我一张假票。”

他把所有重量压上去，手柄没入被毒药软化的组织里。为了让肠虫爬出来，他操纵着手柄的另一端，让手柄像陀螺仪的轴一样转动。“一张假票，全是蟑螂的稻草，我的三十法郎，我还在挨饿，所以我今天的五十法郎呢？”

老板几乎不再动弹，肠虫也不再爬出来。

“我本来想杀了你，你个臭婊子养的。我得杀了你。你死了也要杀了你，你个老混蛋，对，就是你。我的五十法郎呢，嗯？”

他把手柄从伤口里拔出来，狠狠地砸向老板那已碳化的头骨，头骨像做过头的蛋奶酥皮一样塌下去。老板原来是头的地方，现在已经什么都没有了。它断在领口处。

助手停止了颤抖。

“你宁愿死掉是吗？好吧，但是我，我一定要杀一个人。”

他坐在地上，像前天晚上一样哭了。他的活物步伐轻盈地跑来寻觅友情。助手闭上了眼睛。脸上传来温和柔软的触感，而他的手掐住了活物脆弱的脖子。它并没有挣扎以逃脱，当脸上的触感变得冰冷时，他知道他把它掐死了。他站起来，沿着小路跌跌撞撞，然后走上了外面的大路。他无意识地向右转，而老板完全不动了。

七

一片巨大的蓝色邮票池塘径直出现在他面前。夜幕降临，水面反射着神秘而遥远的微光。池塘水不深，你能找到成百上千的邮票，但它们不值什么钱，因为它们一年到头都在自我复制。

他从包里拿出两根木桩，把它们插在池塘旁边，大概相互间隔一米的距离。他在两根木桩之间系了一条锐利的钢丝，绷紧，然后用手指碰了碰，悲伤的气氛弥漫开来。钢丝离地十厘米高，与池塘的边是平行的。

助手走开了几步，然后转过身，面朝池塘，径直向钢丝走去。他闭着眼，用口哨吹了一段温柔的旋律，他的活物很喜欢这段。他一小步一小步地慢慢走着，接着被钢丝绊倒。他倒下了，头掉到水里。他的身体一动不动，而在无声的水面下，蓝色邮票已经吸附到他瘦削的脸上。

（竹云　译）

酒瓶背后的外星人

美国最知名的编辑之一大卫·G. 哈特韦尔将鲍里斯·维昂称作“当代法国科幻小说发展中的关键人物。就像威廉·S. 巴勒斯一样，他也曾于二战后在知识分子阶层中为科幻小说辩护”。另一个关键人物是菲利普·屈瓦勒（Philippe Curval），这是记者菲利普·特龙什（Philippe Tronche）使用的笔名。屈瓦勒曾以多重身份为法国科幻的发展做出过贡献——图书商人，杂志编辑，摄影师以及历史学家——但他的主要角色是作家。他笔下的短篇小说仅有 20 多篇[1]，第一篇发表于 1955 年，当时他只有 26 岁。但是就像马克西姆·雅库博夫斯基和约翰·克卢特在《科幻小说百科全书》中指出的那样，这些作品足以让他美誉加身，被视为一名“文笔优美的作家，感性而又诗意，深切热爱着笔下的角色”。

屈瓦勒的主要创作方向是长篇小说。雅库博夫斯基在他编纂的法国科幻小说选集《驶向 ε 星》当中写道：“他的长篇小说无不浸

1. 菲利普·屈瓦勒在“科幻之路”系列成书之后著作颇丰，现已创作近百篇短篇科幻小说。

透了情感。”屈瓦勒的第一本长篇小说《太空冲浪》（*Le ressac de L'espace*）于1960年出版，并且赢得了儒勒·凡尔纳奖。他的《逆向之人》（*L'Homme à rebours*，1974）获得了法国年度最佳科幻长篇小说奖。《亲爱的人类》（*Cette Chère Humanité*，1976）将人类延长寿命与雅库博夫斯基所谓的“未来欧洲经济共同体的人为孤立”结合在了一起，这本小说获得了阿波罗奖（Prix Apollo）。

他还出版了十几本其他的小说——其中大多数尚未被翻译成英文——以及两本短篇小说集，一本是《仔细瞧瞧，孩子，酒瓶后面有没有个外星人》（*Regarde, fiston, s'il n'y a pas un extra-terrestre derrière la bouteille de vin*，1980），另一本是《菲利普·屈瓦勒科幻金典》（*Le Livre d'or de la science-fiction: Philipe Curval*，1980）。

屈瓦勒是20世纪50年代初期法国科幻的创始人之一，其他创始人包括雅克·斯泰亨贝格（Jacques Sternberg）、皮埃尔·瓦尔桑斯（Pierre Versins）和瓦莱莉·施密特（Valerié Schmidt）。但是，卢伊与尚邦在《科幻小说百科全书》的“法国科幻”条目中总结道：“最好的法国科幻作家——尤其是那些长期从事科幻创作的人——现在倾向于放弃科幻，转向恐怖小说……主流文学……以及剧本创作。”卢伊与尚邦将屈瓦勒也算进了转向主流文学的作家。

（万年看客　译）

比睡眠更沉重

[法国] 菲利普·屈瓦勒

弗朗索瓦蹒跚几步，猛地拽住夜室里的落地周期灯。

“老天！我又忘了吃阻眠剂了！”

他的眼皮很沉，太沉了，他感觉自己的整个身体都在以令人眩晕的速度向后倒下，就好像是由无数管子相互嵌套而成。他的身体弯折得接近极限，让意识藏入大脑深处，以免自己消失在阴郁的沉眠中。

他由于晕眩摔倒在地。落地的冲击唤醒了他。他强迫自己睁开眼睛，手脚并用爬向浴室，将脑袋伸进浴缸，摸索着打开淋浴龙头，让冰冷的水流倾注在脸上。

有那么几秒，弗朗索瓦觉得整个头颅像白糖塔一样，即将在水柱下溶解，然后消失在下水口。他努力抑制这种愉悦感。动起来，必须动起来！夜虫在他周围的暗处振动着。弗朗索瓦能够想象出它们的模样。如果他放任自己睡过去，它们就会渗透他，直至饱和，直至他的人格与它们构成的巨大休眠体融合。这个休眠体已经占领了地球的一大块领土。

清凉的流水给他输送了斗志。他很快便能将视线聚焦在水龙头上，它看起来不再像是在昏暗中旋转的大颗铜原子了。他站起身，仍然感到很虚弱。他打开药柜，将两颗阻眠剂胶囊倒入掌心，一口吞下。随后，他走进厨房，打开咖啡机，启动吐司炉。

几分钟后，他开始狼吞虎咽地吃自小最爱的丰盛早餐。安全感回来了。他在匆忙中错将一大坨酸辣酱抹在涂了黄油的面包片上。各色香料的刺激终于让他清醒起来。随即，阻眠剂将一种美妙的欣快感一路传递至他的身体最不敏感的区域。活着如此美好！只可惜这种感觉是嗑药带来的。

弗朗索瓦摸摸下巴，将颌骨夹在拇指和食指之间，使劲掐了掐，直至感到疼痛。看来他还没有到达暗夜彼端。

可他怎么又忘了吃保护剂呢！这已经是第二次，不，第三次发生这种倒霉事了。而且，他完全有时间考虑要做什么，他有整天的时间，因为他已经将近三年没有睡过觉了，自从夜虫入侵地球，制药实验室为对抗它们的潜伏行动成功合成阻眠剂以来，他就没有睡过。而且这种药物很有益于健康：它不仅切断睡眠中枢，刺激觉醒中枢，还能清除体内的所有毒素，是货真价实的细胞清洁工。弗朗索瓦不懂，或者是不想搞懂。至少目前还不想。

“现在十点。”落地周期灯报时了。迟到了！那就没必要着急了。弗朗索瓦仔细收起为打发长夜而摆在床边的诸样物品：书籍，电影，甜食，自慰用品。他可是个井井有条的单身汉。

一刻钟后，他到了办公室。

“第三次警告，杜图尔！下次我就不客气了，扣 30% 工资。”沙利耶克制地说道。这是他的直属上司。

“好的领导，谢谢领导。”弗朗索瓦用仅剩的一丝幽默答道。

古怪的是，他觉得异常平静。他在沙利耶不满的目光下，贴着墙，一副滑稽的样子走开了。

“让妮娜，早！”他兴奋地叫道。

他的秘书麻木地瞧了他一眼，做了个手势，意思是叫他关上门，因为有穿堂风。

“看来你今天心情不好？我之前有事耽误了，和涡轮机械的人约了见面。有人来电话找我吗？”

让妮娜一言不发，站起身，将来电名单丢到他桌上。他坐在扶手椅中，闻到秘书用的面霜散发出一丝幽香。于是他抬起眼。裹在粉色安哥拉兔毛套衫中的两只丰满乳房正在他上方微微颤动。让妮娜虽然脸蛋不讨喜，但身材可是没得说。或者说，有很多可以说，太多了，他只能把它们悄悄藏在自己心里。

涡轮机械的人来过电话。真倒霉！弗朗索瓦笨手笨脚地拨通他们公司的号码。

“您好，我是杜图尔。伦德沃尔在吗？”

听筒中传来电话交换机的噪声，几下咔嗒声，一声铃响，弗朗索瓦又报了一遍名字。

“噢，杜图尔，是您啊，谢谢您让我白等了这么半天！关于那六台机器的订单，不劳您费心了。我已经请您最好的竞争对手来供货了。”

“中央矿业？”

“正是。”伦德沃尔笑道，“自求多福吧，老兄。”

电话随即挂断了。要是再来一次这样的失误，弗朗索瓦就得走人了。阻眠剂带来的欣快感正在迅速褪去。他盯着对面的墙壁，墙上贴着一张很丑的广告画，画中五十吨重的压床像是在嘲弄他。闪亮的工字梁仿佛露出全部牙齿微笑着。他差点想叫让妮娜把这张广告画处理掉，但她阴郁的表情令他打消了这个念头。她正在噼里啪啦地打字。而且他还有很多信件要口述给她，都是紧急答复。

“让妮娜？”

“您有什么事？”

“您在打的东西急吗？”

她敲打着大写键，没有看他。

“好吧，那咱们下午再说。”

“今天下午不行，先生。您批了我今天下午休亲子假，还记得吗？”

弗朗索瓦在抽屉里翻找着合适的解决办法。他疲惫地拿出几张稿纸，准备手写信函。

弗朗索瓦写着信，逐渐陷入惬意懒散的状态，食堂的铃声将他唤回现实。他站起身。让妮娜正在对着手持化妆镜给脸上扑粉。她的身材充满热情与诱惑，难以抵御，他走近她，轻轻抚摸着她毛茸茸的套衫下的肩胛骨。

“明天见，亲爱的。露易兹和让·玛丽能跟妈妈一起度过这一天，一定很开心。”

弗朗索瓦永远也不会知道她的宝贝孩子是否真的喜欢茶点和巧克力小面包。但他很确定地知道，让妮娜一定认为他是个色鬼。

公司食堂的饭菜和往常一样乏善可陈，这一天余下的时光和早上一样，在不祥的气氛中过去了。六点钟，一天的工作结束了。事情为什么会这样？夜虫就在身边，无处不在，一点一点攫取着越来越多的灵魂，在人类的睡眠中栖身繁殖着，人们怎么还能像往常一样，继续如此卑劣地活着？

答案显而易见。从一起乘电梯下楼前往梦疗室的同事眼中，弗朗索瓦就能读到答案：因为人们还没有被剥夺属于他们的那一份梦境。

沙利耶也来了，大家都来了，就连让妮娜也结束亲子散步回来了。虽然参加梦疗不是强制性的，但它是生存必不可少的。

“哎，杜图尔。”沙利耶揶揄道，“你要干掉我吗？”

弗朗索瓦冷冷地打量着他。他很想说是的，但他不能。他转而将对话导向一个更为轻松的话题。

“我已经打消这种念头了，领导。今晚，我很想干让妮娜，我已经想了好久了！”

沙利耶对他露出一个微笑，像同谋一般将他推向治疗室门口。

扶手躺椅没有三年前刚装上的时候那么一尘不染，但还是那么舒服。弗朗索瓦轻吁一口气，躺了下来。他是最先落座的人之一。这样他便可以仔细打量周围人的面孔。这些无脑同事看起来个个无忧无虑，他们即将履行夜虫入侵地球以来最重要的社会责任，就像是古老的部落时代的驱魔仪式。

公司总裁站上讲台，故意咳嗽几声，像是要即兴讲话，但其实大家都很清楚他要说什么。

“女士们，先生们，亲爱的朋友们，今天梦疗的法定时长为两小时四十六分钟。我只有一句话要说：祝你们做个好梦。”

在他的示意下，灯光慢慢调暗，变成蓝色。梦境刺激器开始运转。弗朗索瓦刚系好防梦游安全带就进入了梦境，但他依然清醒。对于这种由潜意识操控的古怪感觉，他每一次都既害怕又期待，仿佛一颗全速飞行的陨石拖着他疯狂飞驰……

“啊，杜图尔，又迟到了。”沙利耶说，“过来舔我的脚。马上！趴下！趴下！”

弗朗索瓦拔出小刀，冲向这个老混蛋。

“放开我！松手！”

弗朗索瓦还没碰到沙利耶，沙利耶就消失了。取而代之的是一头西装革履的河马，正在抽抽嗒嗒。

“杜图尔，您太不厚道了，我们约好碰面的，您又来迟了。我本来想从您这里买一些棒棒糖成型机的。”

该死！又来了，他又梦见办公室了！弗朗索瓦环顾四周：大家都闭着眼睛。他知道他们没有睡着，吃了阻眠剂是不可能睡着的。他们只是在集中精神，充分享受政府提供的两小时四十六分钟的梦境补偿。这不仅是合法的，而且是保护公民健康所必需的。人类要不惜一切代价生存下去，于是发明了这种机制。但为什么一定要集体做梦呢？每一次，弗朗索瓦都被办公室的场景吸了进去，有如怪兽被巨龙吞噬。他想独自在家做梦，沉浸于自己的私人幻想。

让妮娜来了，一丝不挂，他的注意力被吸引过去。梦境刺激器正在全速运转，经过一天的辛劳和创伤，他的潜意识投放出的这些视觉冲击画面，进入他的大脑，仿佛一团墨水在水中洇开……

让妮娜的臀部曲线十分优美，乳房有如飞机引擎。可惜她的鼻子变得出奇地大，看起来像是阴茎。弗朗索瓦硬了起来。他朝让妮娜跑去。每跑一步，他的阴茎都会拍打在肚子上。距离她只有几厘米时，他停下脚步，看着她，想知道她对他怀有什么样的情感：没有欲望，没有厌恶，只有冷漠。他感觉后背发烫，仿佛体内有个电阻器，被这种亲密接触激活了。但当他试图抚摸她，他的阴茎触碰到她浑圆的小腹时，她的鼻子开始变小，收缩，最后化作一个小得可怜的附属器官。与此同时，弗朗索瓦的阴茎在这种收缩现象的作用下也开始变小，逐渐变得比正常尺寸还小，最后完全缩进体内，消失不见了。

“你可真是一无是处啊，可怜虫杜图尔。”让妮娜无情地说，“来，跪下。我有很多信件要打。”

弗朗索瓦温顺地照办了。他的秘书跨在他身上，开始疯狂敲打键盘。键盘是他嵌在脑壳里的。他突然间变成了一台忠实的打字机，复制出别人输送给他的文本：

“关于您 1 月 17 日的来函，我不得不遗憾地通知您，您所提及的订货无法在预定的日期发出。目前，夜虫已经控制了智利的大部分领土，我们无法进入铜矿……”

弗朗索瓦竭力想要逃脱这个梦境。目睹梦疗室的情景帮了他大忙，他所有的同事都在这里，正处于自愿休眠状态，此时无法进入他的梦中生活。他注视着几步开外的让妮娜，她正露出喜悦的微笑。或许就是她在秘密策划，篡改了他的梦境走向，把它变成了噩梦。

这就是集体入梦最可怕的地方，你无法把梦做完，如果梦境涉及他人，他们就可以进行干预。弗朗索瓦每次想要做个美梦的时候，都有人从旁捣乱。自从社会形成之初，就不该对其成员施加如此限制！所有人都能互相造访梦境的做法是对自由的侵犯。但这种情况无法避免。就算是亿万富翁也负担不起私人梦境刺激器。制造机密由政府严加把守，并且投入了大量警力防止情报泄露。

人类对夜虫的抵抗催生了完美的独裁。再也没有人能躲过社会压力。再也没有了自己的梦境花园！

尽管仍然有可能短暂逃离集体潜意识的梦境盛宴，正如弗朗索瓦现在所做的一样，但梦境刺激器的作用过于强大，很难长时间维持这种状态。总而言之，这样做有危险，事实上是非常危险，因为这种短暂的清醒时刻会削弱疏解作用。弗朗索瓦很快就进入一段极为痛苦的梦境，响个不停的电话铃声化作不断喷射的番茄酱和芥末，令他想起自己过去几个月来的工作失误。幸好，梦疗结束了。

“想参加梦后自由谈的人可以留下来。”总裁说。“梦疗环节已经结束了。祝大家晚安。还有，睡前可别忘了吃阻眠剂！”他又补充道，就好像他每晚重复的这些台词是世界上最好笑的笑话。

沙利耶朝弗朗索瓦走来，大概是打算谈谈早上的事，弗朗索瓦故意推开他，跑向门口。他需要透透气。他冲到街上，停步深吸一口气。雨点落在他的舌尖上。他看了一眼阴云密布的天空：暴风雨要来了！雨很快下大了，他觉得自己像是被困在一个潮湿的棉线球里。弗朗索瓦决定步行回家。好冲冲干净！

几个月前，他会留下参加梦后自由谈。大部分同事都会留下。他们觉得，讨论各自的梦境能够化解他们之间白天发生的大部分矛盾。如今，弗朗索瓦再也受不了这种事了。

他停下脚步，倚靠在一栋塑料大楼的一面干净的墙上，不锈钢窗沿挡住了雨水。各色招牌的霓虹灯穿透一成不变的雨幕，模糊了他眼前的街景。一幢高层居民楼的窗户里透出灯光，有如通了电的未来蜂巢。在两栋混凝土建筑之间的暗处盘旋着夜虫，它们是极其微小的微生物，暗夜之尘。弗朗索瓦突然意识到，他的命运夹在两种同样可怖的威胁之间。一边是处于战时状态的社会，以保护之名控制了人们的梦境；另一边是夜虫，它们等待着人们暴露弱点的瞬间，以便夺取他们的精神世界。

弗朗索瓦觉得自己成了一个抵抗者。他终于可以摆脱办公室的噩梦了。他想出了一个解决方案：他必须独自做梦。那么，为何不躲在梦疗室的隐蔽角落，等大家都走了之后，自己启动梦境刺激器呢？这个主意如此显而易见，如此精妙绝伦，他都不禁感到奇怪，为什么以前没有人想到过。除非……人们总是喜欢抱团，特立独行者只能遵守规矩！

梦后自由谈还在进行中。弗朗索瓦溜进梦疗室旁的厕所。他记得上面有个小小的藏身处，大概三十厘米长，是水管和电线所在的地方。他爬上去，蹲下身，静候讨论结束。

几个员工走进厕所。

“我觉得沙利耶人挺好的，谋杀他的梦越来越少了。两年前我刚来的时候，每天晚上他都得被干掉两三回。现在，他一周才会挨上几拳。”

“强奸也是。我记得，以前每次梦疗时我都能在楼道里碰到一两个婆娘爽一把。现在呢……”

其余的话随着两人离去而消散。

弗朗索瓦等待着，直到他确定只剩他一个人的时候，才从藏身处跳下来。安全夜灯给梦疗室笼罩上一层粉色的光。他爬上短短一截旋梯，前往梦境刺激室。操作很简单，过于简单了，就连设备运转说明的图例都是用黑体字写的，十分容易辨识。事实上，只需要按下一个按钮，就能启动造梦机。弗朗索瓦突然害怕起来。他不知道自己在怕些什么，但他在发抖。这种感觉持续了几分钟，最后，他内心的叛逆占了上风。他启动机器，爬下梯子，独自在梦疗室里坐好。

他躺下的时候仍然浑身紧绷。他闭上眼，试图放松下来，很快便进入梦乡：他在家，在夜室里。

太好了！他终于梦到了一个独一无二的私人梦境，没有人会来干扰情节发展了。其实这个梦没有什么情节，他一个人在家待着就已经很满足了，这是好几个月以来的第一次。落地周期灯报出流逝的时间。他很快便将所有常用物件在手边摆好，然后躺到憩榻上。这个梦柔和，温暖，平静。弗朗索瓦感觉很放松。这个梦属于一个逝去的年代，就像是夜虫降临之前。那时的夜晚，做梦还不必害怕。他敢尝试一下吗？毕竟他正处于梦境刺激器的作用之下，随时可以打断梦境。是的，他梦见自己正在渐渐入睡，这是三年来的第一次。他从未做过如此美好而禁忌的梦。

弗朗索瓦闭上眼，睡意有如闪电般袭来。他既快乐又忧伤地品味着这种感觉。几秒钟后，他睡着了，再也没有人能叫醒他了。

沙利耶关掉了梦境刺激器，低声说：

“可怜的杜图尔，这样是他最好的归宿。”

他爬下旋梯，凝视着弗朗索瓦蜡人一般的身体，他已经陷入永远的睡眠状态。现在，他已经变成了另一个庞大的生命体的一部分。他与夜虫融为一体了。

如今不比往昔，每一个人都必须选择一个阵营，或与人类并肩，或投身于梦境。

（汪梅子　译）

科幻多面手的诱惑

艾萨克·阿西莫夫在1973年出版的《星云奖中短篇小说之八》（*Nebula Award Stories Eight*）的前言中评论道："一位优秀的科幻小说家有能力且应该能创作出他打算创作的任何其他门类的作品（并且赚到更多的钱），假如他当真愿意费这个事的话。许多科幻作家都走上了这条路，科幻领域也因此流失了不少人才。"同样是在1973年，热拉尔·克莱因（Gérard Klein）出版了他的最后一部长篇科幻小说，不过他停止创作的原因倒不是他像屈瓦勒与其他法国科幻作家那样被别的写作类型吸引了过去，而是他从1969年开始负责为出版商罗贝尔·拉丰[1]（Robert Laffont）编纂科幻小说丛书"别处与明天"（Ailleurs et Demain）。克莱因从未停止撰写富有见地的科幻批评与导言。研究法国科幻的学者乔治·斯拉瑟在《圣詹姆斯科幻作家指南》中评论道："到头来，他对科幻小说做出的最独特的贡献或许还是他作为批评家和理论家所做的工作……克莱因的作品值得进行

1. 法国著名出版商。他于1941年创办的罗贝尔·拉丰出版社是全世界最大的法语翻译图书出版社之一，现归属于法国第二大出版集团埃迪蒂集团。

大量翻译，他的批评文章与编辑评论理应与更多读者见面，从而让他能够与根斯巴克、坎贝尔和奥尔迪斯等科幻文化的塑造者们平起平坐，得到应有的承认。”

克莱因出生于讷伊，后来在巴黎大学获得政治学和心理学学位。他长期担任经济学专家，专门研究储蓄领域，还曾为多个旨在预测未来趋势的法国智库担任顾问。“鉴于这样的背景，”斯拉瑟写道，“克莱因倾向于将他笔下的科幻小说（以及科幻小说这一文学门类）视为这项活动的延伸，尤其是将科幻当成在主导人类文明发展的结构层面上研究问题的工具。”

他的第一部短篇小说于 1956 年发表在法国杂志《小说》上，1958 年他又出版了自己的第一部长篇小说《群星的开局》（*Le gambit des étoiles*）。随后他以类似的太空歌剧套路继续创作了 5 部长篇小说，由黑潮出版社出版，带有极具美国特色的典型花哨封面，就像克莱因的主要美国出版商 DAW 为这些小说设计的装帧一样。不过斯拉瑟指出，克莱因的作品尽管乍一看无非是“无脑的动作冒险，但是逐渐就变成了遵循伏尔泰传统的哲学故事”。克莱因的最后一部长篇小说《战争霸主》（*Les seigneurs de la guerre*，1971）由罗贝尔·拉丰出版社在创立了自己的科幻系列后付梓出版，英文版由约翰·布伦纳翻译，双日图书公司（Doubleday）出版。

但是，克莱因为法国科幻做出的最大贡献或许还是担任了“别处与明天”科幻系列的编辑。在任期间，他出版了一批最新且最具争议的美国科幻小说，例如海因莱因的《异乡异客》（*Stranger in a Strange Land*）、赫伯特的《沙丘》（*Dune*）、勒古恩的《黑暗的左手》（*The Left Hand of Darkness*）、德雷尼的《新星》（*Nova*）以及斯宾拉德的《大跳蚤杰克·巴伦》（*Bug Jack Barron*）。斯拉瑟指出，这批译著当中最核心的作品是“1970 年出版的菲利普·迪克的《尤比克》(*Ubik*),以及 1972 年出版的姊妹篇《死亡迷局》(*A Maze of Death*)。引进这两部作品是极富远见之举。通过这两部长篇小说,迪克在 20 世纪 70 年代对法国科幻小说产生了深远影响,催生了所谓'迪克式'的法国科幻杰作,例如米歇尔·热里的《不安定的时代》(*Le Temps incertain*)和安德烈·吕埃朗的《隧道》(*Tunnel*)"。

也许更重要的是,通过出版这些作家和其他作家的作品,克莱因为他们与其他当代法国科幻小说家(例如屈瓦勒、克里斯蒂安·莱乌利耶和斯特凡·伍尔)创造了市场。"别处和明天"系列至今依然是法国主要的科幻出版物。

克莱因早在 18 岁那年就开始出版作品,他的短篇小说和文学批评对法国科幻小说产生了重大影响。马克西姆·雅库博夫斯基写道:"他很快被誉为法国的雷·布拉德伯里。"克莱因"在 1956 年至 1962 年间发表了超过 40 篇精心创作的短篇小说(到 1977 年已达到 60 篇),与此同时他还在多种出版物上刊载了 30 篇一针见血的论文,由此确立了一名咄咄逼人且见识透彻的科幻文学批评家的地位"。

斯拉瑟写道:"克莱因的重新定义科幻的系列论文里,收尾总结的论述人物并不是海因莱因,而是刘易斯·卡罗尔。卡罗尔是描写心灵与世界互动的大师,是从超现实主义立场出发,寻找或相邻或替代的平行宇宙而非扩展本宇宙的大师。通过将卡罗尔树立为科幻创作的典范——这样的科幻作品本着笛卡尔式的怀疑论向内心退居,其创作模型并不是奉行扩张主义的太空歌剧,而是象征主义与超现实主义诗人们探求内心的旅程——克莱因可以说是指引了法国科幻小说的一般方向。克莱因的愿景——从物质世界向内心世界的退居最终可以通过这一撤退过程所营造的心智空间来满足人们从笛卡尔出发而进一步改进的需求，这样做不仅能够根除物质世界，还能反复消灭物质世界——恰当地描述了20世纪七八十年代众多法国科幻作品的内在动态。”

（万年看客 译）

回声之谷

[法国] 热拉尔·克莱因

这一次，我们冒险翻越了粉红色的图拉山脉，一片由晶体构成的绿洲，而后又用数天穿越无数沙丘。火星的天空永远是一片深邃的蓝色，和这颗星球一样纯净，偶尔有几分灰，日出和日落时则呈现出美丽的玫瑰色。

牵引车运行良好。我们进入了迄今几乎未曾被探索过的地区，至少没有在陆路被探索过。我们有理由确信自己是首批涉足这片荒凉地带的，至少是首批人类。我们正在搜寻某种古代文明的痕迹，但这种搜索多少有些漫无目的。地球上一直没有承认，火星上不仅没有生命，而且始终荒无人烟。长久以来，人们一直希望能够在火星上发现业已灭亡的帝国的遗迹，或是这颗红色星球的神秘主宰者的没落后代。关于火星的故事已经太多了，尽管十年来就此开展的科学探索一无所获，也依然无法打破这些传说。

不过，无论是费里埃、拉萨尔还是我，都不太相信会发生如此奇妙的邂逅。我们都是成熟的人，比较现实。而且，我们几年前离开地球就是为了逃离当时席卷家乡的疯狂。我们不太愿意谈起这件事，因为它令我们感到痛苦。有时，我们会想，大概是因为我们这个物种刚刚获得自我意识，在面对浩瀚宇宙时感到无比孤独，所以才会发出挑战，渴望得到回答，哪怕这个回答是致命的。但宇宙始终保持缄默，诸多星球也依然荒凉。

此时，我们正在向南，朝着火星赤道的方向行进。目前的地图还不太精确，我们被委派了一个在高空无法完成的任务：确认一些地质报告。作为心理学家，我只是勉强符合完成这项任务的资格要求，但我会驾驶牵引车，也能操作各种仪器，火星上又人手稀缺。

更可怕的是，这些日子终日单调。地球上的人舒适地坐在桌前，撰写关于我们的故事，令成千上万的读者动情落泪。他们谈论着我们的英勇事迹，我们每迈出一步都有可能展开的冒险，还有未知世界的无尽壮景。可我从来没遇到过这些东西。我们的确会遇到危险，但危险并非来自沙丘，而是潜伏在我们身边，比如呼吸器泄漏，牵引车或无线电站发生通信故障。最危险的是无聊感。火星是一个荒凉的世界。这里的地平线短而有限。宽广的灰色沙漠也算不上什么振奋人心的景色。风景本身并不难看。但你会沉重而敏锐地意识到，目力所及之处和目力所及之外的方圆数千公里都是这种一成不变的景象，而你一动不动地坐着，任由牵引车带着你缓慢前进。有点像是你清楚地知道明天将和昨天毫无差别。

你继续前进，一连驶上数个小时，就像是一台机器。你就是机器，你就是牵引车，你连续几个小时在沙丘间穿行，绕开经过风力缓慢侵蚀的大块岩石，它们终有一天也将化为沙尘。你偶尔抬眼仰望天空，眯着眼睛发现白天竟有群星闪烁，起初你无比惊讶，后来便心生厌倦，甚至愿意付出任何代价让这些夜的眼睛合上。

于是，你开始想象回到地球之后要做什么。你听到了很多消息，都是坏消息，一直都是坏消息。地球上发生的一切都很反常。人们说如今是“疯狂年代”。于是，返回地球的渴望化为厌恶。深深的厌恶。

你仍然继续前进。心中毫无希望。过了一阵，你看到沙丘间出现了某样东西。你猛地踩住刹车，以免撞上去，但其实什么都没有，每次都是如此。有人开着开着车会打瞌睡。其他人会发现，因为牵引车的路线突然变得混乱。他们会叫醒驾驶员，或自己抢过方向盘。这种事算是一点消遣。

我就不一定了。我有时会编故事。故事发生在火星，或者太空，或者另一个世界，但绝不会发生在地球上。我不愿想起地球。拉萨尔和我一样。费里埃的情况比较糟糕，他一刻不停地想着地球。我不知道他这样下去会发生什么事。

他是个地质学家。我看到过他从沙中挖出一小块贝壳，那曾是某个生物的远古住所，但生物早已枯萎消亡，被火星的轻风带走了。他再也没有发现过更有价值的化石，更大更强也更脆弱的生物的遗骸。

我看到他试图推翻这些证据。看到他凝视着火星的山丘，静静盘算着有一天要把这数百万吨沙子翻一遍，希望能从火星深处找到某种被遗忘的种族已然褪色的胚胎。我觉得他话太少了。在火星上一言不发不是好事。在太空中也一样。他总是不说话，仿佛数百万吨的沙子都压在他身上。他跟拉萨尔和我一样，在太空中寻找出路，好逃离地球。但他还有别的期待。他希望能在太空中遇到跟他不同的东西。他想要遇到完全陌生的种族，他觉得在火星的峭壁上能够发现与地球截然不同的新世界的历史。他小时候肯定沉迷于月球人的故事。

除此之外，他跟拉萨尔和我没什么区别。有些东西，我们是无法忍受的。除非我们能确定，在某个晴朗的日子，一拐弯或是两座小山之间，我们会发现一座闪闪发光的城市和一些完美生物。但拉萨尔和我知道，今天不可能发生这种事，明天也不可能，而费里埃却已经等不及了。

我们有三个人，这个人数没法打牌。我们有时看书。偶尔也听听广播。但我们最经常做的事是睡觉。这样可以节省氧气。也有助于向前看。我们从不做梦。

天色渐晚，于是我们离开牵引车，取下设备。我们会进行一些测量，然后将结果发送出去。随后我们启动催化炉，它在透明的钟形玻璃罩下安静运转，在幽暗中发出红光，有如温室的花朵。接下来是吃饭。然后，我们打开一个像阳伞一样的东西，这是我们的帐篷，以免火星的致命寒气把我们冻透。然后我们再次尝试入睡。但没什么用。因为我们几乎整天都在牵引车的颠簸中沉睡，大家轮流开车。夜幕降临之际，戴着呼吸器很不舒服，我们感到窒息，突然口渴起来。我们睁着眼躺着，凝视着帐篷的乳白色穹顶，聆听着风将沙粒刮到塑料上，发出恼人的沙沙声，有如昆虫踏过。

这些夜晚，我们有时会想，以后的太空会变成什么样子，这些行星会变成什么样子。我们意识到，有一天，人类将会给火星制造出大气、海洋和森林；这里将建起一座座城市，繁荣、壮观，其中的建筑比地球上的所有城市都要高耸，太空飞船将会把这颗星球和其他世界连接起来，未知的疆界将推移至太空的其他地方，可见的地平线将一再延伸。这些想法平息了我们的焦虑，我们清楚，地球和人类如今要求火星提供它所无法给予的东西，试图在记忆中探究往昔，想要从中找到远古衰落的痕迹，但这是一条错误的道路。我们战栗着意识到，答案存在于未来，我们必须投身于未来。

有时，我们会意识到，我们正处于一种矛盾境地。我们既是过去，也是未来。我们身处刚刚逝去不久的几代人的疯狂梦想之中，我们开辟的道路也是尚未诞生的孩子的道路。过去，我们是寂寂无名的神话；未来，我们将成为被人遗忘的传奇。

我们晚上停止前进，因为太冷了。极端稀薄的大气造成了巨大温差。早晨九点左右，我们会再次出发。

今天，我们穿过一片灰茫茫的沙漠，发现这一带散落着扁平的黑色岩石。是风成卵石，其中有些卵石的形状颇为古怪。随后，我们终于抵达了这片红土地带的尽头，这里已经和火星赤道接壤。地平线上，侵蚀而成的山脉缓缓浮现。沙丘变小了，分布也稀疏起来。阻碍视线的风蚀地带保护着这片平原免遭风袭。我们的足迹将会破坏沙漠的偶然和不规则。在我们之后，这些痕迹将长久留存于此。

平原地表缓缓下降，我们仿佛正在进入一片干涸的大海，一片存在于想象中的滨海水域。突然间，我们看到地平线上出现了一些半透明的石柱，非常细，非常高，边缘极其锋利，我们简直难以相信自己的眼睛。正在开车的费里埃喊出了声。他踩下油门，牵引车突然开始颠簸，拉萨尔和我差点从座位上飞出去。

“难以置信。”

“这山峰太壮观了。”

“不，是峭壁。”

但它既不是山峰也不是峭壁，当天晚些时候，我们看出来了。这是一片高地，大概由晶体构成。这些晶体可能是很久以前从火星内部喷射出来的，甚至可能是从天而降，又被某种不可思议的震动劈开，于是才会出现在这片亘古不变的平原上，像是一颗牙齿，虽然豁了口，但仍然极其锋利。

“这是我第一次在火星上看到尖锐的东西。”费里埃说，“这不是侵蚀造成的。风沙都不可能在这块岩石上切出这样的口子。也许只是一块缓慢生长的巨大水晶，分子缓慢聚合在一起，或者也可能是……”

我们对视一眼。那个词已经挂在嘴边。人造的。这是否便是地球长久以来翘首期待的证据？

我觉得，被非生命体欺骗是最糟糕的。因为你无法指责它。我们突然开始相信火星。就像孩子一样。

结果我们被骗了。它不是人造的。

但我们并不想责怪自己。心怀希望是疯狂的。但我们无法控制自己。

我们在晶体山脚下过夜，这一晚比前几天更难入睡。我们既失望又满足。我们的长途跋涉没有白费，但这趟远征的秘密目标完全没有实现。

早晨来临，气温变得可以忍受，我们调整了呼吸器，走出帐篷。我们决定探索一下这片岩石高地，于是将牵引车留在原地，只带了些补给和设备，轻装出发。

晶体峭壁并没有特别陡峭。其中有很多裂缝和缺口，可以用来攀登。岩石呈现墨色，夹杂着深邃的透明纹路，提醒我们这些冰块曾经在太空漫游，是远古海洋的遗物，是来自浮冰的碎片，最终沦为行星灰飞烟灭后的残骸。

我们试图抵达最大的裂缝，希望就此确定这块高地的深度和结构。也许那里有一个水银湖等着我们，或是石刻，或者甚至是某种生物，通向另一个维度的入口，先于我们的探访者的足迹。因为，尽管火星沙尘在数百万年间慢慢掩埋了一切，但这块岩石却幸存了下来。它逃过了在这颗红色星球地表流动的尘暴，也逃过了在微风推动下不断前进的沙丘运动，在某种意义上，它是往昔的见证者，那时，人类还不敢抬头仰望星空，更不敢想我们有一天会疲惫地穿越群星。

但当我们抵达时，发生了出乎意料的事。打头的拉萨尔大喊起来。我们清楚地听到了他的声音，急忙加紧步伐。断后的费里埃叫我快点。我们绕过一块石头，看到了拉萨尔。他似乎正在全神贯注于某样东西。

“听。”他对我们说。

起初，我们什么也没听到。我们又向前迈出一步，跨过了寂静与声音的分界线，于是听到了一种摩擦的噪声。

我们一动不动。这既不是风啸，也不是沙鸣，更不是石头轻轻碰撞或冰霜冻裂岩块的声音。是一种稳定的沙沙声，像是数以百万计的信号噪声叠加在一起。

火星空气过于稀薄，无法将声音传递到我们耳中。此外，我们的耳膜也无法耐受外界和呼吸器之间的压力差。我们的耳朵完全被覆盖住，在微型扩音器的辅助下可以听到彼此的声音和火星上的响动。然而，我敢保证，这种声音和我此前在火星上听到过的任何声音都不一样。这不是人类发出的声音，也不是石头。

我微微动了动脑袋，突然听到了另一种声音。这个声音盖过了沙沙声，把它变成微不足道的持续背景噪声。我听到了某种说话声，或者说，是数以百万计的低语，整整一个种族的嘈杂喧嚣，呢喃着令人难以置信但却无法辨识的话语，用地球现存的任何音标都无法记录它们。

“他们在那里。”拉萨尔两眼发亮，对我说道。他向前走了一两步，我看到他正在快速更改耳机设置。我也照样操作起来，因为低语声已经变成一场风暴，虫鸣化作难以忍受的猛兽哀号，这种咆哮虽听不真切，却极其可怖。

我们沿着两块岩壁之间的狭窄裂缝前进。这种声音一波又一波，不断向我们袭来。我们的听觉几近耐受极限。我们感觉到，不，我们知道，我们终于要发现我们到火星来寻找的东西了，我们曾经苦苦哀求太空而不得的东西。

与另一种生命的接触。

随着声音愈来愈大，我们再也没有一分一毫的疑虑。我们不是容易受骗的人，也不会任由自己凭空想象。能制造出如此丰富声音的只可能是有机生命。我们听不懂，这没关系。我们相信，地球上的智慧和机器一定能解决这类问题。我们只是地球的使者。

转过裂缝的最后一个弯道，山谷终于出现了。它像是一个干涸的湖泊，四周都是高耸光滑的峭壁，越高的地方越险。山谷另一端逐渐变窄，形成隘口，最终被一堵岩壁封死。

除了我们的来路，这个山谷没有其他通路，除非从天而降。这地方与其说是山谷，其实更像一个冰斗，一个巨大的长方形冰斗。荒无人烟。

但这些令人无法理解的声音却铺天盖地而来。

这是一个无形的湖泊，一个由声音与尘埃构成的湖泊，这种尘埃无比细密，年复一年地落在这个庇护所中。这些尘埃来自群星，由抹去一切痕迹的风送到这里。召唤着我们的生命或许已经被这些尘埃吞没了，埋葬了。

“有人吗？”拉萨尔喊道，嗓音沙哑。

他想要的是回答，他期待的是寂静、震惊，但冰斗中空空如也，密集的声浪一波又一波向我们袭来。低语着，念诵着，一口气讲出整句整句的话，从看不见的唇中。

“你们在哪里？喂，你们在哪里？”拉萨尔悲伤地喊着。他不满足于听到的东西，他想见到这些未知的使者，美也好，丑也罢，他想看到从这片尘埃湖中跃出某种生物。他的手在发抖。我也一样。我听到背后传来弗里埃气喘吁吁的短促呼吸声。

“有人吗？”山谷另一端传来一个极其微弱的声音。

是拉萨尔的声音。它与无数声音的喧嚣背景格格不入。它是漂到我们岸边的一小块残骸。

“他们在回应我们。”拉萨尔难以置信地对我说。

随即，他的声音从山谷中的一千个位置传来，有如虫鸣，尖锐，轻微，支离破碎，周而复始。“有人吗，有人吗，有人吗？”那个声音说，“你们在哪里——哪里——哪里——哪里——哪里……”

回声，我心想。是回声。拉萨尔转向我，我从他的眼中看出，他也意识到了。我感觉到费里埃将手放在我的肩头。我们的话语和响动与充斥山谷的声音相融合，变出声波干涉的戏法，又将声音送了回来，就像是声音的哈哈镜，虽然模样改了，却一点没有变弱。难道火星上存在一个回声谷，火星的稀薄空气在这里可以将晶体岩壁反射的声波无限传递下去？

整个宇宙中是否有一个地方，那里的化石不是矿物，而是声音？沙尘早已磨灭吞噬了火星远古居民留下的最后一点痕迹，如今我们是否终于听到了他们的声音？或者，这是否证明还有其他访客，来自我们尚不了解的世界？他们是昨天经过的，还是一百万年前？我们是否不再孤独了？

我们的仪器以后会告诉我们答案，也许还能破译这些声浪，揭开这些谜团，从这种无意识的讯息中提取出某种带有启示的意义。

这片山谷无比荒凉寂寥，有如一件容器。整个火星都只是一件容器，容纳着我们的足迹，只为再次消除它们。除了这里，除了这个回声山谷，它或许会使我们的声音穿越时间，传到遥远未来的后继者耳中，那些后继者或许并非人类。

费里埃的手离开我的肩头。他将我挤到一边，又推开拉萨尔，朝山谷中央跑去。

“听他们的声音。”他大喊，“听啊。”

他的靴子陷入无比细密的尘埃中，它们在他周围盘旋翻涌。我们听到这些声音在耳中迸发，这是一场由他引发的风暴。我看着他奔跑，我明白了，那些声音有如塞壬之歌，在他耳边低语，召唤着他，这正是他多年来一直希冀、寻求而又不得的东西。他跳入这片声海，坠入音尘之中。我希望我能和他一起，但我完全无法动弹。

那些声音撞击着我的耳膜。

“傻瓜。”拉萨尔语气悲伤地说，“唉，真是个傻瓜。”

费里埃大嚷着，呼喊着，远古而永恒的声音回应着他。他将那些声音吸收，啜饮，吞下，用疯狂的动作将它们搅起。

那些声音缓缓平息下来。他打破了某种不稳定的平衡，摧毁了某种微妙的机制。他的身体是一道屏障。他过于沉重，过于实在，这些纤弱的声音无法承载他的接触。

声音渐渐微弱。我感觉到它们缓缓离我而去。我感觉到它们离开了。在最后一丝颤动中，我听到它们枯萎消亡。费里埃也终于安静下来。我听到耳机中传来最后一声低语。

一声告别。

寂静。火星的寂静。

费里埃终于转过身来。尽管他离得很远，尽管空气中弥漫着逐渐沉降的沙尘，透过他模糊斑驳的呼吸器，我还是看到了他泪流满面。

他用手捂住了耳朵。

（汪梅子　译）

北美的法语声音

17世纪中叶，西拉诺·德·贝尔热拉克撰写了《月球远征记》。该书出版于他去世两年后的1657年。故事的讲述人某天清晨将几瓶露水绑在自己的腰间，然后被某个力量拉到了空中，日落时分才掉下来。落地之后他发现自己来到了新法兰西——也就是加拿大，具体来说是日后的加拿大魁北克地区。1973年，一名26岁[1]的法国女性也完成了同样的旅程，不过旅行方式更加传统，之后她投入了科幻小说的创作。她名叫伊丽莎白·沃纳尔博格，她的职业生涯为美国和国际科幻之间的相互关系提供了一个有意义的范例。

沃纳尔博格1947年出生于法国，1973年来到加拿大，并于1987年获得了创意写作博士学位，此后她在魁北克多个大学教授文学课程，直到1990年成为专职作家。在法国时，她通过刊载在《小说》杂志和《银河》杂志上的法语译作最早接触到了科幻小说，然后又通过这两本杂志以及其他渠道见识了不少法语原创科幻作品，

1. 原文为“16岁”，应是作者笔误所致。

最后在20世纪60年代末开始阅读英文科幻作品。

1979年，她组织了魁北克的首届科幻大会，并帮助创办了《索拉里斯》（*Solaris*）杂志，曾担任杂志社的文学编辑，直至今日仍是杂志社的特约编辑。她的第一部短篇小说《满潮》（“Marée haute”）于1978年发表在《安魂曲》[1]（*Requiem*）杂志上；她的第一部长篇小说《城市之寂》（*Le silence de la cité*）于1981年在法国出版，之后出版了英译本《寂静之城》（*The Silent City*，首次出版于1986年；1992年由班坦图书公司再版）。这部作品赢得了法国科幻大奖（Grand Prix de la SF Française）与其他多个奖项。她继续以法语写作，但同时又与译者——主要是简·布莱尔利（Jane Brierley）——密切合作推出英语版本。她曾获得三项加拿大最佳法语短篇小说奖和三项加拿大最佳法语图书奖。

她的许多短篇都已在美国杂志上发表。此外她还在美国出版了两部长篇小说，一部是《母国编年史》（*Chronique du Pays des Mères*，1992），该小说获得了1993年的菲利普·迪克奖和魁北克科幻奖等奖项；另一部是《嫌恶的旅人》（*Les voyageurs malgreux*，1994），这部作品获得了菲利普·迪克奖提名。沃纳尔博格目前正在创作一部五卷本科幻传奇小说《提哈奈尔星》（*Tyranaël*），其中头两本已经用法语出版。她还出版了一部青少年奇幻小说《红猫的故事》（*Les Contes de la Chatte Rouge*，1993）以及一部科幻与奇幻小说合集《提哈奈尔故事集》（*Contes & Legendes de Tyranaël*，1994）。她还出版了另外三部短篇小说集：《夜之眼》（*L'Œil de la nuit*，1980）、《雅努斯》（*Janus*，1984）和《别处与日本》（*Ailleurs et au Japon*，1991）。

---

1. 即《索拉里斯》杂志的前身。

沃纳尔博格将她的法国背景与美国的影响力以及女权主义意识结合在了一起。据她本人所说，她的女权意识觉醒可以追溯到1969年她第一次阅读厄休拉·K. 勒古恩的《黑暗的左手》，以及1978年小詹姆斯·提普奇（James Tiptree, Jr.）的女性身份被揭露时。亨利·勒佩利埃[1]（Henry Leperlier）在《圣詹姆斯科幻作家指南》中写道，《嫌恶的旅人》"就像罗伯特·查尔斯·威尔逊（Robert Charles Wilson）的《神秘元素》（*Mysterium*）一样，既完全基于加拿大背景，同时又保留了一种普世的吸引力，表明科幻小说可以独立于背景而成为与民族身份有关的主流文学"。

像西拉诺一样，一个人可能会远离自己的出生地，遭受挫折与迷茫，但是如果坚持信念，永不言败，仍然可以到达月球。

（万年看客　译）

1. 中文名罗维文，出身于法国，现为都柏林理工学院语言系教授，通晓法语、英语、德语、汉语四种语言。

结点

［法国］伊丽莎白·沃纳尔博格

在中心，他们什么也不跟你说。他们给你开门，给你水喝，给你饭吃——你经过了一段漫长的旅程。你被带到一个房间，白色的四壁，狭窄的床铺，透过一扇窗户能看到炫目的蓝色夜幕。门又关上了，你转过身来：他们什么也没跟你说，而你此时才意识到这一点。

第二天早上——你总是夜里来到这里，因为但凡是谁从上一站攀爬到这里都要用一整天——你早早地就醒了。四周什么声音都没有，墙壁、天花板都沉默着。外面走廊里一个脚步声也没有。但你清楚你周围是有人的。中心的居民有很多，旅行者候选人也不少。那些旅行者……你突然想到了旅行者们，今晚或者过一会儿可能就有旅行者回来。你意识到你在中心，“中心”，一阵眩晕让你闭上了眼睛，你双手扶住床沿。你恍惚感到自己从石阶上掉落，被吸入一个巨大的虚空中：地下室——那里有一扇通往其他宇宙的门。

第二天，他们什么也没说。早餐时分，一阵说话声伴着食物的气味把我引到了食堂。门口一个人伸手将我指向了我见过的唯一一个人，一个高大的黑人，头发花白，但除了眼角看着很欢快的笑纹之外没什么皱纹：昨晚就是他给我开的门。“睡得怎么样？要茶还是咖啡？”除此之外再没有别的话。当然，他们也没什么好说的。你就在那儿，不管是从哪个大陆来，能到这儿已经证明了你的力量、勇气和执着，或者是一路到底的好运气，知道这些对他们来说就够了。

接着你跟他们搭话，向他们提问。他们则了解到他们想知道的关于你的一切。（你要不说话该怎么办？其实开口的总是你，因为他们能很久都一言不发。）

我先问道：“还要多久？”提赫特——那个黑人——点了点头，我刚刚开始跟他讲我的事。

“这要看你了。”

我忍住没问“为什么”。他就此知道我了解准备旅行的必要阶段：必须准备好了才能出发。至少，身体上要准备好。精神上……要尽量准备好，这一点没那么重要。

我问：“什么时候开始？”

他笑了，没有说话：一切已经开始了。

第一次旅行的时候，我是在一片光线下醒来的。透过我闭着的眼睑，我能感觉到这道光线，强烈而尖锐。我逼自己不要睁眼，平静地呼吸，重复所有唤醒练习。倾听，触摸，感知。远处传来说话声，还有不知哪里来的流水声。我躺在一个坚硬、光滑而微热的表面。一阵食物的气味飘来。还有这片光线，透过我的眼睑刺激着我。

冷静，放松，让艰难得到的反射发挥作用，开启几个月来通过耐心练习拓展的新的感知模式。重力比地球大，红外线密度强，没有紫外线。我是在地下？在一个地下室，所以说话的回声听起来高而圆融，好像人工的一般？

这里还充满让我不停眨眼的光线。一开始光线太刺眼，以至于我没看见大厅的四壁。而后我渐渐适应了，发现光线是从四壁照出来的，地面和穹顶都发着光。石头也在发光吗？应该说是玻璃，或是镜子。我向脚下看去的时候，见到自己的倒影，倒影在很深处，使我产生了眩晕的感觉。

我缓慢起来，尽量保持平衡，走到了离我最近的墙壁前面。在这毫无阴影的强光下，事物的维度变得让人迷惑。突然我在光线中见到一个微小的影子，它跟我同时停了下来……我走了几步之后，影子突然来到我跟前，棕色皮肤，又矮又胖，短卷发，这是我自己。我伸出手去，触碰到了我在墙壁中倒影的手。

这是一个宁静的地下世界。这里有三种人：在地表生活的人，在更深的地岩层生活的人，还有第三种，他们是异端冒险家的后代，在天上生活。

那些住在岩层的平和的斯卡利亚人说起“天上”这个词的时候是怎样的神情啊，惊讶，克制的羡慕，或是近乎宗教性的恐慌。“天上”——在自由的空气里。

这个星球的表面常有巨型风暴肆虐，完全无法居住，几千年前埃士能星球的气候进入了不稳定期，物种要么与之适应，要么走向灭绝。斯卡利亚族人适应了环境。根据传说，上面的世界是魔鬼的王国。但“代日”斯卡利亚人，也就是上面的斯卡利亚人，一路向上挖，一直挖到了上面的上面：他们到达了一座山峰的顶端，峰顶超出了旋涡层。最早一批探路者死于窒息，其他人躲在山峰岩壁里而幸免于难，他们大部分都在那里居住至今，并且开发了一系列技术，用以在高海拔的地方生活。

几百年过去了，当然，是他们发明了被我们称作“桥”的技术。他们并不如此称呼这项技术。和在众多宇宙中一样，这项技术对于他们和对于我们起着不同的作用：他们是用这项技术来进行工业研究的。是的，他们已经发射了第一艘载人飞船。是的，他们已经接触到了其他的生命形式。这些生命没有一个可以算得上跟我相似。

一个相似的都没有吗？

确实，在这些其他的宇宙里，地球人并不存在。人形生命是在火星上发展出来的。

为什么“桥”把我……不对，为什么我把自己传送到这个宇宙来？

我当时还是太年轻了。

在中心，他们什么也不跟你说。就算他们对你说了些什么，你也要到很久很久之后才会意识到。

植入传感器之后过了几天了，我还不习惯潮水般涌来的数据，特别是无线电波。我走起路来像一个醉酒的女人。之后，他们训练我的大脑整合、提取，并有序地阐释信息。但传感器还是像酒精一样，一举一动都引发感知波动，感知放大并和平时的知觉以最奇怪的方式结合。而我居住在一个不断振动、色彩丰富、充溢到要裂开的空间。

有的人撑不住，真的就在此时崩溃了。我也崩溃了，但随之而来的是破茧重生。身体上的变形，是在“桥”上的第一步，真正意义上的第一步。

埃贡——我现在不叫他提赫特了——摇了摇头（周围是光波，晶体般沙沙作响）：

“凯瑟琳，你在‘桥’上走挺久了。”

“但光想是没用的！（我的声音透过奇怪的介质从远方传回到我的耳朵里）就算到了这里也不意味着什么，还要经受考验，通过测试。那时候才是真正的开始。”

啊，我就知道，我全都知道！先是感官，而后是骨骼、肌肉、神经、外科手术、处理、训练，所有的训练都是为了把每个旅行者打造成一台生存机器。剩下的就没那么隆重了，但正是在这一步很多候选人撑不下去了：改造大脑，使之成为一个完美的记录仪。收入数据，记录画面……旅行者赤身裸体地出发，他们的眼睛和耳朵就是他们的录像机，他们的记忆力、关联能力和学习能力就是他们的计算机。他们训练的完美程度决定了他们返回时能从中心带回什么。

“他们”是指那些回到这个宇宙、这个星球的人，还有那些愿意回到中心的人。

人们说一些教练提前知道谁会回来。埃贡听到之后笑了，说：“没人能知道。”他目光迷离，说：“没有人。”

“你呢？你从没想过要离开吗？”

他慢慢地做着拉抻，像一只猫一样，我在他缓慢展开的完美曲线前感觉到一阵不安。我们不是情人很久了，特别是植入传感器之后……

“我曾经以为我想离开，‘桥’告诉我其实我不想。”

埃贡曾经是旅行者？一个从未出发的旅行者。情欲熄灭了，取而代之的是一阵颤抖。他应该从我的眼睛里看出了我的想法：

“不，不是‘桥’决定的，玛丽。做决定的是你自己，是你的精神。但有的时候在尝试过‘桥’之前你是不知道的。而我，事实上，我一直有预感，所以我在这边醒来的时候并没有太惊讶。”

“你也没有觉得失望吗？”

他几乎没有犹豫：“不失望。”

“但你留在了中心。”

“我知道我的位置在哪里。”

他在中心做教练有十年了，他看着一拨又一拨的人出发，这对他一点刺激也没有？

我花了一些时间才明白其中的缘由。他并不是看着一拨又一拨的旅行者出发，他只是在等一个女旅行者回来。

在我为旅行做准备的两年半的时间里，我只见到过一个旅行者回来，一个女旅行者。她在夜晚抵达，天正下着雪。我们在公共大厅里，钟声响起的时候，埃贡从椅子上站起来，我看到他放在扶手上的双手变白了。然后他放松了下来，舒了一口气，走过去开门。十分钟后他回来了，说：

“是一位女旅行者，一位前辈。”

旅行候选人们激动了起来。埃贡重新开始看书。

第二天，女旅行者来到了食堂。我目不转睛地看着她，但我保持了很远的距离：我在中心时间够长，足以明白不能围住回来的旅行者不放。显然我有些失望：这名旅行者头上没有光环，脚底也没有离地，是个普通而正常的女性。接着她跟我的目光交会到一起，我赶紧低下头看自己的盘子，心突突地跳。可能要几个月才能知道她之前看到了什么，经历了什么。（她看上去大概四十岁。有的旅行者在六十来岁的时候回来，然后有时用好几年来讲自己的“旅行”。）她曾经掌握了“旅行”，但她回来了。

玛胡人中有一位诗人……（事实上，他们把诗人叫作“翻译”“中间人”。我在第三次“旅行”的时候开始明白中间的差异。在中心的理论是一回事，但现实是如此多元，让人有无限的新体验。但“桥”常常把我们传送到跟我们自己的宇宙相似的空间。）米恩只是听说过“桥”，他从没去过埃尼亚这个大陆。几个世纪之前一个女旅行者来到那里，给他的先人们介绍了如何制造空间旅行机。虽然旅行机在先人们的时代没能运行，但米恩这个诗人却全都懂了。

我也明白了为什么中心的人什么都不跟我们说。没错，“桥”如何运作并不是个秘密。大家甚至在到达中心之前就都知道是怎么回事。（在我们的地球，这个原理是偶然被发现的：一只被冷冻在绝对零度的豚鼠先是消失，然后又出现在三层楼下的笼子里，悠闲地嚼着谷粒。）人们详细地教会了我们“桥”的技术，因为有的时候想要继续“旅行”就需要能自己造一台旅行机。从某种意义上来说，方法很简单：我们躺在球星仪里面，不用移动，球星仪把我们的身体降到绝对零度。但这还不是“旅行”。分子运动完全停止的时候才是“旅行”的开始，这时某种东西，所谓“精神”（找不到真正恰当的词，可能叫“矩阵”更合适）从时间和空间里解放出来，从而将作为它载体的物质带走。

从空间和时间中解放：在此处这个宇宙中，从我们的空间和我们的时间中解放。别的宇宙的时间可能是不一样的，因为从档案来看，有的旅行者出发才几年便回来了，但人已老态龙钟；还有的出发半世纪之后回来，却好像只走了几个月。但没有任何旅行者曾回到出发之前。（而埃贡等待的塔丽莎已经出发了，她可能永远都不会回来。）

“桥”的运作机制不全是个谜，但“旅行”的运作机制却……

“我们的精神将我们带向其他宇宙。这些宇宙通常与我们自己的宇宙相似。即便我们在一个完全陌生的星球醒来，我们一般也都能找到从这个星球通向另一个‘桥’的方法：或许这个星球本来就有‘桥’，或许这个星球上的文明程度允许建一座‘桥’，又或者这个星球的居民掌握了空间旅行，可以将旅行者传送到能够找到‘桥’或是建造‘桥’的地方。在某些宇宙，拥有‘桥’的族群不能像我们一样使用‘桥’，另一方面，有些其他宇宙的居民已经来到过我们的宇宙……”

除此之外，他们没有多讲别的。经验告诉他们，了解过程细节只会让旅行者更困惑，从而让旅行更艰难。旅行者要裸体出发，只有一点是确定的：“旅行”不是由主观意志控制的。至少一开始的时候不是。

可能正是因为这一点，在文化僵硬极权的宇宙，他们可以精准控制“桥”，但“桥”的历史却非常平淡无奇：控制“旅行”的唯一方法就是杀死旅行者，杀死他的精神，消除精神的同时保持身体的活性，而后重新编程，将预设目的地的图片印入体内。

当然，这是中心档案最让我害怕的部分，想到这些就此丧失自我的僵尸我就战栗不已。但是我却不停地想到他们，仿佛有一种病态的迷恋。

我不是唯一有这种情况的人，但我那时还不知道。没人跟我说过，很多人想成为旅行者其实是出于和我一样的原因。我们候选人之间不会聊起我们想要出发的真实原因。我们很少聊天，即便聊起来也是聊一些训练和档案的事：“旅行”是一个孤独的体验，我们早早地就开始训练自己适应。

即便如此，我们都会一起嘲笑别的宇宙里试图通过“桥”来攫取更多财富或权力的人：“桥”不是个赚钱的项目，带不来任何短期可见的效益，维持中心的运作算得上是世上最不功利的活动。旅行者们带回来的通常是一些想法，这些想法因为来自不同的体制和环境而不同寻常。但也不是完全不同：大多数时候“桥”的宇宙和我们的是如此相似……中心只是出于对知识的热爱收集知识。它或多或少也是一扇敞开的大门，不断提醒人们在别处还有我们之外的事物存在着。

埃贡笑着听我向新来的候选人传授经验。我以前以为那是赞许的意思，但其实他是在表示宽容，说来有些伤感：他知道，我不是为了这个才想要出发的。

我在中心最后的日子里，稍微变了点论调。两年半的时间里我还是学到了一些东西的。我开始和别人谈自我认知和对心理的完全控制。

埃贡还是笑着不说话。

“是你的精神引领着你们，”米恩说，“你们并不知道精神里包含着什么，比如说，你，你到过森林里……”

在快到青春期的时候，玛胡的年轻人会离开他们的家庭。这不是社会规定的习俗，这是从他们内心最深处发出的召唤，没有任何玛胡人能成功抵抗这个呼唤并继续生存下去。年轻人一直到达大海，然后返程，沿着湖泊，穿过森林。在大海和森林之间，其中一些年轻玛胡人会四肢着地，牙齿和指甲变长，身上长出一层厚厚的绒毛。如果一个玛胡家庭发现自己的孩子没回来，就会点点头说“他留在海里了”或者“她和她的树分不开了”。

他们的社会就基于年轻人的旅行运作。四个大陆里最小的那片大陆上，全都是父母们的村落，他们在那里等待孩子们回来，或者不回来。

在第三次“旅行”的时候，我在一个森林里醒来，像动物一样过了几周，什么也想不起来了。然后，我找来找去，也不知道自己在找什么的时候，发现了一个村子。在那儿我遇到了米恩，这位翻译，中间人，诗人，教给我他们的语言，告诉我在哪儿找到“桥”。

我以为自己很快就看懂了玛胡年轻人的问题：青春期退化，隐性基因遗传，进化回溯。米恩温柔地摇了摇头，说：

“不，不，问题出在水土、森林、湖泊，或者大海上。我们拥有和自然同样的成分，山川、河流还有海洋是我们的另一种面孔和声音。只有与他们斗争之后我们才知道自己是谁，才能耗尽我们童年时的梦想。当旧的梦想耗尽之时，我们才会回到玛胡人的村落。那些困在自己原先梦想中的人，是无法创建新的梦想的，他们就会留在那里。”

那么，每个“旅行”，对我们来说，也是一场被耗尽的梦吗？当所有梦都被耗尽的时候……我们就会回来，“自愿”地回来吗？

在中心，他们只跟我们说：“是你们的精神指引着‘旅行’。是全部精神，而不只是你们能感知到的意志。因此每个人的‘旅行’都不相同。每个人都要学着认识自己的精神，全部精神，这样才有可能有朝一日控制‘旅行’。”

好几个宇宙都有这些技术：瑜伽、禅、祈祷、御魂术……这些技术需要很长时间才能掌握，实操的难度很高，而且有时是行不通的。但旅行者们想要“旅行”。学习“旅行”的最快方法还是出发。

而我，我曾经很确定地知道自己想要找到什么。

当我出发的时候，是埃贡陪我到“桥”所在的大厅。不是因为他感情丰富，而是他这个月正好在“桥”值班。（或许即便不值班他也会来？）他做了必要的检查，宣告我的身体机能合格，可以出发，让我脱下衣服，而后帮我在球星仪里躺下。

一切就绪之后，他在我上方停下，上半身从椭圆形舱口探进来，久久地凝视着我，然后他点点头，好像确认了什么事情，笑了一下说：“眼睛不要闭上，直到最后。”他俯下身来，嘴唇轻轻略过我的一个乳头，然后消失不见了。

舱门慢慢关闭，将我隔离在一片昏暗中，只有控制器的灯光闪烁着。流体开始填充机舱。很奇怪，他们给我们注射的药物几乎使人丧失知觉，在机舱里人只远远地觉得自己被流体包围。当人以为自己要窒息的时候，药物抵达了中枢，所有感觉都消失了。

直到知觉消失之前，我都睁着眼睛，因为折射现象，我上方的流体映出了我的面孔，两个我对视着。

埃贡应该是从一个旅行者那里得知了这种现象，或者他尝试出发的时候亲历了这种现象。可能这是他在告诉我，他知道，他一直知道，我在“桥”之外寻找的东西。

我好像在不停地靠近自己，但又从未碰到。我到过斯卡利亚人的、玛胡人的宇宙，还有其他十来个宇宙，我被各种传送舱从这些宇宙送到过各不相同的地球，现在我直接到了目的地。有几次我还直接到达了中心所在的大洲。（和我所在的地球一样，那里的中心有时候在西藏，有时候在法国。还有时中心在美洲大陆上，但这片大陆在那个地球从没被叫作过“美洲”。）而有时候，而且越来越频繁地，我会遇到埃贡，时而老一些，时而年轻一些，但他见到我的时候目光从没发亮过：这些地方的埃贡不认识我。通常我的考察不会太久，这次也一样，我不会在这个星球，也不会在这个宇宙遇见我自己。

“从统计角度讲，这很奇怪。”我遇见过的一个埃贡对我说。这是我第四十三次“旅行”。我的父母都在这个星球上；或者说，一个男人和一个女人住在我熟悉的那个乡村、那栋房子里。但门旁边的厨房墙上没有用小刀或铅笔划下的标记：这个家里还没有孩子出生过。（在别的宇宙，有时候孩子刚出生或出生没多久就死了；有时候家里有孩子，但不是我；有个家里是一个男孩儿，但我没能见到他：他正在亚马孙丛林里，被国家征去当炮灰。）

他们一直陪我到中心，就像之前遇到的“父母们”一样，虽然这个男人不真是我父亲，这个女人也不真是我母亲。他们在“桥”的门口拥抱我，向我这个面带疲惫，从另一个宇宙来的女儿道别。

在中心，他们什么也不跟你说。他们给你开门，给你水喝，给你饭吃——你经过了一段漫长的旅程。一个你不认识的人把你带到房间，你在狭窄的床上坐下。窗外有些暗，现在是冬天，天黑得很早。门又关上了，你舒了一口气躺下。明天，或者再过几天，又要进行一次“旅行”。又要用另一个“桥”去另一个地球，然后去另一个中心，再进行下一次“旅行”……

真的要这样吗？

你起身，打开你的行李。墙上挂着的小圆镜子在你路过的时候活跃了起来；你退回来，有些嘲笑地看着镜子里的自己：镜子里这些新出现的小皱纹，这双失望的眼睛，正是你自己。

这正是我。

我回过神，关了灯，我要摸着黑上床了。明天，我要去问他们我能不能留在这里跟他们一起。

但第二天早餐的时候，一个高大的黑人从另一桌站起来走向我，神色犹豫。埃贡凝视着我，我心里升起了一种没来由的希望。他见过我：他可能见过另一个和我长得一样的女旅行者，从别的地方来的我；我如此长时间来苦苦搜寻却从没找到的我。但埃贡说：“凯瑟琳，你回来了。”

于是我看了看四周，熟悉的装饰，当然，一阵焦虑向我袭来：怎么知道到底是不是？当我设想旅行者们返回的时候，我没想到过这一点。怎么知道是我回来了，还是一个女旅行者凯瑟琳回到了另一个女旅行者凯瑟琳出发的中心，她的星球跟我的星球非常相似？

埃贡认出的到底是谁?

我同时明白了两件事情:

没有切实的方法可以完全弄清这件事。

还有就是这不再重要了。

我向埃贡笑了笑，拍拍他的肩膀拥抱了他：他没变太老。我在他耳边轻轻地问："塔丽莎呢，她回来了吗?"他摇摇头，没有显得很悲伤。他知道我在说什么：这是一个证明吗?并不是，他也可能在这个中心等待这个宇宙的塔丽莎……

第二天和接下来的几天，他们没有催我讲述我的"旅行"。我知道他们什么也不会问：讲不讲，讲什么都取决于旅行者的决定。在公共大厅里，我无所事事，看窗外大雪纷飞。中心被一场暴风雪包裹着，天空不见了，大地隐没在白色旋风里。

"旅行者可以到所有别的地方，是不是?"埃贡在我身后说。

我笑着向窗户玻璃上他的倒影说:

"'我'可能在别处。"

他噘了下嘴，表示怀疑。当我跟他讲了一点我的"旅行"，讲了我到处找也找不到我自己时，他像其他埃贡一样说道："从统计学角度讲，这很奇怪。"他相信我是回来了；我也想相信这一点。我联系了我的父母：他们在我长大的房子里等着我。他们在等他们出发"旅行"的孩子回来。

在中心，他们不跟你说什么重要的事情，但他们会谈及众多宇宙："桥"带我们通向的这些宇宙像……一棵树。这棵树生有众多的根，树干分出众多的树枝。每一个因果的结点都产生另一种可能，由此产生另一棵树，这棵树也有众多树枝，也同样布满了结点和分枝。然而，这不真是一棵树，它既没有叶子也没有果实，也不是直着生长。在无数的分枝背后，可能是根系在生长，我们的宇宙之树就这样永恒延续，生于自身而闭合于自身，鉴于从来没有真正异形或非人形的旅行者到访过中心。

怎样在宇宙和宇宙之间加以区别呢？有一条定律：因果的结点总是停留在高分子层面。有时差别很明显：在我自己的地球上，地下没有高级生命，水中也没有人类存在。但有时差别又很微小：只能通过一块石头的位置或者一只蝴蝶的生死才能看出来。

“但你不在任何其他地方，”埃贡说，他还在思索，“你从没遇见过你自己，我在我们的档案里完全没读到过你这种情况。不，凯瑟琳，你回来了。”

他摸了下我的脸颊，然后回到旅行者候选人中间继续工作。我把额头贴到窗户玻璃上，上面因为我俩蒙了一层水汽，模糊了我的倒影。我回来了，为什么不呢？确实，为什么不留在这里，沉思这个秘密的假设：有时候决定一个宇宙存在或不存在的结点，是一块石头的位置，或一只蝴蝶的生死。

而这一个宇宙之所以存在，是因为我回到了这里。

（白钰　译）

德国篇

德国科幻小说的发展历程与法国相似，只是缺少像儒勒·凡尔纳那样的辉煌且充满想象力的成功者为后来人树立先例。按理说，以科学技术为导向的德国文化应该将科幻小说视为一个主要文学类别，但大多数情况下科幻在德国都被视为少年文学或者“轻松文学”。偶尔也会有几位主流作家写两篇科幻作品并且得到重视。不过在更常见的情况下，科幻被视为“一角钱的冒险小说”，往往是无休止的系列作品。

德国科幻小说同样植根于文艺复兴：充满想象力的幻想作品，题材往往与月球航行以及对乌托邦的向往有关。直到科技变革的证据出现，真正的科幻作品才可能成为现实。约翰尼斯·开普勒（Johannes Kepler）创作的《幻梦》在他本人去世后的1634年发表。这是一部略加掩饰的推想作品，主题是哥白尼、伽利略以及开普勒本人对于月球的概念。汉斯·雅各布·克里斯托夫·冯·格里美豪森（Hans Jakob Christoffel von Grimmelshausen）于1669年出版了一部生动的乌托邦小说《大胆的西木卜里其西木斯》[1]（*Der abenteuerliche Simplicissimus*）。在 18 至 19 世纪，德国还出版了其他的乌托邦小说、鲁滨孙式小说以及章节式冒险小说。但是德国科幻的真正开端是在库尔德·拉斯维茨[2]（Kurd Lasswitz）时期，此人的职业生涯与儒勒·凡尔纳相重叠，但是他既没有专注于科幻创作，也没有获得凡尔纳那样的压倒性成功。拉斯维茨于 1897 年出版了汉斯·约阿希姆·阿尔珀斯[3]（Hans Joachim Alpers）所说的"最重要的德国科幻小说"——《双星记》（"Auf zwei Planeten"），主题是人类文化与火星文化的遭遇，后者在技术与道德两方面都更优越。这部作品也包含了关于技术奇迹的根斯巴克式寓言。他还出版了许多短篇小说和中篇小说，以及两本不太受人关注的长篇小说。

德国科幻有一项比其他国家和地区延续得都更久的特点，就是廉价小说。这种出版物在 19 世纪末的美国已经消失了，它的地位一度被少年杂志所取代，然后是纸浆杂志，最后是廉价平装书。在德国，廉价小说自从罗伯特·克拉夫特（Robert Kraft）和 F. W. 马德（F. W. Mader）开始创作长篇小说时就已经存在，并以这样或那样的形式延续至今。正如路易斯·菲利普·塞纳伦斯被称为美国的儒勒·凡尔纳，H. G. 威尔斯被称作英国的儒勒·凡尔纳，克拉夫特也被称为"德国的儒勒·凡尔纳"。人们提出这一称号自然是为了批判性地寻找这三批流行小说之间的共通元素。按照威尔斯的话来说："中世纪的人们想当然地认为一切值得了解的东西都已经为人所知，一切值得做的事情都已经做完……因此任何后起新秀都会像自称的转世灵童那样遭到严密审视，为的是确定他身上是否体现了前

1. 之后陆续出版五本续集。有全套中译本，名为《痴儿西木传》。"西木卜里其西木斯"意为"极其纯朴简单"。
2. 德国教授，"德国科幻之父"。德国设有以他冠名的科幻奖。
3. 德国科幻作家、出版商、编辑。

代活佛的灵魂。”廉价小说传统催生了《空贼与他的动力飞艇》(*Der Luftpirat und sein lenkbares Luftschiff*)，这是最早的科幻期刊之一，在 1908 年至 1911 年间出版。

同时，多才多艺的德国作家、作曲家兼法学家 E. T. A. 霍夫曼不仅（与埃德加·爱伦·坡一起）帮助创造了短篇小说这一体裁，而且还奠定了德国人对幻想题材抱有主流兴趣的传统，这种传统一直延续至今。弗朗茨·罗滕施泰纳指出，古斯塔夫·梅林克、阿尔弗雷德·库宾、奥斯卡·帕尼萨和汉斯·海因茨·埃沃斯都是遵循这一传统的作家，弗朗茨·卡夫卡则是这一传统的集中体现。接下来还有伯恩哈德·凯勒曼、戈哈特·豪普特曼和阿尔弗雷德·德布林继承了这一传统。凯勒曼写的《隧道》(*Der Tunnel*，1913）被改编成几部无声电影，1912 年诺贝尔文学奖得主豪普特曼也写过一部鲁滨孙式小说。

乌托邦传统在奥地利催生了《自由之地》(*Freiland*，1890)，作者是经济学家西奥多·赫尔茨卡。还有一位犹太复国主义者西奥多·赫茨尔创作了《旧新大陆》(*Altneuland*，1902)。在德国，乌托邦传统则常常与主流文学兴趣相结合，产生的作品包括诺贝尔奖获得者赫尔曼·黑塞在 1943 年创作的《游戏大师》(*Das Glasperlenspiel*)、弗朗茨·韦尔弗的《未降生者之星》(*Stern der Ungeboren*，1946）等作品。对德国科幻出版有更直接影响的体裁是“未来小说”（Zukunftsroman)，即在两次世界大战之间出版的未来科技题材小说，作者有汉斯·多米尼克、鲁道夫·H. 道姆、卡尔·奥古斯特·冯·拉斐尔、汉斯·李希特、瓦尔特·克格尔和保罗·阿尔弗雷德·穆勒[1]等。穆勒以弗雷德·范·霍尔克和洛克·梅勒这两个

1. 以上均为德国科幻作家，二战开始后除穆勒外基本都停止了科幻写作。

笔名为《桑·科赫，亚特兰蒂斯的继承者》（*Sun Koh, der Erbe von Atlantis*）供稿 150 期，为《扬·玛延》（*Jan Mayen*）供稿 120 期。

奥托·威利·盖尔和奥特弗里德·冯·汉斯坦在美国比较有名，因为雨果·根斯巴克在他的《神奇故事》中发表了他们的作品译本。另一位更为美国科幻迷所熟知的德国作家是特娅·冯·哈堡，因为她将她丈夫、著名导演弗里兹·朗的科幻电影剧本改编成了小说，例如《大都会》（*Metropolis*，1926）与《月里嫦娥》（*Frau im Mond*，1928）。著名德国作家柯特·西奥马克于 1937 年移民美国并且成为一名编剧与导演，他平生大部分作品都是在这之后完成的。他在德国出版了 18 部小说，但只有《F. P. 1 未回复》（*F. P. 1 Antwortet Nicht*，1932）得到了翻译，他本人还将这部小说改编成了剧本。他最著名的小说（也是他最著名的电影剧本，他参与了许多电影的创作）是《多诺万的脑袋》（*Donovan's Brain*，1943）与《豪瑟的记忆》（*Hauser's Memory*，1968），两部作品都以英文进行创作。

和法国一样，德国科幻的现代时期也开始于美国科幻译作的出版。和法国一样，这个过程也开始于 1951 年，首先是罗伯特·A. 海因莱因和阿瑟·C. 克拉克的青少年题材作品，然后在 1953 年，哥特哈德·金特为卡尔·劳赫编辑了约翰·坎贝尔、杰克·威廉森和艾萨克·阿西莫夫的精装本译作。阿尔珀斯认为，在 20 世纪 50 年代末与 60 年代初，德国的流动图书馆总共收录了 500 余种精装本美国科幻小说，正是这批作品为德国本土科幻作家的成长奠定了基础。但是根据罗纳德·哈恩的记述，劳赫的实验最终宣告失败，流动图书馆也在德国日益式微，因此德国科幻的发展载体只剩下了平装本。

阿尔珀斯写道，德国科幻受到的第二大影响来自美国廉价冒险作品出版商帕贝尔、雷宁和默维格。[1] 他们不仅出版了来自美国的译作，而且也推出了好几位德国作家，其中有两位——沃尔特·恩斯汀和 K. H. 舍尔——在默维格创造了现象级科幻系列作品“佩里·罗丹”[2]（Perry Rhodan），这套作品由团队编写，到 1991 年已经出版了超过 1 600 本短篇小说，以及重印本、平装本、精装本，还有外传性质的“亚特兰系列”（Atlan series）。与这一系列竞争的超级英雄题材廉价小说大都不太成功。

有三位编辑对德语科幻的发展产生了很大影响。第一位是金特·M. 谢尔沃卡德（Günther M. Schelwokat），此人在默维格和帕贝尔工作期间负责拣选新作者。根据阿尔珀斯的说法，他“被称为德国纸浆小说界的约翰·W. 坎贝尔”。第二位是赫伯特·W. 弗兰克（Herbert W. Frank），一位奥地利科学家，后来转而从事纪实文学与科幻创作，此人在戈德曼出版社（Goldmann）编撰了一套精装科幻书系与一套平装书系。第三位名叫沃尔夫冈·耶施克（Wolfgang Jeschke），此人是著名科幻作家，因其在国际科幻领域的成就而获得了哈里森奖，他的主要贡献是从 1973 年开始担任海涅出版社（Heyne）的主编，直到今日。在他的努力下，海涅出版社每年出版上百种作品，成为德语科幻市场上无可争议的领军企业。

除了恩斯汀（笔名为克拉克·道尔顿）、舍尔、弗兰克和杰施克之外，其他战后德语科幻作家（有时这些作家只有一两部进入主流的作品）包括奥地利的奥托·巴西尔、卡尔·埃默里、托马斯·R. P. 梅尔克、维尔纳·兹里格、乔治·佐纳、汉斯·比曼、理查德·赫依、雷纳·厄勒尔、雷玛·康宁斯、迈克尔·维瑟、托马斯·齐格勒

1. 其中雷宁出版社已于 1968 年破产。另外两家出版社合并后至今尚存，仍在出版科幻读物。
2. 该系列始于 1961 年，由若干位作者在同样的基础设定下分别写成，是“全世界销量最高的科幻系列”，销量超过 20 亿册，有多部影视改编作品。

（笔名为赖纳·祖贝尔）、卡尔–迈克·阿莫尔、霍斯特·普卡勒斯、格德·马克西莫维克、彼得·夏特施耐德，以及罗纳德·M. 哈恩。

德语科幻的情况在20世纪七八十年代由于东德科幻的经验而变得更加复杂起来。在东德，科幻最初被视为国家服务的工具，影响东德科幻的译作来自波兰和苏联，而不是美国和英国。在两德统一前的最后十来年里，东德作家们逐渐摆脱了政治束缚，开始出版文笔优美且充满创意的科幻作品。根据阿尔珀斯的说法，重要的东德科幻作家有海纳尔·兰克、格哈德·布兰斯坦纳、格特·普洛科普、阿尔弗雷德·雷曼、汉斯·陶博特、乔汉娜·布劳恩与刚特·布劳恩[1]、卡尔海因斯·斯坦米勒与安吉拉·斯坦米勒[2]。尤其值得一提的是埃里克·西蒙，他不仅是科幻作家，而且还是科幻百科全书主编与科幻选集主编，此外他还担任了精装书出版社“新柏林”（Das Neue Berlin）的编辑，在各方面都对德国科幻产生了很大影响。

西德的科幻作家们对东德的情况难免有些羡慕，因为他们的作品往往难以打开销路。可是在东德，就像在苏联一样，任何富有想象力的小说都具有可观的读者群。在20世纪80年代中期，哈恩认为东德在科幻领域比西德更有前途，因为当时东德科幻的初版发行数量就能达到50 000本。罗滕施泰纳也认为：“在两德之间，东德的小说实际上更有可能成为杰出的科幻作品。”

不过，这种科幻潜力或许也要受到出版机会与潜在市场的限制。哈恩写道：“在1987年，西德科幻界的普遍标志是挫折感与幻灭感……西德科幻……依然前途未卜。”将近10年后，情况并没有改善。阿尔珀斯在《科幻小说百科全书》中写道：“科幻作品在今天统一后的德国几乎没有什么书系，唯独海涅出版社一家独大，科幻市

1. 两人为夫妻。
2. 两人为夫妻。丈夫卡尔海因斯同时还是物理学家。

场整体而言受到美英两国作家的主导。在‘佩里·罗丹’系列之外，没有哪个德国科幻作家能够仅靠科幻创作谋生。”

世界科幻小说的爱好者们可能希望这种状况仅仅是杰出传统的暂时停滞。

（万年看客　译）

创建一个类型

本节标题当中的“类型”不是指科幻小说，而是指短篇小说。C. 休·霍尔曼（C. Hugh Holman）在《文学手册》（*A Handbook to Litrature*）中这样评价短篇小说：“一种源自古老过去的文学形式，在东方和西方都很有名。它从口述传统中汲取了最初的气息，在各个时代都是人类文学表现形式的重要组成部分。归根结底，如果说这一文学形式有什么具体的起源，那也无非就是人类为了满足讲述与倾听故事的欲望而发扬出来的内在创造精神而已。然而，在19世纪，有一批作家确实有意识地将短篇小说当成了一种艺术形式，其中值得注意的是美国的霍桑和坡，法国的梅里美和巴尔扎克，以及德国的 E. T. A. 霍夫曼。”

值得注意的是，上述五位作者当中，至少有四位创作过在科幻小说发展过程中占据一席之地的作品，其中三人的作品入选了“科幻之路”系列。奇怪的是，最后这位霍夫曼虽然多才多艺，而且主要以作曲家自居，但我们今天提到他时，首先想到的却是别人以他为题材创作的音乐，也就是雅克·奥芬巴赫[1]的歌剧《霍夫曼的故事》。同样奇怪的另一点在于，写作仅仅占据了霍夫曼生命的最后十几年。

霍夫曼的原名是恩斯特·西奥多·威勒姆（Ernst Theodor Willhelm），直到他在32岁时将名字的第三部分改为阿玛迪乌斯（Amadeus），借以纪念莫扎特[2]。不久后他创作了平生第一部短篇小说《格鲁克》（“Gluck”）。他在前半生当过律师和法官，但如今却以作家的身份最为知名。霍夫曼仅仅活了46岁，他在前三分之二的生命中一直忙着从事法律、作曲、作词、撰写乐评、指挥音乐等相关工作。但是就像约翰·克卢特和彼得·尼古拉斯在《科幻小说百科全书》中所说那样，他是通过“他那怪诞的浪漫主义风格”影响了欧洲文学。根据埃里克·拉布金的说法，他对“以爱伦·坡为代表的一大批作家产生了深刻的影响”。此外像坡一样，他也死于酗酒。

霍夫曼毕生只写过一部长篇小说——《恶魔的灵药》（*Die Elixiere des Tenufels*，1813—1816）。他的短篇小说被收录在《幻想曲》（*Fantasiestücke*，1814—1815）、《夜曲》（*Nachtstücke*，1816—1817）和《谢拉皮翁兄弟》[3]（*Die Serapions-bruder*，1818—1821）中。这些短篇小说在美国被收入了不同的选集，大多归于霍夫曼名下。根据斯蒂芬·戈德曼（Stephen Goldman）的说法，“这些书里收录的短篇小说横跨了广泛的领域，包括超自然题材、单纯的悬疑题材，以及对德国、意大利和法国日常生活的详细描述”。

霍夫曼的兴趣很广泛，他不仅关注当时的科学进展，也关注伊曼纽尔·斯威登堡（Emanuel Swedenborg）的善恶观和弗朗茨·梅斯

1. 生于德国的法国作曲家。《霍夫曼的故事》根据霍夫曼的几个短篇小说改编而成。
2. 莫扎特全名为沃尔夫冈·阿玛迪乌斯·莫扎特。
3. 1921年苏联的一批作家在彼得格勒成立了同名文学团体。

默（Franz Mesmer）的动物磁力。他在许多短篇小说中都融入了这些内容，比如他最著名的《沙人》[1]（“Der Sandmann”，1816）。戈德曼写道：“在他的小说中，那些从事科学工作的人物就像艺术家一样孤高寂寥，他们对工作的执着使他们有如被世界流放。”这部小说中的柯佩里乌斯就是这样的人，这位眼镜制造商，创造了一台令主人公忍不住坠入爱河的自动人偶。在戈德曼看来，这一设定使得霍夫曼成了“玛丽·沃斯通克拉夫特·雪莱与霍桑的共同先驱……在霍夫曼那些往往怪诞反常的浪漫情节中，科学并不是人类对上帝犯罪的象征，而是使幻想更加可信的手段”。

在日后条件适当之际，正是这种创作动机将会催生科幻小说。在 19 世纪初，同样的动机只能忠实于哥特式文学的根基。但是这部作品向后来的作家们揭示了人造生命的技术可能性，因此就像《弗兰肯斯坦》一样也会引来后世作家们的回应，比如把机器人当作日常现实一部分的艾萨克·阿西莫夫。还有一些日后的科幻作品会将机器人设想成最完美的终极女性，例如莱斯特·德尔·雷伊（Lester del Rey）的《合金美人》（“Helen O’Loy”，1938），或是阿西莫夫的《基地序曲》与《迈向基地》当中的主人公哈利·谢顿的妻子铎丝·凡纳比里。西格蒙德·弗洛伊德在他的文章《诡异》[2]（“The Uncanny”）中把这部作品当成了主要的文学范例，而雷奥·德利勃（Leo Delibes）则把它改编成了芭蕾舞剧《葛佩莉亚》[3]（*Coppelia*，1870）。

（万年看客　译）

1. 据此改编的歌剧和电影一般译作《睡魔》。在德国民间传说中，“沙人”是向人的眼睛里撒沙子以使其入睡的妖精。
2. 发表于 1919 年的一篇心理学论文，或译为《恐怖谷》。
3. “葛佩莉亚”为“柯佩里乌斯”的阴性形式。

沙人

［德国］E. T. A. 霍夫曼

纳撒内尔致洛特哈尔：

你一定已经很不安了，我这么久、这么久都没给你写信。母亲大概也生气了，克拉拉会觉得我整日花天酒地，已经忘了我可爱的小天使——深深地、彻底地印在我的心灵中和脑海里的小天使。不，不是这样的。每一天、每一刻，我都在想念着你们所有人。我可爱的小克拉拉，她在我的美梦中现出甜美的容颜，闪着明亮的双眼，朝我微笑，如此迷人，就像我每次见到你们时一样。唉，我在现在的状态下该怎么给你们写信啊！我的心境如此痛苦，搅得我脑中一团乱麻！恐怖的事情闯入了我的生活！我感觉到一种黑暗的预兆，预兆着对我有致命威胁的命运，它就像一团乌云一样笼罩着我，任何和煦的阳光都无法穿透。现在我该告诉你我遇到什么事情了。我必须把我看到的事情都告诉你，但我一想到这些事情，就会笑得和疯子一样。啊，亲爱的洛特哈尔！该怎么说才能让你意识到——哪怕只是略微意识到——我前几天看到的东西把我的生活毁得那么彻底呢？真希望你能在这里，这样你就可以亲眼看到了。但你现在肯定觉得我发了疯、见了鬼。简单来说，我看到了一件事，我想要尽量去忘记它的可怕印象，那件事不是别的，只是几天之前，也就是十月三十号中午十二点的时候，一个卖晴雨表的小贩到我房间来，向我推销他的货物。我什么也没买，还威胁要把他踢下楼梯，他顺着那楼梯自己走了。

你肯定会觉得，这件意外事件对我影响这么大，只可能是因为某件深深埋藏在我的人生经历中的事情，那个倒霉的推销员一定对我有极其可怕的影响。事实正是如此。我将鼓起全部的勇气，平和、耐心地把我儿时的经历尽量向你讲清楚，这样，思维活跃的你自然会把一切拼凑起来，形成清晰的图景。当我想要开始讲的时候，我仿佛可以听到你在大笑，克拉拉正说着："这就是小孩子说的胡话！"笑吧！我求求你们，痛痛快快地笑话我吧！我真的求求你们了！不过，天主在上！我已浑身汗毛倒竖，我恳求你们笑话我，是因为我已经陷入疯狂的绝望之中，就好像弗朗茨·摩尔对丹尼尔[1]发出请求时一样——已经离正题太远了！

除了吃午饭的时候，我和我的兄弟姐妹们从早到晚都很难见到父亲。想来他是总在为工作上的事情忙碌。晚餐一直按照传统的习惯，在七点钟开始。晚餐过后，母亲和我们所有人一起去父亲的工作间，围坐在一张圆桌旁。父亲抽着烟，用一只大玻璃杯喝啤酒。他常常会给我们讲些精彩的故事，有时讲得太入迷，烟斗里的烟都灭了，我就会递给他一张烧着的纸，重新把烟斗点起来，这是我当时的一大乐事。但他也常常只是把画册放到我们手中，一言不发地呆坐在扶手椅上吞云吐雾，我们所有人都像是在烟雾中游泳一样。在这样的晚上，母亲总是很难过，九点的钟声还没敲响的时候，母亲往往就已经开始说："孩子们，去睡觉吧！去睡觉吧！沙人要来

1. 相关情节出自德国文学家弗里德里希·席勒的戏剧《强盗》（*Die Räuber*，1781）。

了，我已经感觉到了。”我每次就真的会听到沉重、缓慢的脚步声，沿着楼梯走上来。那一定就是沙人。

有一次，这种沉重的脚步声特别吓人。当母亲把我们带走时，我问她：“哎，妈妈！那个坏沙人到底是谁？他总是让我们不得不和爸爸分开。他到底长什么样？”

“没有沙人，亲爱的孩子。”母亲回答说，“当我说沙人来了的时候，意思只不过是你们已经很困了，眼睛都睁不开了，就好像有人把沙子撒到你们眼睛里了。”

母亲的回答无法让我满意。在我幼稚的思维中，一直有这样的看法：母亲否认沙人的存在，只是为了不让我们被吓到。我确实总能听到他沿着台阶走上来的声音。我非常好奇，想要更深入地了解这个沙人，想知道他和我们小孩子到底有什么关系，终于，我问了照顾我小妹妹的老婆婆：那个沙人到底是个什么人呢？

“哎，小撒内尔[1]啊，”她回答，“你不知道吗？他很凶恶，当小孩子们不想上床睡觉的时候，他就去找那些小孩子，然后把一大把沙子撒到他们眼睛里。小孩子流着血的眼睛就会从脑袋里鼓出来，他把眼睛装到袋子里，拿到月牙上去，喂他的孩子们。他的孩子们住在那里的巢穴中，长着弯弯的鸟嘴，就像猫头鹰，用尖嘴啄食不听话的人类小孩的眼睛。”

我在心中勾勒出了那个残忍沙人的可怕形象。晚上，他一走上台阶，我就会因为畏惧和恐慌而浑身发抖。除了带着哭腔、结结巴巴地叫喊着“沙人！沙人！”之外，母亲也没办法从我嘴里问出什么来。我跑进卧室，整晚整晚地被沙人恐怖的形象折磨着。

等我长大一些后，我已经能察觉，老婆婆给我讲的沙人和他住

1. 纳撒内尔的昵称。

在月牙上的孩子们的事情大概不完全是真的，但沙人在我的心中仍然如同一个恐怖的幽灵，让我害怕——当我不只听到他走上楼梯的声音，而且还听到他猛地推开父亲的房门走进去的时候，内心更是被恐惧填满。有时候他好久都不来，有时候来得相当频繁。这种状况持续了好多年。我还是不能习惯这件可怕的事情，沙人的可怖形象在我的心中也没有褪去。他和父亲的密切联系让我想得越来越多。一种难以抑制的畏惧让我忍住了询问父亲的冲动，我想自己——自己去研究这个谜团，去看看这个不可思议的沙人，这个想法在我心中一年比一年强烈。沙人将我的心思引向了神秘和奇迹，在一个孩童的思绪中植入这样的情感，实在是太容易了。我喜欢听、喜欢读那些精灵、巫婆和矮人的恐怖故事，比任何事都喜欢。但排在第一位的一直是沙人。我用粉笔和煤块在桌子、柜子和墙壁上画满了沙人，我心中最为怪异、最为残暴的形象。

当我十岁时，母亲让我从儿童房搬到一间小房间里面住，房间紧挨着走廊，距离父亲的房间很近。我们还是和之前一样，当九点的钟声敲响，我在屋子里听到神秘的脚步声时，就必须赶快离开。我在小房间中可以听到他走进了父亲的房间，不久之后，我就感觉到屋子里似乎弥漫着一种淡淡的、闻起来很奇怪的气息。我越来越好奇，也因此越来越有勇气，想要去找到某种方法见一见沙人。当母亲走远时，我常常从我的小房间快速溜到走廊，但一直没有偷看到什么，因为每次等我到了能看到他的地方时，他都已经进了门。最后，我无法控制心中难以抑制的冲动，决定藏在父亲的房间中，等着沙人的到来。

一天晚上，父亲沉默不语，母亲显得很悲伤，我知道沙人要来了。我装作很困的样子，以此为借口在九点之前就离开了房间，在门边一个隐蔽的角落里藏了起来。房门嘎吱作响，缓慢沉重的脚步隆隆回荡，穿过门厅，朝着楼梯走去。母亲催促着兄弟姐妹从我身边走过。我轻手轻脚地打开父亲房间的门。他和往常一样，一言不发、一动不动地坐在那里，背对着门口。他没有注意到我，我迅速溜进去，藏在一张帘子后面。帘子是用来盖住父亲挂衣服的敞开式橱柜的，就在门的旁边。隆隆作响的脚步声更近了——越来越近了。外面还有奇怪的咳嗽声、清嗓子的声音和轻声咕哝的声音。我的心脏由于恐惧和期待跳得很快。就在门口——尖锐的脚步声已经到门口了。门把手猛地转了一下，门砰的一声开了！我鼓起全部的勇气，小心翼翼地探出头去看。沙人站在父亲房间的中央，明亮的灯光照亮了他的脸！沙人，那个可怕的沙人，就是那个偶尔还会和我们一起吃午饭的老律师柯佩里乌斯！

即便是我心中最可怕的形象，也不会比这个柯佩里乌斯让我更为恐惧不安。想象一下，一个肩宽体壮的男人，有着臃肿肥胖的脑袋、蜡黄色的脸庞、浓密的灰色眉毛，眉毛下面一双淡绿色的鼓眼，其中闪动着像猫一样尖锐的目光，还有一只又高又尖、一直垂到上嘴唇上的鼻子。他歪斜的嘴巴常常挤出阴险的冷笑。在他的面颊上能看到几处暗红色的斑点，从他挤在一起的牙齿的缝隙中，常常传出奇怪的咝咝声。柯佩里乌斯总是穿着一件合身的灰白色老式外套，以及差不多的马甲和裤子，但是，他穿着黑色的袜子和有搭扣的鞋来配这一身衣服。

他的假发太小，几乎盖不住脖颈。用发胶固定起来的发卷高耸在红色的大耳朵上，宽大的发袋扎起来，从脖子下面伸出来，可以看到用来固定褶皱衬领的银质领扣。他的外貌相当丑陋、令人厌恶，但我们孩子最害怕的就是他那双长满瘤子和汗毛的大手，以至于我们不想再去碰那双手碰过的东西。他注意到了这一点，于是就用这样那样的借口，去碰我们的好母亲悄悄放在盘子里的蛋糕或者水果，以此为乐。我们眼含泪花，因为那个丑陋而讨厌的人碰过了，我们再也不想吃这些我们本来可以好好享用的甜点了。当父亲在假期给我们倒上一小杯甜酒的时候，他也会如法炮制，迅速地用大手把每只杯子都碰上一遍，或者干脆把杯子举到发青的嘴唇边上，笑得相当可怕，而我们只能轻声啜泣，来表达我们的愤怒。他总是叫我们"小坏蛋"，他在的时候，我们都不敢作声，只能暗暗咒骂这个丑陋可憎的人，他处心积虑地破坏了我们仅有的一点点欢乐。母亲看起来和我们一样憎恨这个可恶的柯佩里乌斯，因为他一出现，天性快乐活泼的母亲就会变得悲伤、阴暗。父亲对他的态度就好像他高人一等。父亲忍受着他的无礼，不惜一切代价也要取悦他。只要他稍微暗示一下，他最喜欢吃的菜和上好的美酒就会端上桌。

当时，我一看到柯佩里乌斯，心中就浮现出一种可怕的想法，除了他，没有别人可能是沙人了。但是这个沙人对我来说再也不是童话故事里那样的魔鬼，会摘下小孩的眼睛去月牙上的猫头鹰巢里喂他的崽子——不！沙人是一个可怕的、魔鬼一般的恶棍，他一出现，就会带来悲伤和绝望，带来或暂时，或永久的厄运。

我如同中了邪一样，身体动弹不得。我很清楚，如果我被发现的话，会受到很严厉的惩罚，但我还是冒着被发现的风险，身子站在原处，脑袋伸出帘子，打探着外面。父亲正在庄重地迎接柯佩里乌斯。

"快！工作吧！"柯佩里乌斯用沙哑含混的嗓音高喊着，脱下外套。

父亲脱下睡袍，神情沉默而严肃。两个人都穿上了长长的黑色罩衫。我也不知道这套衣服是他们从哪里搞来的。父亲打开壁橱的一扇合页门。我看到，我一直以为是壁橱的东西原来不是壁橱，而更像是黑色的洞窟，里面立着一个小熔炉。柯佩里乌斯走过去，熔炉高高喷出蓝色的火苗，噼啪作响。炉子附近放着各式各样的奇怪容器。哦，上帝啊！当我的老父亲在火焰前弯下腰时，他看上去就像变了个人一样。他温和诚恳的面庞似乎被剧烈的痛苦扭曲，变成丑陋可憎的、魔鬼一样的面容。他看上去就像柯佩里乌斯。柯佩里乌斯正摇摇晃晃地举着一把通红的钳子，从厚重的烟雾中夹出一块闪着火星的东西，然后猛烈地捶打着。我似乎看到人的脸环绕在我周围，但没有眼睛——取而代之的是可怕的、深深的黑色窟窿。

“给我眼睛！给我眼睛！”柯佩里乌斯用阴沉可怕的嗓音高喊着。剧烈的恐惧攫住了我，我尖叫起来，从藏身之处跌到了地板上。于是柯佩里乌斯抓住了我。“小坏蛋！小坏蛋！”他龇牙咧嘴地咕哝着！他把我抓起来，甩向熔炉，火苗点着了我的头发。“现在我们有眼睛了——眼睛——一双漂亮的小孩眼睛。”柯佩里乌斯低声说着，用大手从火焰中抓起赤红的火星，想要把它们撒到我的眼睛上。

父亲举起双手，高声恳求道：“老爷！老爷！让我的纳撒内尔留着自己的眼睛吧！让他留着眼睛吧！”

柯佩里乌斯刺耳地大笑着，喊道：“这个小孩可以留着他的眼睛，流下理应流下的那份泪水。但我们现在就得好好研究下他的双手和双脚运动的原理。”

随后他狠狠地抓起我，我的关节在咯咯作响。他卸下我的双手和双脚，又把它们安上，就安回原来的地方。“之前完全不对劲！现在比之前好多了！姜还是老的辣！”柯佩里乌斯咝咝地[1]嘟囔着。我周围的一切都变得漆黑一片，精神和肉体上都传来一阵痉挛——我失去了知觉。

一阵柔和而温暖的气息从我的脸上吹过，我从死亡一般的深睡

1. 基督教神话中，魔鬼曾化身为蛇。

中苏醒，母亲正弯着腰，俯身看着我。

“沙人还在吗？”我坐了起来。

“不在了，我亲爱的宝贝，他已经走了很久很久了，他没有伤到你！”母亲说道。她吻了吻我，抱着她醒转过来的心肝宝贝。

亲爱的洛特哈尔，为什么我要来烦你呢！有那么多其他的话题可以谈，为什么我却在反反复复地讲这件事情呢！我在偷听的时候被发现了，然后被柯佩里乌斯揍了一顿——这就够了！恐慌和惊骇让我发了高烧，病了好几周。

“沙人还在这里吗？”这是我恢复健康后说的第一句话，也是我开始恢复的迹象，是我被救回来的迹象。我只需要和你说，这是我儿时最难熬的一段时光。这样你就会相信，我觉得当时的一切都是黑白的，这并不是我的眼睛出了什么问题，而是黑暗的厄运真的给我的生活笼罩了一层阴霾，我可能直到要离开这个世界的时候才能摆脱的阴霾。

我再也没见过柯佩里乌斯，据说他离开了这座城市。

大约一年后，我们又按照一直以来的传统，在傍晚围坐在圆桌旁。父亲非常高兴，讲了很多他年轻时经历的旅途趣事。当挂钟敲响九点时，房门突然嘎吱作响，沉重的脚步缓慢地走过门厅，走上楼梯，发出沉闷的声音。

“是柯佩里乌斯。”母亲说，面色苍白。

“是的！是柯佩里乌斯。”父亲用微弱的、结结巴巴的嗓音重复道。母亲的双眼流下泪来。

“但是，孩子他爸，孩子他爸！”她高喊着，“一定要这样吗？”

“最后一次了！”父亲回答，“我向你保证，这是他最后一次来找我了。快走吧，和孩子们一起——去上床睡觉吧！晚安！”

我感觉我的身上似乎压着一块沉重的石头，透不过气来！我愣在那里时，母亲抓住了我的胳膊。“走吧，纳撒内尔，快走吧！”我顺从地让母亲拉着我，回到了自己的小房间。“安静，安静，躺到床上去，睡觉吧，睡觉吧。”母亲喊道。但内心强烈的恐惧和不安折磨着我，我根本合不上眼睛。

那个可恶的、讨厌的柯佩里乌斯站在我面前，眼睛发着光，朝我阴险地笑着。我试图把他的形象从脑海中抹去，但失败了。大约在午夜时分，传来了一阵可怕的声响，就像大炮在开火。整栋房子都回荡着隆隆的响声，我的房门前传来一片嘈杂的声音，房门“砰”的一声关上了。

“是柯佩里乌斯！”我惊骇地大喊，从床上跳下来。

传来一阵刺耳的、充满绝望的哀号声，我冲向父亲的房间，房门开着，一股令人窒息的烟雾朝我扑过来。女用人哭喊着：“啊，老爷！老爷！”父亲躺在熔炉前面的地板上，面孔被烧得焦黑扭曲，十分可怖。我的姐妹们围在他旁边，哀号着，啜泣着。母亲一动不动地躺在一旁！

“柯佩里乌斯，你这个卑鄙的恶魔，你杀了爸爸！”我尖叫着，失去了知觉。

两天后，人们把父亲放在棺材中，这时他的容貌又变得温柔祥和，就像他活着时一样。他和那个恶魔一般的柯佩里乌斯搅在一起，但却没有被打入万劫不复的地狱，我的心中感到些许慰藉。

爆炸吵醒了邻居，这次事故在人群中传开，传到了当局那里。当局想要把柯佩里乌斯找来负责，但他已经在当地消失得无影无踪。

现在，我亲爱的朋友，当我和你说那个晴雨表推销员正是可恶的柯佩里乌斯的时候，你就不会责怪我做出如此有敌意的反应，就好像他会带来什么致命的灾难了吧。他穿着另外一套衣服，但是柯佩里乌斯的身形和容貌已经深深地印在了我的脑海之中，无论如何都不可能搞错。另外，柯佩里乌斯并没有完全改变他的名字。我听到他说，他是个来自皮埃蒙特[1]的工匠，自称吉乌斯皮·柯珀拉。

我下定决心要对付他，为父亲的死复仇，不管会发生什么事情。

关于这个可憎的恶魔重新出现的事情，什么也别和母亲说。请替我向我亲爱的、美丽的克拉拉问好，等我情绪平静下来后，我会给她写信的。再见……

克拉拉致纳撒内尔：

你真的很久都没给我写信了，但我还是相信你在内心深处想着我。当你把上一封信寄给洛特哈尔哥哥的时候，你一定在深深地思念我，因为你在地址那里写的是我的名字，而不是他的。我高兴地撕开信封，直到读到信中写道“啊，亲爱的洛特哈尔！”的时候，才意识到这个错误。

我本来不该继续读下去，而是应该把信给哥哥。但是，你有时候也会和我开玩笑说，我有一种女性特有的、从容不迫的气质，就像那种女人——就算是房子快倒了的时候，也会在逃跑之前把窗帘上的褶皱给弄平。我实在是无法说清楚，信件的开头让我多么震惊。我喘不上气来，眼前的一切都模糊不清。

啊，我亲爱的纳撒内尔啊！你在生活中竟然遭遇了如此可怕的事情！与你分开，再也见不到你——这种想法就像炽热的匕首一样刺穿了我的胸膛。我继续读下去，你对可恶的柯佩里乌斯的描述让我陷入了深深的恐惧。我这才第一次知道，你亲爱的老父亲死得如此可怕、如此突然。洛特哈尔哥哥——我把信给了他——试着让我平静下来，但是效果不大。那个讨厌的晴雨表贩子吉乌斯皮·柯珀

1. 意大利地名。下文的柯珀拉（Coppola）是柯佩里乌斯（Coppelius）的意大利语化。

拉似乎在我身后紧跟着我，我有点不好意思承认，他以各种稀奇古怪的形象出现在我的梦中，搅乱了我健康而安详的睡眠。不过，没多久——其实就是第二天——我感觉一切都不一样了。亲爱的，如果洛特哈尔想和你说，尽管你有一种很糟糕的预感，感觉柯佩里乌斯会伤害你，但我却仍然一如既往地快乐平静，请你不要生我的气。

我还是坦率地和你说吧，在我看来，你说的所有恐怖且难以忍受的东西，都只存在于你的内心之中，和真实的外部世界基本上没有任何关系。老柯佩里乌斯也许是个讨厌的人，但是真的导致你们在孩童时代讨厌他的原因是他对于儿童的仇恨。

在你幼稚的思维中，你很自然地把传说中可怕的沙人和老柯佩里乌斯联系在了一起，虽然你也不相信沙人的存在，但他对你来说确实是个恐怖的、对孩子相当凶狠的恶人。他在夜里和你父亲一起做的那些可怕的事情大概也不是别的，而是私下里进行的炼金术实验。母亲对此不满，当然是因为这会浪费很多钱，此外就像实验人员一贯的那样，父亲沉迷于追求虚无缥缈的东西，从而疏远了家人。父亲的死亡很可能是因为他自己不小心，柯佩里乌斯对此没有责任。和你这么说吧，昨天我问了邻居，他是个很有经验的药剂师，我问他化学实验能不能在短时间内引起致命的爆炸。

他说："哎，当然了。"之后他用他那种巨细无遗的方式给我解说了一番怎么会发生爆炸，当中提到了很多发音稀奇古怪，我压根记不起来的名词。看到这里，你一定对你的克拉拉很生气了，你会说："神秘玄奥的道理常常用它看不见的臂膀拥抱着人类，但它们的光芒却无法射入冷酷的心灵之中。她只能看到世界花里胡哨的外表，并且为此开心不已，就好像幼稚的孩童喜欢外表金光闪闪、但里面有毒的水果一样。"

啊，我亲爱的纳撒内尔！你不相信，在活泼愉快、自由自在、无忧无虑的个性之中，也会隐藏着蕴含黑暗之力的思想，让我们自身腐化、毁灭？请原谅我，我这样一个不谙世事的女孩子冒昧地想要用某种方式，和你阐述我在内心之中是怎么看待这种冲突的。我感觉，到了最后我也没找到合适的言辞，你一定会嘲笑我，不是因为我说的话很愚蠢，而是因为我表达的方式太蠢了。

如果有一种黑暗的力量，会在我们的内心中放入一根仇恨和背叛的绳索，紧紧缠住我们，把我们引上一条充满危险、令人堕落的路途——我们本来绝对不会踏上的路途。如果有这样的一种力量，那它必定来自我们自己的内心，必定来自我们自身的塑造，必定就会成为我们本身。因为只有这样，我们才会相信这种力量，才会在内心中给这种力量腾出它需要的位置，来让它们发挥神秘的效果。如果我们的内心能够坚定不移，并用轻松愉悦的生活加强信念，来让自己一直能分辨出陌生的、敌意的影响，从容不迫地走在我们的爱好和天性所引领的路途之上，那么这种阴森可怖的力量就会在试图夺取我们的内心而徒劳无功之际消亡，我们的心灵本就只是我们自身的投影。洛特哈尔补充说，还有另外一点：如果我们屈从于心灵中的黑暗之力，外部世界投射过来的陌生投影就会常常进入我们的内心，这样，我们就只会在我们的内心中激发出某种恶魔的形象，就像我们在奇异的幻觉中相信恶魔一样。这是我们的本我之中产生的幻觉，它们与我们密切的联系以及它们对我们的个性产生的深远影响或者将我们抛进深渊，或者让我们在天堂中迷醉。

你看，我亲爱的纳撒内尔！我和洛特哈尔哥哥——我们已经详尽地阐述了黑暗的力量和它们的威力，这些内容对我来说相当深奥，我费了好大力气才把最重要的内容写清楚。我没有完全理解洛特哈尔的最后一句话，只是，我感觉那些话都是很正确的。我求求你，把那个可恨的律师柯佩里乌斯和晴雨表贩子吉乌斯皮·柯珀拉彻底从脑海里扫出去。请相信，这些古怪的幻象对你来说没有任何力量，只有你相信他们有敌意，它们才会真的有敌意。如果不是你的来信中每一行字都显露着内心深深的不安，如果不是你的心理状态真的让我很心痛，我甚至还会开一些关于沙人律师和晴雨表贩子柯佩里乌斯的玩笑。开心点，开心点！我下定决心，要陪在你身边，就像你的守护天使一样，要是那个可恶的柯珀拉再出现在你的梦中，让你痛苦难熬的话，就用响亮的笑声驱逐他。我不怕他，也不怕他丑陋的大拳头。对我来说，他作为律师时，我绝对不是好对付的人；他作为沙人时，也不可能伤到我的眼睛。

纳撒内尔致洛特哈尔：

我很抱歉，最近克拉拉拆了写给你的信，这当然是因为我的疏忽大意导致的错误。她给我写了一封哲学意味非常浓厚的信，在信中详细论证了柯佩里乌斯和柯珀拉只存在于我的内心之中，是我心中本我的投影，当我意识到这些的时候，投影就会马上消失。实际上，人们不可能相信，在那双如此闪亮的、含着笑容的、娃娃一般的大眼睛之下会隐藏着这么理性而渊博的灵魂——那双眼睛就如同一个甜蜜的美梦。她在引用你的话，你们一起讨论了我的事情。你大概是给她讲了逻辑学课程，所以她才能学会如何详尽地观察并分析一切事物——不要这么做了！另外，现在基本可以确定，晴雨表贩子吉乌斯皮·柯珀拉不可能是老律师柯佩里乌斯。我听了一个不久前刚搬过来的物理学教授的课程，他就和所有出名的自然科学研究者一样，叫斯帕拉扎尼，而且来自意大利。他很多年前就认识柯珀拉了，从口音中也可以听出柯珀拉的确来自皮埃蒙特。柯佩里乌斯是德国人，但我认为，他是个不诚实的德国人。但我心中还是无法完全平静下来。你们，你和克拉拉，仍然觉得我是个有着阴暗幻想的人。然而我没办法把柯佩里乌斯那张该死的脸从我的记忆中彻底忘却。我很高兴，他离开了这座城市，斯帕拉扎尼和我说的。

教授是个怪人。他身材矮胖，颧骨很高，鼻子很小，嘴唇厚而突出，眼睛又小又细。你们可以去看乔多维茨基[1]在任何一本柏林袖珍日历上画的卡里奥斯特罗[2]的画像，斯帕拉扎尼就长那个样子，这比任何言语上的描述都要好。不久前，我走上楼梯的时候，看到玻璃门上通常遮得严严实实的帘子在一侧留了道小缝。我也不知道我为什么要好奇地朝里面偷偷看一眼。一位高挑苗条、身形匀称、衣着华美的女人坐在屋子里的一张小桌子前面，双臂放在桌子上，双手交叠。她正对着门坐着，因此我能完全看清她天使般美丽的面容。她似乎没有注意到我，其实，看眼神，她是在发呆，我甚至可以说，她没有在看任何东西，对我来说，她就像是睁着眼睛睡着了。我感觉一阵毛骨悚然，因此蹑手蹑脚地溜进了边上的大教室。

后来我发现，我看到的那个人是斯帕拉扎尼的女儿奥林琵娅。他用这种特殊的、恶劣的方式把她锁在屋子里，这样就绝对不会有人能接近她。话说回来，也许她有些问题，比如说可能是个痴呆。为什么我要在信里写这些事情呢？我直接和你说的话，会更清楚、更详细。顺便说一下，我过两周就可以见到你们了。我必须要见一见我亲爱的小天使克拉拉。我必须得承认，那封信里对我潜在心理状态的分析理智却令人难堪，让我很不愉快，但到了见面时，这种不愉快的感觉就会消失的。因此我今天也不给她写信了。此致。

亲爱的读者，我给你们讲的这个故事，发生在我可怜的朋友、年轻的学生纳撒内尔身上，我实在是想不到比这还要奇异、还要古

1. 即达尼埃尔·乔多维茨基，版画师、艺术家，活跃于波兰和德国。
2. 即亚历山德罗·卡里奥斯特罗，意大利神秘学家、炼金师和冒险家。

怪的事情了。我的好读者们，你们有没有经历过这样的事情？它会完全占据你的心灵、脑海和思想，把其他一切事情都挤出去。它会在你内心发酵、翻滚，让你血管中的血液滚烫沸腾，让你的脸颊发红发热。你的眼神十分奇怪，就好像想要在一间空房子里面找到某个别人看不见的东西，你的话语也会变成低沉压抑的叹息之声。你的朋友们会问你："您说什么，亲爱的朋友？您怎么了，尊敬的朋友？"这时你只想用一切鲜明的色彩、阴影和光线绘制出你脑海之中的图景，却在寻找形容之辞的开始就已经费尽了心力。对你来说，你想要用第一个词就恰到好处地完全抓住全部的感觉——奇妙的、华美的、可怖的、有趣的、糟糕的感觉，就像电流一样，击中所有的感官。然而你却觉得你能够说出来的每个词都苍白冷淡、毫无生机。你试了一次又一次，结结巴巴，吞吞吐吐，但是朋友们问出来的那些干巴巴的问题就像冰冷的寒风，吹在你炙热的内心上，直到你的内心变得冰凉。如果你能像一位大胆的画家一样，一开始就用粗放的线条描绘出心中之景的轮廓，这样你就可以轻易地让那幅景象变得越来越鲜明。你内心中各式各样的影像就会鲜活生动，吸引住你的朋友们，他们就会和你一样，看到自己身处自己的内心所生成的画卷正中央。富有同情心的读者们啊，我必须得承认，从来没有人问过我年轻的纳撒内尔的往事。但你们大概知道，我是那种比较独特的作者，当我这样的作者在内心中有所感触时（就像我之前描述的那样），就会感觉到附近的所有人，大概还要加上这个世界上的所有人，都在问我："那到底是什么？亲爱的先生，您能讲一下吗？"

我觉得，我必须得给你们讲一讲纳撒内尔的不幸生活了。他奇妙而独特的生活填满了我的内心。但也是因为这一点，亲爱的读者们，我得让你们也感受到同样的奇妙之处——这可不是容易的事儿，我会尽我所能，在开始讲纳撒内尔的故事时就做到精彩出众、原汁原味、扣人心弦。“从前……”故事开头的经典方式，但是太乏味了！“在偏远的S市，住着……”好了一点，至少可以逐步推向高潮。或者直接从故事的中间开始插叙：“‘下地狱吧！’学生纳撒内尔的眼中闪烁着愤怒和恐慌，这时晴雨表贩子吉乌斯皮·柯珀拉……”实际上，我在学生纳撒内尔愤怒的眼神中看出了一丝滑稽的时候，确实是这么写的。但这个故事一点都不滑稽。我找不到合适的词汇来形容我脑海中色彩斑斓的画面，哪怕是稍微形容一下都做不到。我决定不去用什么来开头了。

亲爱的读者，请接受我用这三封信来作为整幅图画的轮廓，它们是我的朋友洛特哈尔好心分享给我的。我会尽力把更多事讲给大家听，来为这幅图画增添色彩。我可能会像一名优秀的肖像画家一样，成功地塑造出故事中的人物，虽然你并不认识他，但是却好像已经亲眼见过他一样。请相信，没什么比现实生活还要奇特，还要难以想象的了。作家也只能把这些事情模模糊糊地再现出来，就像一面磨得不光亮的镜子。

在开始之前，我要补充一些这些信件之外的信息。在纳撒内尔的父亲死后不久，克拉拉和洛特哈尔就搬到了纳撒内尔母亲那里，他们是一位远房亲戚的孩子。亲戚去世了，留下他们两个人孤苦无依。克拉拉和纳撒内尔之间很快就产生了强烈的好感，所有人都不会不同意这一点。在纳撒内尔离开家里前往G市继续学业前，他们订婚了。他的最后一封信就是从G市寄来的，当时他在听著名的物理学教授斯帕拉扎尼的课。

我现在可以充满信心地继续讲下去。但是克拉拉的面容生动地浮现在我的眼前，我无法视而不见，就像她从前对着我甜蜜地微笑时一样。克拉拉肯定不算漂亮，每一个有着正常审美的人都会同意这一点。然而，建筑学家们称赞她的身材比例完美无瑕，画家们认为她脖子、肩膀和胸部的造型堪称神圣。另外，他们也全都很喜欢她那头抹大拉式秀发[1]，还说那头秀发让他们想起巴托尼[2]的绘画风格。他们中有一位真正的浪漫主义者，以一种相当奇特的方式将克拉拉的眼睛比作路易斯达尔[3]画的湖泊，湖泊中倒映着纯净的蔚蓝色天空、生长着树林和鲜花的田野，还有繁茂的风景中多姿多彩、生机勃勃的生活。诗人和音乐家们想得更远，他们说："哪里有什么湖泊和镜子！当我们看到这位姑娘的时候，怎么可能不从她的目光之中感受到神圣的赞歌和旋律呢？它们能渗入我们的内心，直到一切都变得富有生机、富有活力。当我们大着胆子在她面前唱些什么的时候，我们可能觉得那是一首歌，但是那其实只是一些乱七八糟、含糊不清的零散音节，被拼凑在一起。这时克拉拉嘴角那一抹若有若无的浅笑更让我们清楚明白，如果我们不能唱出美妙的乐曲，我们简直就一文不值。"

的确如此。克拉拉有着丰富的想象力，如同活泼开朗、天真无邪的孩子一般。她有着女性特有的温柔和清楚明晰的判断力。那些幻想家和空想者们在她那里不会有什么好运气，她不会说太多话——她本来就不是个健谈的人——她会带着清晰的目光和讽刺的浅笑说：亲爱的朋友，面对着活生生的、就在眼前的事实，你们怎么会觉得我会接受你们那些飘忽不定的虚幻之事呢？因此很多人指责克拉拉，说她冷漠、绝情而无聊。但是另外一些对生活有着更深更清晰的体会的人，都特别喜欢这个温柔、理智而纯真的姑娘。但是没有人比纳撒内尔更喜欢她。纳撒内尔一直为了学习科学和艺术而忙碌奔波。

1. 德语典故"抹大拉式秀发"指的是金色的长发，出自《圣经》人物抹大拉的玛丽亚，很多画家将她的头发绘制成漂亮的金色长发。
2. 即意大利画家庞培奥·巴托尼，绘有名画《抹大拉的忏悔》等。
3. 即雅可比·范·路易斯达尔，荷兰画家。

克拉拉也一心爱着她的情人。当纳撒内尔要离开她时，他们的生活中出现了第一片乌云。当他真的回到家乡，如他给洛特哈尔的最后一封信中说的那样，走进他母亲的房子时，克拉拉是带着何等的激情扑进他的臂弯之中啊！就像纳撒内尔相信的那样，当他和克拉拉重逢的那一刻，所有的不快都消失了，无论是律师柯佩里乌斯，还是克拉拉那封过于理智的信。

然而纳撒内尔有一点还是说得很对，可恶的晴雨表贩子吉乌斯皮·柯珀拉对他的生活确实有着极其可怕的影响，正如他给他的朋友洛特哈尔写的信中说的那样。在纳撒内尔回来的头几天，所有人就都察觉到他的性格完完全全地不一样了。他沉浸在阴郁的幻想之中，他的行为变得相当奇怪，人们以前从来不知道他的这一面。生活中的一切对他来说都变成了梦幻和预感。他总在说，每一个人虽然自以为自由，但却只是黑暗力量掌控的残忍游戏中的玩物。反抗是没有用的，人们只能卑微地遵从命运的安排。他甚至进一步宣称，认为人们在艺术和科学领域所取得的成就来自自由意志，这种想法很蠢。因为人们去做这些工作的热情并不来自自身，而是源自在我们之外的、更高层次上的法则。

理智的克拉拉相当讨厌这些神秘兮兮的胡言乱语。但是去反驳这些话看上去也没什么意义。纳撒内尔一口咬定柯佩里乌斯就是那个邪恶的法则，当他躲在帘子后面偷听的时候就已经把他抓住了，而且这个可恨的恶魔会用恐怖的方式毁掉他一生的幸福。每当这时，克拉拉就会很严肃地说："是的，纳撒内尔！你说得对，柯佩里乌斯就是那个邪恶而可怕的法则，它可以带来恐怖的后果，在生活中施展显而易见的可怕魔力。但只有你没有把它驱逐出你的灵魂和思想之中时才会这样。只要你还相信它，它就会一直存在，施展力量。你的信念正是它的力量。

克拉拉说恶魔只存在于他的内心之中，这让纳撒内尔非常生气，于是想要就恶魔和恐怖力量的各种神秘道理来场长篇大论，但克拉拉却混不经意地顾左右而言他，让纳撒内尔怒气不减。他认为，冰冷麻木的心灵是无法感知那些深奥的秘密的，但是他还不清楚，克拉拉是不是也应该算作有这种劣等天性的人。因此他从未放弃，努力向克拉拉讲述这些秘密。当克拉拉在清晨帮忙准备早餐的时候，纳撒内尔会站在她旁边，给她读各种各样的神秘书籍。克拉拉恳求道："但是，亲爱的纳撒内尔，我是不是该指责你就是那个破坏我的咖啡的邪恶法则呢？如果我如你所愿，把手里的活都放下，站在这里看着你的眼睛听你读书，我的咖啡就会在火炉上煮干，所有人都吃不到早餐！"

纳撒内尔怒气冲冲地合上书，恼火地冲回房间。他以前有种宝贵的天赋，能写出优美活泼的故事，克拉拉会十分高兴地听他读。而现在他的作品变得阴暗晦涩、杂乱无章。虽然克拉拉照顾他的感受不说出来，他也能大概感觉到这些故事在克拉拉听起来是多么的无趣。克拉拉最不能忍受的就是无聊。她的眼神和言谈之中也显露出她心中难以克服的倦意。实际上，纳撒内尔的作品确实相当无趣。他对克拉拉冷淡乏味的性格越来越不满，而克拉拉也无法再压制她对纳撒内尔那种低沉、阴暗、无聊的神秘主义的不快。就这样，两个人在心里越来越疏远，他们都没有注意到这一点。柯佩里乌斯的可憎形象在纳撒内尔的幻想之中逐渐消退了，他自己也不得不承认。在他的作品中，柯佩里乌斯扮演着带来厄运的可怕鬼怪，他常常要花很大力气才能把柯佩里乌斯的形象生动地描绘出来。

最后他想到，他可以写一首诗，诗的主题就是他那种可怕的感觉，认为柯佩里乌斯会毁掉他一生的幸福。他把自己和克拉拉写成深爱对方的情侣，但偶尔就会出现一只黑手，破坏他们的生活，摧毁他们生活中的快乐。最后，当他们已经站在婚礼的圣坛前时，可怕的柯佩里乌斯出现了，他碰了下克拉拉美丽的双眼，那双眼睛就掉落在纳撒内尔的胸口，如同流着血的火球，灼灼燃烧，柯佩里乌斯抓住纳撒内尔，把他扔进一个燃烧着的火圈中。火焰如风暴一般迅速旋转着，拖曳着他，呼啸着，翻腾着，那可怕的喧嚣就好像飓风正猛烈地拍打着泛起泡沫的海浪，海浪如同长着白头发的黑色巨人，站立起来，殊死搏斗。但纳撒内尔听到克拉拉的声音穿透喧嚣传来："你看不到我了吗？柯佩里乌斯骗了你，在你的胸口燃烧着的不是我的眼睛，是你的心脏流出的鲜血在燃烧，我的眼睛还在，看看我！"纳撒内尔想道：克拉拉在这里，我永远都属于她。随后，这种想法似乎猛地抓住了火圈，让它停了下来。火焰的呼啸也似乎消失在了黑暗的深渊中。纳撒内尔望向克拉拉的双眼，那双眼睛正友善地望着他——但那双眼睛长在了死神的身上。

把这些写成诗歌时，纳撒内尔是平和从容的。他精雕细琢着每一行诗，为了让诗歌符合韵律，他一直都没休息，直到整首诗都完美无瑕，读起来琅琅上口。但当他最终完成诗作，自己朗诵着这首诗的时候，却感到害怕和狂怒，哭叫着："这是谁的声音，这么可怕？"但很快他就意识到这只不过是一首非常出色的诗。他认为，这首诗一定会重新点燃克拉拉冷淡的情绪，但是他不清楚为什么克拉拉的情绪会被燃起，实际上，他同样不知道，用这些可怕的场景去吓唬她，会有什么后果。这些可怕的场景预兆着她的爱情终将毁灭的命运。他们——纳撒内尔和克拉拉——坐在母亲的小花园中。克拉拉很开心，因为纳撒内尔最近三天都在写诗，没有用他的梦境和预感去烦她。

纳撒内尔也和从前一样，说着有趣的事情，显得活泼而高兴。因此，克拉拉说："你现在终于又重新属于我了。你大概看出该怎么赶走可恶的柯佩里乌斯了吧？”

纳撒内尔突然想起诗作就放在口袋里面，他想给克拉拉读一读。他从口袋里掏出一叠纸，开始读起来。克拉拉估计那又是一些无聊的东西，她已经对此见怪不怪了，开始平静地织毛衣。但当诗中的阴沉气息变得越来越黑暗时，她放下了手中的毛衣，死死地盯着纳撒内尔的眼睛。不过纳撒内尔已经陶醉在了他的诗作中，内心中的激情让他的脸颊红得发亮，泪水从眼中涌出。

当纳撒内尔终于读完时，他发出一声疲惫的呻吟，握着克拉拉的手，叹息着，如同陷入毫无希望的苦痛之中：“唉！克拉拉——克拉拉！”

克拉拉把他搂在怀里，轻柔但十分缓慢而严肃地说：“纳撒内尔——我亲爱的纳撒内尔！把那个疯狂、愚蠢而荒唐的故事扔到火堆里去吧。”

纳撒内尔恼火地跳开，把克拉拉推到一边，大声喊道：“你这个该死的、没有生命的机器！”

他跑开了。克拉拉受到深深的伤害，擦着苦涩的眼泪说道：“唉！他从来就没爱过我，也不理解我。”她大声地抽噎着。

洛特哈尔走进凉亭，克拉拉不得不把发生的事情告诉他。他全心全意地爱着妹妹，克拉拉哭诉的每一个字都像是掉进他内心的火星一般。因此，他心中长期以来对沉溺于幻想的纳撒内尔的不满情绪爆发出来，变成难以抑制的狂怒。他冲向纳撒内尔，言辞尖锐地指责他荒唐的言行伤害到了他亲爱的妹妹，暴脾气的纳撒内尔同样言辞尖锐地回击洛特哈尔。一方说“疯子，精神错乱的小丑”，另一方则回以“可怜而令人讨厌的俗人”。决斗已经不可避免，他们决定第二天早晨按照当地传统的礼仪，在花园后面用开锋的刺剑来决斗。两个人一言不发地板着脸悄悄来到决斗场地，克拉拉听到了他们的大声争吵，也在破晓之时看到了剑术教练带来了刺剑，她猜到了会发生的事情。

决斗场上，洛特哈尔和纳撒内尔阴沉着脸，一言不发地脱下了外衣，眼中战斗的欲望熊熊燃烧，想要把对方刺倒。这时，克拉拉推开了花园的大门。她抽噎着，大声喊道："你们这些疯子！可怕的人！你们要刺对方之前，先把我刺死吧！要是我的爱人把我的哥哥刺死了，或者我的哥哥把我的爱人刺死了，我还怎么活下去啊？"

洛特哈尔手中的武器垂了下来，沉默不语地盯着地面。在纳撒内尔极端绝望的心绪之中，泛起了一阵爱意，就像年轻时的美好岁月中，他从可爱的克拉拉身上感受到的爱意一样。那件可以杀人的凶器从手中掉落下来，他跌坐在克拉拉身前。"你能不能原谅我一次，我唯一的、亲爱的克拉拉！你能不能原谅我，我亲爱的弟弟洛特哈尔！"

洛特哈尔被他的朋友表现出的深切哀痛所打动。三人终于和解，拥抱在一起，泪流不止。他们发誓永远相爱，永远忠诚，不离不弃。

纳撒内尔觉得自己卸下了一副一直把他压倒在地的重担，通过起身反抗攫住他的黑暗力量，他似乎把自己的整个身心从毁灭的危机之中挽救出来。他和他深爱的朋友们度过了三天的美好时光，之后前往 G 市，打算再在 G 市待一年，然后返回家乡，一直留在那里。

关于柯佩里乌斯的一切也都瞒着他母亲。很明显，她不可能不害怕柯佩里乌斯，因为她也和纳撒内尔一样，认为柯佩里乌斯应该为她丈夫的死负责。

一回到公寓，纳撒内尔就惊讶地发现整栋房子都被烧毁了，只剩下光秃秃的防火墙立在废墟中。火是从住在一楼的药剂师的实验室中着起来的，之后才从下到上扩散到整栋楼，纳撒内尔几位勇敢健壮的朋友们得以有足够的时间闯进了他在楼上的房间，抢救出一些书籍、笔记和仪器。这些物品都完好无损地被他们运到另外一间房子里，他们还在那里租了一个房间，纳撒内尔马上就搬了进去。他发现，自己住在斯帕拉扎尼教授的对面，他并没有感觉很奇怪；他又发现他透过窗户就能在房间里看到奥林琵雅孤独地坐着，他也没感觉有什么特别的。他能清楚地看到她的身形，然而她的面容却模模糊糊、不甚清晰。最后他终于发现，奥林琵雅常常一坐就是几个小时，就像她第一次透过玻璃门时看到的那样，在一张小桌子前坐着，什么都不干，目不转睛地朝着他的方向凝望。他不得不承认，他从没见过更美丽的佳人了。然而，他的心已经属意于克拉拉，对呆坐着一动不动的奥林琵雅并不动心，他只是偶尔会透过窗纱，看一眼那座美丽的“雕塑”，仅此而已。

当有人轻轻敲门时，纳撒内尔正在给克拉拉写信。他招呼了一声，门开了，柯珀拉那张可恶的脸出现在眼前。纳撒内尔的内心被深深震惊，但他想起斯帕拉扎尼对他讲过的事情，柯珀拉来自斯帕拉扎尼的家乡，还想起了他对挚爱做出的、关于沙人柯佩里乌斯的庄严承诺。自己和小孩子一样害怕鬼怪，纳撒内尔对此感到很难为情。他鼓起全部勇气，尽可能平和镇静地说：“亲爱的朋友，我不买晴雨表！你走吧！”

然而柯珀拉却径自走进房间，弯起嘴角，挤出丑陋的笑容。长长的灰色睫毛下，那双小眼睛闪着光亮，他用嘶哑的声音说道：“哎！卜要晴雨表，卜要晴雨表！但我还有浩看的炎睛，浩看的炎睛！”[1]

纳撒内尔恐惧地大喊：“疯子！你怎么能有眼睛呢？眼睛——眼睛？”

但柯珀拉立刻就把晴雨表收到了一边，从大衣宽阔的口袋里取

1. 此处以及后文中，柯珀拉话中的错字是用来表达柯珀拉异样的声音。

出了眼镜，还有法式长柄眼镜，放在桌子上。

“看——看——眼镜，眼镜架在鼻纸上，这是我的炎睛，浩看的炎睛！”他说着取出越来越多的眼镜，直到整张桌子都开始奇异地反射着光线，闪烁着亮光。

上千双眼睛痉挛一般地眨巴着，闪着光，盯着纳撒内尔。但是他无法从桌子上移开目光。柯珀拉把越来越多的眼镜放到桌子上，灼热的目光相互交织，越来越疯狂，把血红的光线射向纳撒内尔的胸膛。

纳撒内尔被彻骨的恐惧攫住，哭喊道：“停下！停下，你这个恶魔！”尽管桌子上已经盖满了眼镜，但柯珀拉还在把手伸进口袋里，拿出更多的眼镜。就在此时，纳撒内尔用力抓住了柯珀拉的胳膊。

柯珀拉沙哑而令人厌恶地笑了笑，轻飘飘地甩开了纳撒内尔，说道：“哎！你卜要，但这些都是很浩的眼镜。”他把所有的眼镜都收到一起，放起来，从大衣侧面的口袋里拿出许多大大小小的望远镜。他一把那些眼镜收好，纳撒内尔就平静下来，想起了克拉拉。他清楚，那些可怕的事情大概源于他的内心，另外柯珀拉只不过是一个老老实实的机械工兼光学仪器匠人，不可能是柯佩里乌斯该死的分身和鬼魂。更何况柯珀拉放在桌上的所有望远镜也都没什么特殊的，至少不像之前那些眼镜那样阴森可怖。为了补偿他之前的行为，纳撒内尔决定从柯珀拉手里买点东西。他拿起一副做工非常精致的小望远镜，透过窗户向外看去，想试试它的效果。在他的生命中，他还没有用过望远镜，不知道望远镜会把东西如此清晰而明确地拉到他的眼前。他没注意到自己正看向斯帕拉扎尼的房间，奥林琵雅和平日一样坐在小桌前，双臂放在桌上，双手叠在一起。

此时，纳撒内尔才第一次看到奥林琵雅美丽的脸庞，只是她的双眼呆滞，毫无生机，显得很奇怪。等他用望远镜看得越来越清楚的时候，他才看到奥林琵雅的眼中似乎闪烁着温润的月光。似乎她的眼神现在才被点燃，眼神也越来越充满生机。纳撒内尔似乎被固定在了窗前，紧紧地盯着天神一般美丽的奥林琵雅。咳嗽和清嗓子的声音唤醒了他，他就好像从深深的梦境中醒来一样。

柯珀拉站在他身后说："三枚金币[1]——三杜卡特[2]！"纳撒内尔已经完全忘记了光学仪器匠人，他赶快付了钱。"是卜是？上浩的镜片——上浩的镜片！"柯珀拉用他令人反感的嘶哑嗓音说着，脸上带着奸笑。

"对对，没错。"纳撒内尔不高兴地回答，"再见[3]，亲爱的朋友！"

直到纳撒内尔白了他好几眼之后，柯珀拉才离开房间。纳撒内尔听到柯珀拉在台阶上大笑。

"嗯，"纳撒内尔想，"他在笑话我，因为我给这副小望远镜付了太多钱了——付了太多钱了！"

他轻轻地说出这些话的时候，房间中回响起了一阵长长的、可怕的叹息，纳撒内尔吓得摒住了呼吸。这一定是他自己的叹息声——他这么想道。

"克拉拉，"他自言自语道，"她大概说得对，她说我是个无聊的人，爱做白日梦，我为了这副望远镜付给柯珀拉太多钱了，但我为这件事情如此忧虑，这就太蠢了——甚至不仅仅是蠢，我实在是看不出应该为此而忧虑的原因。"

之后，纳撒内尔坐下来，打算写完给克拉拉的信。但他朝窗外瞥了一眼，这一瞥勾起了他的注意力——奥林琵雅像往常一样坐在那里。刹那间，他似乎被一股无可抵御的魔力所控，一跃而起，抓

1. 原文为拉丁语。
2. 12 至 13 世纪意大利威尼斯共和国铸造的金币，后因其含金量高、易于携带和铸造，开始在整个欧洲使用。
3. 原文为法语。

起柯珀拉的望远镜，视线再也无法从奥林琵雅妩媚的身形上挪开，直到他的朋友、兄弟席格蒙特叫他去上斯帕拉扎尼教授的课。门帘严严实实地遮住了那间该死的房间，他没法在他的房间看到奥林琵雅，随后的两天也一直如此。然而他仍然很少离开窗边，不断地用柯珀拉的望远镜朝着奥林琵雅的房间看去。第三天，就连窗户也都拉上了窗帘。纳撒内尔相当失望，他被强烈的思念和渴望所驱使，跑出屋外，冲到了大门前面。奥林琵雅的身形萦绕在他的身边，飘浮在空中，出现在灌木丛里，在清澈的小溪中用闪着光芒的大眼睛盯着他。克拉拉的形象从他的内心中完全消失了。他的脑海中除了奥林琵雅，什么都没有。他高声悲叹，哭泣着说："啊，我崇高典雅的爱情之星[1]，你在我心中高高升起，难道就是为了重新消失，把我留在黑暗绝望的夜晚中吗？"

他刚想返回公寓，就发现斯帕拉扎尼的家中人声嘈杂。房门开着，人们正把各式各样的乐器搬进去。二楼的窗户已经被卸了下来，女用人正忙忙碌碌，打扫着房间，用很大的毛掸子掸去灰尘。木工和裱糊匠人在房子里敲敲打打。纳撒内尔吃惊地站在街上，席格蒙特笑着走过来，说："现在你怎么看我们的老斯帕拉扎尼？"

纳撒内尔和他说，他完全不知道该怎么评价，因为他完全不了解斯帕拉扎尼教授。正相反，他非常惊讶，因为他看到这座安静阴沉的房子如今人声鼎沸，一片忙乱。他从席格蒙特处获悉，明天斯帕拉扎尼会举办一场宴会，还会有音乐会和舞会，会把大学里面一半的人都请来。据传闻，斯帕拉扎尼会第一次向公众介绍她的女儿奥林琵雅。此前他一直谨小慎微地让奥林琵雅避开人们的目光。

纳撒内尔也收到了邀请。到了宴会开始的时候，他前往教授家

1. 金星的别名。

中，心脏突突直跳。此时宾客们的车辆已经纷至沓来，装饰得很漂亮的柱子上也闪烁着灯光。宴会规模宏大，光彩耀人。奥林琵雅穿着一身富丽堂皇、典雅高贵的衣服露面了。人人都情不自禁地赞叹她美丽的脸庞和身材。但她的后背弯得有点奇怪，马蜂一般的细腰看上去似乎束得太紧。她的步伐和姿态也有些僵硬做作，显得令人略有不适。人们将其解释为她面对公众时的拘束。音乐会开始了，奥林琵雅娴熟地弹奏起钢琴，还同样熟练地唱了一曲咏叹调，嗓音清亮高亢，如同玻璃钟一般，甚至还有点刺耳。纳撒内尔被她深深迷住了，他站在最后一排，在美丽的烛光之中看不清楚奥林琵雅的身影。因此，他悄悄取出柯珀拉的望远镜，朝着美丽的奥林琵雅看去。啊！他现在看到，奥林琵雅是带着何等的渴慕看向他啊，在那含情脉脉的眼神中包含了如此清晰的情感，穿透他的内心，撩拨他的心弦。那些动听的颤音，对纳撒内尔来说如同饱含爱意的天堂颂歌。长长的颤音组成的终章一结束，歌声还在大厅之中回荡时，他就像是被一双灼热的手抓住了一般，再也忍受不住，不得不大声喊出心中的痛苦和爱恋："奥林琵雅！"

所有人都转过头去看他，有些人还笑了出来。管风琴师把本来就已经很长的脸拉得更长了，一个劲嘟囔："干什么，干什么！"

音乐会结束，舞会开始。"和她跳舞！和她跳舞！"这是纳撒内尔唯一的愿望，唯一的追求。但他怎么才能鼓起勇气，去邀请舞会皇后呢？但是，他也不知道是怎么回事，当舞曲要开始时，他已经紧紧站在奥林琵雅身边了。还没有人邀请奥林琵雅共舞，纳撒内尔说不出话来，只是抓住了她的手。奥林琵雅的手凉如冰，他感觉身上闪过一阵冷冽的寒意，打了个冷战。他凝望着奥林琵雅的双眼，她的双眼朝他闪着爱意和思慕。在那一瞬间，脉搏似乎开始在冰冷的手上跳动，血液也开始变得温热。在纳撒内尔的心中，爱情之火也愈燃愈烈。他抱起美丽的奥林琵雅，和她一起转起圈，翩翩起舞。纳撒内尔以前以为，自己能很好地踩中舞曲的节奏，但奥林琵雅起舞时稳稳地踩着韵律，常常让他手忙脚乱，他才意识到他的节奏踩得多么不准。他再也不想和别的女人一起跳舞了，而且如果有人走过来想要邀请奥林琵雅跳舞的话，他会马上杀了这个人。还好这种情况只发生了两次。他很奇怪的是，奥林琵雅跳完每一曲舞曲后都会坐下，他一次一次地邀请他同舞，每次都没有落下。

如果纳撒内尔会关注奥林琵雅之外的东西，那许多不愉快的争吵就一定不可避免。

因为角落里的那些年轻人，他们用古怪的目光看着奥林琵雅，很难掩盖住自己的窃笑声，这笑很明显是朝着美丽的奥林琵雅的，没人知道他们为什么发笑。纳撒内尔喝了很多酒，美酒和舞步让他浑身发热，克服了他一贯的羞怯。他坐在奥林琵雅身旁，奥林琵雅的手被他握在手中，他激动而兴奋地用言辞表达着爱意，但无论是他还是奥林琵雅都听不懂他在说什么。

但奥林琵雅可能听懂了。因为她目不转睛地看着纳撒内尔的双眼，一次一次地叹息道："啊，啊，啊！"纳撒内尔回应道："哦，尊贵而神圣的女士！你散发着来自爱的应许之地的光芒！你深邃的内心映照着我的整个灵魂！"他说了很多诸如此类的话，但奥林琵雅只是一直叹息着："啊，啊！"

斯帕拉扎尼教授走过这对幸福的人身边好几次，朝着他们微笑，笑容中带着一种古怪的满足感。虽然纳撒内尔似乎已经身处另外一个世界，但他这次还是感觉自己又回到尘世间，在斯帕拉扎尼教授这里，而且感觉身边明显地变暗了。他环顾四周，惊恐地发现空荡荡的大厅中只剩下最后两盏灯还在亮着。音乐和舞会已经结束很久了。

"我们要分开了！分开了！"他疯狂而绝望地喊道。他亲吻奥林琵雅的手，又弯下腰来，亲吻她的嘴。奥林琵雅冰冷的嘴唇碰上了他火热的嘴唇！正如他拉着奥林琵雅冰冷的手时一样，一阵恐惧之感攫住了他的内心，死亡新娘的传说突然在他的脑海中闪过。但奥林琵雅让他挨在自己身上，那个吻也让奥林琵雅的嘴唇温热起来，有了生机。斯帕拉扎尼教授缓缓地走过空荡荡的大厅，低沉的脚步声回荡在大厅中。他的身形映出摇摇晃晃的阴影，让他看起来如同可怕的幽灵。

“你爱我吗——你爱我吗，奥林琵雅？我只需要一个回答！你爱我吗？”纳撒内尔低声说道，但是奥林琵雅只是站起身，叹息着：“啊，啊！”

“啊，我美丽的、高雅的爱情之星，”纳撒内尔说，“你为我而升起，永远照亮我的灵魂，荡涤我的灵魂！”

“啊，啊！”奥林琵雅重复着，朝前走去。纳撒内尔跟着她，她站在教授面前。

“你和我的女儿谈得相当热烈。”教授笑着说，“哎，亲爱的纳撒内尔先生，您要是喜欢和我这个傻女儿聊天，我随时欢迎您的到来。”

纳撒内尔心花怒放地告辞离开。随后的几天，斯帕拉扎尼的宴会一直是人们议论纷纷的话题。虽然教授把一切都安排得富丽堂皇，但那些喜欢嚼舌根的人还是在讨论着许多不当和奇怪之处。首要的话题就是僵硬呆板、一语不发的奥林琵雅。人们谣传，尽管她外貌美丽动人，但却是个白痴，这也是斯帕拉扎尼长期以来不让她见到外人的原因。纳撒内尔对此并非不觉得愤怒，但他却什么也没说。因为他觉得，这些家伙太蠢，看不到奥林琵雅藏在深处的美丽心灵，去向他们证明这一点有什么意义吗？

“行行好，老兄。”有一天，席格蒙特对他说，“行行好，告诉我，你这么聪明的一个人，怎么会爱上那样一个毫无表情的木偶呢？”

纳撒内尔正要发火，但他很快控制住了自己的情绪，回答道：“倒是你该告诉我，席格蒙特，平时有着清晰的审美、锐利目光的你怎么可能忽视奥林琵雅那超凡脱俗的魅力？不过我要感谢命运如此安排，让你不是我的情敌，否则我们中就一定有个人要流血了。”

席格蒙特看到他的朋友是这样的状况，精明地改变了策略。他表示自己再也不会对纳撒内尔的所爱之人指指点点，之后又补充了一句：“但很奇怪的是，我们中的很多人都对奥林琵雅发表了相似的看法。在我们看来——请不要见怪，老兄——她看上去出奇地呆板，缺乏感情。她的身材相当匀称和谐，她的脸也是，这是确实的！要是她的眼神不这么毫无生气，我是说，不要这样似乎什么都看不到，那她还是很漂亮的。她的步伐很怪异，她的一切行动看上去似乎都是源于某种发条装置的作用。她的弹奏和歌唱都踩着精准到让人难受的节奏，如同八音盒一样，她的舞蹈也是。这位奥林琵雅让人这么不舒服，我们不想和她打交道。在我们看来，她只是想要尽可能地表现得像个有生命的人，这背后一定有隐情。”

席格蒙特的话让纳撒内尔很痛苦，但他没有屈从于这种情感，忍住了自己的愤怒，非常严肃地说：“对你们这些冷淡乏味的人来说，奥林琵雅也许确实显得可怕。高雅的灵魂只会对同样高雅的人显现！她含情脉脉的目光只会看向我，激发我的情感、我的思想，只有在奥林琵雅的爱之中，我才能重新找回我自己。你们觉得她不正常，只是因为她和平庸的人不一样，不会去闲聊庸俗的话题。她少言寡语，这不假，但她说出来的那几句话如同神圣的真言，来自充满爱意的内心世界，如同更为高妙的见解，来自永恒天界中智慧生灵的话语。但你们是感受不到这一切的，我只是在空费唇舌。”

“愿上帝保佑你，亲爱的弟兄。”席格蒙特轻柔地说，语调几乎显得有点悲伤，“但在我看来，你正在一条不幸的路上越走越远。你可以找我帮忙，如果一切都——不，我还是不多说了。”

纳撒内尔顿时明白，他冷漠乏味的朋友席格蒙特对他是很忠诚的。他真诚地握了握席格蒙特伸出的手。

纳撒内尔完全忘记了这个世界上还有一位他曾经爱过的克拉拉，还有母亲和洛特哈尔——这一切都在他的脑海中消失了，他现在只为了奥林琵雅而活着，每天都要花上好几个小时坐在她身边，和她诉说着自己的爱意、诉说着点亮了他生命的好感、诉说着心灵层面上的和谐。奥林琵雅虔诚地聆听着这一切。纳撒内尔从他的书桌最底层翻出了他之前写过的所有作品。诗歌、想象、幻想、小说、传说。那些流淌着忧郁之情的十四行诗、八行诗和短歌越写越多，作品数量每天都在增加。他不知疲倦地向奥林琵雅朗诵这些作品，一读就是几小时。他也从来没有遇到过这么棒的听众。她不做刺绣，也不织毛衣，不会看向窗外，不去喂鸟，也不会去逗逗小狗、玩玩小猫，她不会用手搓着小纸团玩，不会玩任何东西，也不会借着咳嗽来掩盖自己的哈欠。总之，她持续几个小时坐在那里，两眼直直地看着她所爱之人的眼睛，一动不动。她的双眼越来越亮，越来越富有生气。只有当纳撒内尔最后站起来，亲吻她的手和嘴唇时，她才会说：“啊，啊！”之后又补充道：“晚安，亲爱的！”

“哦，你的思想多么高雅，多么深邃啊！”纳撒内尔在房间里喊道，“只有你，只有你一个人才能完全理解我。”

当他想到自己和奥林琵雅的心灵之间与日俱增的和睦协调时，就会因为内心的喜悦而颤抖起来。在他看来，奥林琵雅似乎从他最深处的内心中讲出了自己的作品和诗歌的意义，是的，就好像是他自己从心底说出来的一样，这一点毫无疑问是真的，因为除了之前提到的几句话，奥林琵雅什么都没说过。在纳撒内尔心智清明的时刻，比如说，早上刚刚起床的时候，他也会意识到奥林琵雅实在是非常消极、少言寡语，但他会说："词语又是什么呢？词语！她美丽的双眼投过来的目光，表达的意思比任何言语所能表达得都要多。另外，来自天国的圣女怎么能把自己局限在可悲的尘世生活所划定的狭窄圈子里呢？"

斯帕拉扎尼教授对他的女儿和纳撒内尔之间的关系非常高兴，他也明确地表达了这种喜悦的心情。最后，当纳撒内尔壮起胆子拐弯抹角地表达出他想要和奥林琵雅更进一步时，教授满脸堆笑，表示他允许女儿完全自由地做出选择。受到这些话的鼓舞，再加之心中燃烧的渴慕，纳撒内尔决定第二天就去见奥林琵雅，请求她用清楚明白的言语说出她长久以来用含情脉脉的美丽眼神所表达的情感，也就是她想要永远属于他。他去找分别时母亲送他的戒指，想要把戒指送给奥林琵雅，作为他的爱情和他们幸福美满生活的见证。中途他翻出了克拉拉和洛特哈尔的信，但只是漠然地把它们搁到一边。他找到了戒指，放在口袋里，急匆匆地跑去见奥林琵雅。他走上楼梯，走进门厅，这时他听到了一阵古怪的吵闹声，似乎是从斯帕拉扎尼的书房里面传出来的——踩踏的声音、叮当作响的声音、物体碰撞的声音、击打的声音，穿过房门传来，还夹杂着争吵和咒骂的声音。

"滚开，滚开！无耻，下流！投入了爱和生命？哈哈哈哈！我们可没说过这事！我，我做了眼睛！我做了机械结构！你这个愚蠢的怪物，还有那些蠢机械！死狗一样的蠢钟表匠！离我远点！魔鬼！滚开！骗子！恶魔！禽兽！滚开——离我远点！让我走！"

这是斯帕拉扎尼和可恨的柯佩里乌斯的声音。他们吵闹着，辱骂着对方。纳撒内尔被一阵无缘无故的不安之感攫住，猛冲了进去。

教授正抓着一个女人的躯体，抓着她的肩膀，那个意大利人柯珀拉抓着脚，他们来回拉扯着她，怒气冲冲地争吵着，想要把她夺过来。当纳撒内尔认出那个躯体正是奥林琵雅时，深深的惊骇让他连连倒退。他心中燃起狂怒，想要从那两个疯子手里把他的爱人抢过来。但就在这时，柯珀拉以巨人一般的力气把女人的躯体从教授手里抢了过去，并且用那具躯体给了教授可怕的一击。教授被击退到桌子上，桌子上放着的罐子、蒸馏管、烧瓶和玻璃柱翻倒跌落，掉在地上，哗啦啦地碎成了上千片碎片。随后，柯珀拉把女人的躯体扛在肩上，带着一阵可怕而尖利的大笑冲下楼梯，躯体丑陋的脚垂下来，撞在台阶上，发出木头一般的撞击声，咔嚓作响。

纳撒内尔呆若木鸡地站在那里——因为他清楚地看到，奥林琵雅的脸如同死者一般蜡黄，上面没有眼睛，只有黑色的窟窿。她只是一具没有生命的木偶。斯帕拉扎尼还在地上痛苦地扭动着，头上、胸口和胳膊上扎着碎玻璃，血如泉涌。但他仍然鼓起了全身的力气。

“去追他——去追他！你还犹豫什么？柯佩里乌斯——柯佩里乌斯，他抢走了我最好的机械人偶，我为它辛劳工作了二十年！我投入了爱和生命——机械结构、语言功能、运动功能——眼睛——眼睛是从你那里偷来的。妈的！混蛋！跟着他，把我的奥林琵雅拿回来——给你眼睛！”

此时，纳撒内尔看到一双如同血淋淋的眼睛一样的东西，正在地板上盯着他看。斯帕拉扎尼用那只没有受伤的手把它们抓起来，扔向纳撒内尔，扔到了他的胸口。疯狂的感觉似乎在用灼热的爪子抓挠着他，撕裂他内心的情感和思维。

“嘿，嘿，嘿！火圈！火圈！火圈，转呀转！好玩，好玩！小木偶，嘿，可爱的小木偶，转呀转！”纳撒内尔朝着教授弯下身子，掐住他的咽喉。

要不是他的咆哮引来了附近的人，教授就被他掐死了。人们冲进来把盛怒的纳撒内尔拉开，救下被他紧紧缠住的教授。虽然席格蒙特非常强壮，但他也没能控制住这个发疯的人。纳撒内尔用可怕的声音不断地大喊着："小木偶，转呀转！"还用攥紧了的拳头到处挥舞。最后，好几个人联手把他制服，扔到地上捆了起来。他的声音变了样子，如同可怕的野兽在咆哮。人们把狂怒的纳撒内尔送到了精神病院。

亲爱的读者！在我继续讲不幸的纳撒内尔身上发生的事情之前，如果你们担心聪慧的机械师兼自动装置发明家斯帕拉扎尼的话，我可以向你们保证，他的伤后来痊愈了。但是他不得不离开大学，因为纳撒内尔的事情引起了轰动，人们普遍认为，私自用一个木偶替代真人，还把它带进高雅的晚会之中（奥林琵雅在那里获得了巨大的成功），这是相当不可原谅的欺诈行为。法学家们甚至将其称为一次狡猾的、应该从重处罚的诈骗，因为这次事件针对公众，而且他做得如此精妙，没有人看穿这件事（除了几个相当机灵的大学生）。虽然现在所有人都显得很聪明，指出了各式各样的、他们觉得值得怀疑的事实，只是他们没有把这些疑点公开说出来。比如，根据一位高贵的茶会参与者说，肯定会有人怀疑奥林琵雅为什么会不顾礼数，打喷嚏比打哈欠还要多。那位贵人认为，这是隐藏的机械装置在自动上发条，这才发出明显的响动。诸如此类。

讲授诗歌和雄辩术的教授拿出一小撮鼻烟，啪的一声合上鼻烟盒，清了清嗓子，庄重地说："备受尊崇的先生们，女士们！你们难道没有发现其中的门道吗？这一切都是一次比喻——一次还在继续的隐喻！你们明白吗？智者已明[1]！"

但是很多备受尊崇的先生们没有因此而放下心来。自动机械的故事在他们的心中深深地扎下了根，事实上，对于人形躯体的可怕猜疑在人群中逐渐蔓延。越来越多的人要求自己的爱人在唱歌跳舞

1. 此处原文为拉丁语"sapienti sat"。

的时候不能踩着节拍，要求自己朗读东西的时候对方要做刺绣、织毛衣，或者玩玩小沙皮狗之类的，而且更重要的是，她们不能一直在听，而是必须不时地说一些话，证明她们确实在听、在思考自己说过的内容。这一切都只是为了确认自己爱的人不是一具木偶。很多恋人更加如胶似漆，但也有很多人更疏远了。“实在是不知道为什么。”人们这样说。在晚会上，人们打哈欠的频率多得难以置信，但却再没有人打喷嚏，以免遭人怀疑。如前文所说，斯帕拉扎尼不得不离开，以逃脱犯罪调查——罪名是他以欺诈的方式将一台机器带进了人类社会之中。柯珀拉也消失了。

纳撒内尔像是从一场深沉可怕的噩梦中醒来。他睁开眼睛，感觉一阵无法言喻的幸福感带着柔和美妙的暖意充满了全身。他躺在父亲的房子里，在他房间的床上。克拉拉弯下腰看着他，母亲和洛特哈尔站在不远处。

“终于，终于，噢，我亲爱的纳撒内尔！你现在从重病之中恢复了——你又是我的了！”克拉拉发自内心地说，用手臂搂住纳撒内尔。

由于深深的忧郁和欢喜，纳撒内尔眼中涌出闪亮滚烫的热泪。他呻吟着说：“我的——我的克拉拉！”

席格蒙特走了进来。在纳撒内尔急需他的时候，他一直坚持站在纳撒内尔身边。纳撒内尔握住他的手说：“我忠诚的好兄弟，你没有抛弃我。”

在母亲、爱人和朋友的关怀照顾下，纳撒内尔不久后就恢复了体力，一切精神错乱的迹象都消失了。同时，好运也开始眷顾这一家，一位年迈而吝啬的叔父去世了，没有人指望过能从他那里得到什么，但他却给纳撒内尔的母亲留下了一笔不容小觑的财富，还有一栋小别墅，位于城市附近的宜人地段。母亲、纳撒内尔和克拉拉——他们最近在考虑结婚——还有洛特哈尔打算搬过去。纳撒内尔变得更为温和、更为纯真，因为他现在第一次清楚地认识到克拉拉美好、纯洁而高尚的性情。没有人和他提起过去的事情，哪怕是一点点相关的事情都没提到过。

不过当席格蒙特向他告别的时候，他说："感谢上帝，好兄弟！我曾经走在一条错误的道路上，但是一位天使在恰当的时机指引我走上了光明的路途！嗯，就是克拉拉！"

出于担心，席格蒙特没有让他继续说下去。他担心那些让纳撒内尔深深受伤的回忆会重新点燃他的情绪。

这四位幸福的人要搬到新居的日子到了。中午，他们买了很多东西，走在城市的街道上时，市政厅高大的塔楼把阴影投在集市上。

"哎！"克拉拉说，"我们再爬一次塔楼，看看远处的山峰吧！"

说做就做。纳撒内尔和克拉拉登上塔楼，母亲和女用人回了家，洛特哈尔不想爬那么多级台阶，在下面等着他们。这对情侣手挽着手站在塔楼最高的看台上，眺望着笼着薄雾的树林，树林后面耸立着青青的山峰，就像一座巨型城市。

"看那片奇怪的灰色小树丛，看上去就像是在整整齐齐地朝我们走过来。"克拉拉叫道。

纳撒内尔习惯性地把手伸向口袋，找到了柯珀拉的望远镜。他朝旁边看去——克拉拉正站在望远镜前面！他的脉搏疯狂地痉挛般跳动。他面色苍白地盯着克拉拉，但很快，他飘忽的眼神中就喷涌出灼热的目光，像一只被猎捕的野兽一般可怕地吼叫起来。随后，他高高地跳到空中，可怕地狂笑着，用尖利刺耳的声音高喊道："小木偶，转呀转！小木偶，转呀转！"他用巨大的力量抓起克拉拉，想把她从塔楼上扔下去。在对死亡的极端恐惧中，克拉拉紧紧地抓住了栏杆。

洛特哈尔听到了发疯的纳撒内尔在咆哮，他也听到了克拉拉恐惧的叫喊。他心中涌起一阵不祥的预感，冲了上去。通往第三层楼的门锁上了，克拉拉的悲号声回荡着，越来越响亮。由于愤怒和担心，洛特哈尔失去了理智，猛地冲向大门，门终于被他撞开了。克拉拉的声音变得越来越虚弱无力。“救命，救我，救我——”声音逐渐消散在空中。

“她死了——那个疯子杀了她！”洛特哈尔喊道。

通往看台的门也是锁着的。绝望给了他巨大的力量，他撞开了门的合页。天哪——克拉拉正被发了疯的纳撒内尔抓着，吊在看台外面，悬在空中，只有一只手紧紧地抓着铁栏杆。洛特哈尔如同闪电一般冲过去，抓住了他的妹妹，把她拉上来，随即攥紧了拳头，打在那个疯子的脸上。纳撒内尔向后跌倒，放开了死神魔爪中的战利品。

洛特哈尔抱着失去知觉的妹妹冲下楼梯。克拉拉得救了。纳撒内尔在回廊上冲来冲去，高高跃向空中，喊着：“火圈，转呀转！火圈，转呀转！”

人群聚集起来，围观着高声喊叫的纳撒内尔。律师柯佩里乌斯那高大的身影就在其中。他刚到这个城市，就来了去市集的路上。人们想要爬上塔楼，制服那个疯子，但柯佩里乌斯笑着说：“哈哈！等一等，他自己就会下来的。”之后他就和其他人一样朝上看去。

纳撒内尔的身体突然就像被冻住一样停了下来，他身体前倾，看到了柯佩里乌斯，尖锐地喊道：“哈！浩看的炎睛，浩看的炎睛！”之后他跃过了栏杆。

纳撒内尔躺在石子路面上，脑浆迸裂。这时柯佩里乌斯已经消失了。

许多年后，据说有人在很远的地方看到过克拉拉。她和一个和蔼的男人手拉着手，坐在一栋很漂亮的乡村小屋门前，两个活泼的小男孩在他们面前玩耍。我们可以得出结论，克拉拉终究还是在她的家庭生活中获得了幸福，这样的日子正是她活泼快乐、热爱生活的性格所需要的。而内心饱受创伤的纳撒内尔，永远无法给她这样的幸福。

（赵佳铭　译）

德国科幻之父

早在 H. G. 威尔斯奠定了科学与推想元素在科学浪漫小说当中的显赫地位之前的 20 年，就有人将这两大元素引入了德国小说。库尔德·拉斯维茨是一位哲学家兼科学史学家，在哥达的埃内斯蒂农中学教授哲学多年，之后转向了小说创作。他的一部分短篇小说被收录在《未来的图像》（*Bilder aus der Zukunft*，1878）当中。拉斯维茨为这部选集撰写了序言并在文中宣称："许多关于未来的推论都可以通过文明的历史进程和科学的现状总结出来，而类比则会成为幻想的盟友。"威廉·B. 费舍尔（William B. Fischer）在《德国科幻小说理论》[收录于《科幻小说研究》（*Science-Fiction Studies*），1976]中写道："拉斯维茨可能开创了外推和类比的概念。"

在许多方面，这些短篇小说更像是威尔斯的推想散文[比方说《百万年后的人》（"Man of the Year Million"）]，而不是人物故事。作为一名哲学教师，拉斯维茨具有极强的说教冲动，这股冲动从未被讲故事的艺术彻底淹没，也许正因如此，他才从未能像他的法国与英国同行——凡尔纳和威尔斯那样在科幻领域占据显赫地位。他创造了可信的世界来说明哲学问题。约翰·克卢特在《科幻小说百科全书》中写道："《未来的图像》中收录的故事因此读起来几乎就像对于各种'更加高等的未来地球文化'的生动展览。"

拉斯维茨还出版了另外两本短篇小说集《肥皂泡》(*Seifenblasen*, 1890)和《绝不与永远》(*Nie und Nimmer*, 1902)，然而他最著名的作品是《双星记》(1897)，这部作品比威尔斯的《世界大战》还早一年出版，描述了一个最早出现在北极上空的太空栖息地上的火星文明，这个文明比地球上的人类文明更高等，并且对地球发动了入侵。根据汉斯·约阿希姆·阿尔珀斯的说法，拉斯维茨"认为伦理的发展依赖于科学技术的发展"，因此技术更先进的火星文明轻易征服了人类文明，并使其走上了自我完善的道路，而降临到地球上的火星人却退化了。跟埃德加·赖斯·巴勒斯的火星探险作品一样，书中火星生活的细节基于帕西瓦尔·罗威尔的理论。当这部作品的英译本在1971年出版时，距离首次出版已经过去了将近75年。英文版中包括了一封沃纳·冯·布劳恩写给作者的书信，证明了这部作品对于德国年轻读者的影响。当时，拉斯维茨的短篇小说在英文世界仅仅翻译出版了五篇，其中一篇选自1878年的选集，译本发表于1890年的《海外月览》(*Overland Monthly*)；还有三篇选自1890年的选集，由另一位火箭科学先驱兼科普作家威利·莱伊(Willy Ley)翻译，并在1953年和1955年发表于《奇幻与科幻杂志》。

《万有图书馆》("The Universal Library", 1901)也是由莱伊翻译的，发表在克里夫顿·法迪曼主编的《幻想数学》(*Fantasia Mathematica*)上。这部作品面世之后很久，罗素·马洛尼(Russell Maloney)才在1940年发表他的《不可动摇的逻辑》("Inflexible Logic")。马洛尼在文中推想，只要有足够的时间，就算让猴子乱敲打字机，也能重现人类的所有文学作品，后来鲍勃·纽哈特在一次滑稽模仿秀中再现了这一想法。[1] 接下来，到了 1962 年，豪尔赫·路易斯·博尔赫斯发表了《巴别图书馆》，文中描绘了一个由图书馆书架构成的宇宙，其中收藏着每一本可能存在的书（以及无限多的毫无意义的文本），此时距离拉斯维茨在自己的作品当中涉及同一套基本推想已经过去了半个多世纪。

拉斯维茨的作品在德国之外的发行总量从来不足以影响科幻小说的发展，但他在德国国内的影响的确十分巨大。埃弗雷特·F. 布雷勒曾提出，拉斯维茨可能帮助塑造了雨果·根斯巴克的“基于技术的自由主义”，而迈克·阿什利则认为，拉斯维茨通过影响根斯巴克这位美国科幻杂志创始人，“可能对科幻发展产生了远超当今认知的间接影响”。

就像美国的雨果奖是为根斯巴克设立的一样，年度最佳德国科幻奖也是为了纪念拉斯维茨。

（万年看客　译）

1. 鲍勃·纽哈特，美国演员，脱口秀主持人。据说在这期节目的最后，一只猴子几乎打出了《哈姆雷特》中的经典台词。

万有图书馆

［德国］库尔德·拉斯维茨

“你就在这儿老老实实坐着吧，马克斯。”瓦尔豪森教授说，“别翻我的文件了，里面真没什么值得报道的东西。你要喝点什么，葡萄酒还是啤酒？”

马克斯·布克尔走到桌前，从容不迫地挑了挑眉毛。他强壮的身躯慢条斯理地坐下，坐在扶手椅上，说道：

“其实我戒酒了。但是出门在外的话——我看到你这儿有一瓶上好的库姆巴赫啤酒——啊，非常感谢，亲爱的小姐——不要倒这么满！嗯，干杯，老哥们儿，尊敬的朋友！祝你健康，布里根小姐！能和你们再次相聚，真是太好了。但只是聚聚可没什么用，你一定要给我写点东西。”

“现在我真不知道要写什么。人们已经写了那么多多余的东西了，更不幸的是，还印出来了。”

“你真犯不着跟我这么一个苦兮兮的编辑说这些。问题是，到底什么是多余的？作者和读者对此有完全不同的看法。我们编辑也总会遇到这种问题，到底应该怎么判断一个东西是不是‘多余’的。嗯，我很高兴，”他开心地搓着手，“代我班的人还要替我操三周的心。”

“我很惊讶，”女主人说，“您还能一直找到新东西来出版。我还以为，把铅字拼在一起的所有方式您都试过了。”

“确实是这样的，教授夫人。人们是会这么想。但是，人类的思想是无穷无尽的。”

“您是说，在不断重复方面无穷无尽。”

“老天啊，是的！”布克尔笑道，“但也还是有一些新思想的。”

“而尽管如此，”教授发表意见，“人们能将人类获得的一切知识都用铅字印出来，历史事件、科学知识、诗词歌赋，甚至是传道授业。至少，只要能用语言表达的东西都可以。我们的书籍实际上是在传承人类的知识，存储智力活动中积累起来的财富。但是由特定的字符所组成的排列方式是有限的。因此，一切可能被写出来的文献都一定可以在有限的册数内写完。”

“嗯，老朋友，现在你说话的语气听起来又像是个数学家，而不是哲学家了。这些无穷无尽的文献怎么能有个头呢？”

“如果你想的话，我马上就给你算算，一座万有图书馆中会有多少册图书。”

“啊，叔叔，这会不会很深奥？”苏珊娜·布里根问道。

“但是，苏西[1]，对于一位刚刚从寄宿学校毕业的年轻女士来说，没什么是太深奥的。”

“谢谢，叔叔，我只是想知道我是不是该把我的手工活计拿来——你知道的，做手工活有助于我思考。”

“啊哈，小机灵鬼。你其实是想知道我会不会来一番长篇大论。我完全不这么认为。但你可以去把写字台上的纸和铅笔拿给我。”

1. 苏珊娜的昵称。

“您顺便把对数表[1]也一起拿来吧。”布克尔尖刻地说。

“天哪！”女主人阻止道。

“不，不，不需要那个。”教授喊道，“你也不用把手工活计拿来摆谱，苏西。”

“给你点好吃的。”女主人说着，塞给苏珊娜一个盘子，上面盛着苹果和坚果。

“谢谢。”苏珊娜回答道，拿起坚果钳，“我得用这个对付最硬的坚果。”

“首先我来问个问题，我们的朋友可以回答，”教授说，“我要问：如果人们能适应一定的简化，放弃不同字体带来的美感，同时我们考虑这样的读者，他们不需要很舒适的阅读体验，只关心文字的意义——”

“但是压根没有这样的读者。”

“嗯，我们假设存在这样的读者。要写出全部的严肃文学和通俗文学需要多少种铅字？”

“嗯，”布克尔说，“我们把需要的字符限制在以下范围内：拉丁文字母表中的大小写字母、常用的标点符号、数字——别忘了还有空铅——”

苏珊娜从她的坚果中抬起头来，像是要问什么。

“空铅指的是表示空格的铅字，排字工人用它们来隔开单词、填充留下的空余位置。这些并不多——但还要考虑科学书籍！你们数学家要用到一大堆符号！”

“我们可以用上下标来解决这个问题，在字母的上面或者下面加上小数字，就像 a_0、a_1、a_2 等等。这样我们就只需要额外的第二行和

1. 在电子计算未普及的年代，运算巨大的数字时通常会采用对数法来简化计算，对数表即为用对数法计算大数字时需要查阅的表格。

第三行数字 0 到 9。用这种方法，人们甚至可以通过足够的约定来表示任意一种外语字符。”

“当然了。我相信你说的那种理想化读者能做到。那我估计，我们总共需要大概 100 种不同的符号，就可以用铅字印出一切可以想象出的内容。”

“嗯，很好。那每一本书应该多厚呢？”

“我觉得，一本 500 页的书就可以把一个主题讲得十分透彻了。我们假设一页有 40 行，一行有 50 个字符（当然始终要计算空格、标点等等），在这样的一本书里就有 40 乘 50 乘 500 个字符，也就是——嗯，还是你来算一下吧。”

“100 万。”教授说，“这样的话，我们用 100 种字符来填满一本 100 万个字母的书，每种字符都可以重复任意次。字符以某种特定次序排列时，我们就得到了某一本书。现在我们设想一下，我们可以用纯机械的手段，用这种方式得到所有可能的排列。这样人们就可以精准地写出所有的作品，无论是已经在过去写出来的还是将要在未来写出来的。”

布克尔用力拍了拍他朋友的肩膀。

“嘿，我现在就要订阅万有图书馆的书。这样的话，我那份报纸将来要出版的各期，我就都有了，而且还是已经完全定稿的付印版。我再也不需要为稿子操心了。这对出版商来说也是大好事，可以把作者们从商业链条中彻底剔除！用排列组合机器代替作者，这真是科技的伟大胜利！”

“什么？”女主人高声说，“所有的书都放在一座图书馆里？也包括歌德的所有著作？《圣经》？所有曾经活在世上的哲学家的著作合订本？”

“甚至还包括所有没人想得到的版本。你可以在里面找到柏拉图和塔西佗的散佚著作，包括它们的译文。此外还有我们二人将来会写出来的所有作品、所有已被忘却的和正在进行中的国会演讲、世界和平条约、尚未发生的未来战争史。”

“还有国家交通时刻表[1]，叔叔！”苏珊娜喊道，“你最喜欢的书。”

“当然了，还有你给格拉泽劳老师写的所有德语作文。”

“啊哈，要是我在寄宿女校时就有这本书该多好！但我想，我们一直在说整卷的书——”

“抱歉打断一下，布里根小姐，”布克尔插嘴道，“您忘了空格了——就算是最短的小诗都会有单独的一本书，里面剩下的部分都是空格。而且图书馆中也会有最长的作品，就算一本书放不下，我们也可以简简单单地在另外一本书里面找到剩下的部分。”

“嗯，我得好好谢谢帮我找的人。”女主人说。

“这正是困难所在。”教授微笑着说，身体后仰，躺进沙发椅中，慵懒地看着雪茄的烟雾。“不过有个事实可能会让找书看起来变得容易些，那就是这图书馆里也一定有本身的馆藏书籍目录——”

“那么——”

“嗯，但是你怎么才能找到这本目录？即便你找到了一本，也不会有什么帮助，因为它不仅包括正确的书名和书籍编号，也包括所有可能会出现的错误书名和书籍编号。”

“见鬼，还真是这样！”

“嗨！还有另外一些难处呢。比如说吧，我们拿起我们这座图书馆的第一本书。第一页是空的，第二页也是，一直这样下去，所有500页都是空的。这本书其实就是空格符号重复了100万次。”

“至少，这本书里面不会有胡说八道的内容。”瓦尔豪森夫人插话。

1. 德意志帝国时期由帝国邮政部门定期出版的交通时刻表汇总，包含了德意志帝国境内所有铁路和轮船交通的时刻表。

“算是个安慰吧！现在看看第二本，还是空的，都是空的，直到最后一页，在最后一页的最下面，在第 100 万个字符的位置上，有个畏畏缩缩的字母‘a’。第三卷也是一样，只是那个‘a’往前移了一个字符的位置，最后一个字符又是空格。就这样，这个字母‘a’在每一本书里面都往前移一位，一直移了 100 万本，直到第 1 000 001 本，这个字母终于到达了第一个字符的位置。这本有趣的书后面什么内容都没有。前 1 亿本书都是这样的，直到所有 100 种字符都走完从最后一位到第一位的孤独旅程。同样的事情也发生在‘aa’或者任何两个其他字符上，这些字符可能在任何位置。有一卷书中只有句号，另外一卷只有问号。”

“嗯，”布克尔说，“人们很快就可以识别出这些毫无意义的书，把他们挑出去——”

“嗯。是啊——但是当人们找到一本看起来合心意的书时，才是最糟糕的。比如说吧，如果你想读一读《浮士德》，而且正好找到了有着正确开头的一本。当你读完了一小节之后，后面突然就变了。‘哇啦哇啦，哇啦哇啦，这儿啥也没有！’或者只是简单的‘aaaaa’。或者你要查一张对数表，却没人知道这张表对不对。因为在我们的图书馆里面不仅有所有正确的东西，还有所有错误的。人们可不能被书名误导了。一本书的开头可能是“三十年战争[1]的历史”，但是后面却是这样的：当布吕歇尔亲王在温泉关迎娶达荷美女王时[2]……”

“哎，叔叔，这个适合我！”苏珊娜高兴地喊道，“我能写这样的书，我相当擅长把事情混在一起。图书馆里肯定有这样的开头，我

1. 一场由神圣罗马帝国内战引发并逐渐扩散到丹麦、瑞典、法国、西班牙等欧陆各国的战争，始于 1618 年，终于 1648 年。
2. 布吕歇尔亲王在温泉关迎娶达荷美女王一事并不存在，亦和三十年战争毫无关系，为图书馆随机排列字母导致的虚构历史。

在《伊菲革涅亚》[1]上读过的：

> 走出你的阴影吧。灵活的树梢，
> 屈从于需要，而不是自己的欲望，
> 在那石椅之上，我想独自静坐。[2]

“要是这样的书被印出来，我就终于可以得到人们的认可了。而且我在那儿肯定还能找到我写给你们的那封长信，我想寄出去的时候它就突然不见了。米卡之前把她的课本放在上头——哎呀！”她难为情地打断了自己的话，把飘逸的棕色秀发从额头上撩开。“格拉泽劳老师和我明确地强调过很多次了，我应该多加小心，不要唠唠叨叨个没完！”

“你在这儿就完全得到认可了。”她的叔叔安慰道，“我们的图书馆里不仅有你写过的所有信件，还有你讲过的所有话，包括你已经讲过的或者将来要讲的。”

“啊，那我宁愿图书馆不要对外开放！”

“别担心，你的书上不仅仅会有你的署名，还会有歌德的署名，甚至会署上世界上所有可能的名字。比如说吧，我们的这位朋友会发现他的名字署在了一篇文章下面，要对这篇文章负责，而文章违反了所有你能想得出来的出版禁令，足以让他被判坐一辈子的牢都不够的刑期。他还会找到一本他自己的书，在每一句话后面都说这句话是错的，还有一本书里面会发誓说完全一样的话是对的。”

“啊，很好。”布克尔大笑着说，“一开始我就知道他在耍我们。

1. 此处指的是歌德的剧作《在陶里斯的伊菲革涅亚》（*Iphigenie auf Tauris*，1793）。
2. 这三句诗是苏珊娜将不同的歌剧中的话拼凑起来组成的。第一句是歌德的《在陶里斯的伊菲革涅亚》的开篇，第二句出自德国文学家弗里德里希·席勒所著的《墨西拿的新娘》（*Die Braut von Messina*，1803），第三句出自弗里德里希·席勒的《威廉·退尔》（*William Tell*，1804）。

这样的话，我不会去订阅万有图书馆的书的，因为不可能把有意义的内容从无意义的内容中挑出来，也不可能把正确的内容从错误的内容中挑出来。如果我找到好几百万本书，都声称是讲20世纪德意志帝国历史的，但是它们却相互矛盾，那我大可以自己去读历史学家写的书。我不会去这座图书馆的。”

“你可真聪明。否则你就要有一份看起来很漂亮的负担了。另外，我可没有耍你们。我可没说你能找到需要的书，我只是说人们可以准确给出万有图书馆中的书目数量，其中包括所有无意义的书和所有可能印出来的有意义的书。”

“那就算一下需要多少本书吧。”女主人说，“要不然这张白纸是不会让你休息的。”

“很简单，我可以心算。我们只需要算算我们要怎么建这座图书馆。首先，我们将100种字符中的每一种都写下一次，然后我们在每个字符后面都接上100种字符中的每一种，这样任意两个字符的组合都有100乘100种。我们再把每种字符都第三次加上去，三个字符的组合就有100乘100再乘100种，如此继续下去。因为我们在一本书里有100万个位置要填，所以书籍的数目等于我们将100这个因数连乘100万次。因为100是10乘10，所以我们用10这个因数连乘200万次的话，会得到相同的数字。也就是一后面跟着200万个零。就是这样的——10的200万次方：$10^{2\,000\,000}$。”

教授高高举起那张纸。

“嗯，”他的妻子说，“这个解释你们自己倒是能轻易看懂。把这个数字详细写出来吧。”

“还是算了吧，因为我就算日夜不停地写，也至少要写两周。要把这个数字印出来的话，大概要印4公里长。”

“哟！”苏珊娜说，“那人们该怎么读这个数字啊？”

“这个数字没有专门的名称。嗯，其实根本就没什么办法把这个数字形象地展示出来，哪怕是近似地展示出来都不行。尽管这个数字大小有限，但它还是太庞大了。无论人们想要定义多大的数量单位，在这个数字巨兽面前都会消失不见。”

“那么，”布克尔问道，“要是人们用艾[1]来表达它呢？”

“1 艾确实是个相当大的数字了，10 亿乘以 10 亿，1 后面跟着 18 个零。如果你用我们的书籍数量除以 1 艾，就是从 200 万个零中减去 18 个，你就得到了一个有 1 999 982 个零的数字，你同样很难直观理解。但等一下。”教授在纸上写下几组数字。

“我早就知道，”他的妻子说，“还是会做些计算的。”

“我已经算完了。你知道我们这座图书馆的书籍数量意味着什么吗？假设每本书只有 2 厘米厚，把这些书排成一排——你们觉得，这一排有多长？”

他得意扬扬地环顾四周，所有人都沉默着。

苏珊娜突然说：“我知道了！我可以说吗？”

“当然了，苏西！”

“图书馆里面书的数量乘 2 那么多厘米。”

“很好，很好！”所有人喊道，“完美的答案。”

“是的，”教授说，“但我还是想把这个长度表达得更清晰一些。你们知道的，光 1 秒钟可以走 300 万公里，那么 1 年大约可以走 100 亿公里，也就是 1 艾厘米。如果有一位图书管理员用光速跑过我们这一排书的话，他得花上 2 年才能跑过仅仅 1 艾本书。图书馆里面有几艾本书，就要跑这个数字乘 2 这么多年，才能跑完整个图书馆。也就是——正如之前说的——一后面跟着 1 999 982 个零。我只是想

1. 全名“艾克沙”，不常用的数量单位，为 10 的 18 次方，音译自西文词头 exa-。

要表达这一点：人们很难想象出光跑过整座图书馆的时间，同样很难想象图书馆里面书的数量。这十分清晰地说明，要直观地表达这个数字非常困难，即便这个数字是有限的。”

教授刚想要把纸放在一边，布克尔就说：“如果女士们允许的话，我还想问一个问题。我觉得，你凭借计算得到了一座整个世界都装不下的图书馆。”

“我们马上就会知道答案。”教授回答道，重新开始计算。随后他说：

“如果我们把整座图书馆压到一起，让每 1 000 本书占 1 立方米，这样的话，即便我们把可视范围内的最远的星云以内的所有宇宙空间都用上，能放下的书本数量和图书馆中书籍的总数相比，也就是说和 1 后面跟着 200 万个零相比，还差大约 60 个零。嗯，所以问题还在——我们没有任何办法接近这个巨大的数字。”

“你看，”布克尔说，“我说得对吧，它是无限大的。”

“不是。用这个数减去它自己，就会得到零。这个数字是有限的，它被准确地定义好了。只是有一点很奇怪：图书馆中包括所有可能的文献，看起来似乎无穷无尽，但是我们可以用几个字符就写出书的数量。不过当我们试着用经验去理解其中的意义，或者去设想其中的细节时，比如说，如果我们想要在万有图书馆里面找某一本特定的书时，我们用理智构造出来的清晰印象就会变成一种无穷无尽、不可思议的东西。”

布克尔严肃地点了点头，说：“理智比理解要强出无数倍。”[1]

“这句谜语是什么意思呢？”女主人问。

“我只是想说，我们可以准确地想象出无穷这个概念，比我们

1. 布克尔的这句话巧妙地利用了德语的读音特点，德语中，理智（Verstand）和理解（Verständnis）词形、读音都相近，因此下文中教授夫人将其称为“谜语”。

用实际经验来感知这个概念时要准确得多。逻辑比感觉要强大无数倍。”

“这正是逻辑值得称道的地方。”瓦尔豪森说，“感觉会随着时间流逝而消失，而逻辑和时间毫无关系，是任何时候都通用的。因为逻辑只意味着人类自己的思想，所以我们在这种永恒的财富中得到了恒定不变的神圣法则中的一部分，得到了具有无尽创造力的规律中的一部分。这也正是数学的基础所在。”

“很好，”布克尔说，“规律让我们信仰真理。但如果我们想要运用规律，我们首先要将生活经验的质料填进规律的形式[1]之中。也就是说，我们首先要在图书馆里面找到需要的那本书。”

瓦尔豪森表示赞同，他的妻子轻声唱道：

因为，世间的凡人，
不可试图比肩众神。
如果人伸手及天，
想要触摸星辰，
他的双脚就会悬于空中，
毫无立足之根。
飘飘白云，呼啸狂风，
将会嘲笑他的愚笨。[2]

“大师此言切中肯綮。”教授说，“但如果没有逻辑规律，我们就没有任何可靠的方法能走出地面，飞向群星。只是我们还得牢牢立

1. 亚里士多德的哲学理论，认为具体事物都包含质料和形式两方面。前者是物质属性等，后者是组织结构等。
2. 节选自歌德的诗歌《人类的界限》（*Grenzen der Menschheit*，1789）。

足于经验组成的坚实基础上。我们不需要到万有图书馆中去找需要的书，而是要凭借持久、认真和扎实的工作来自己创造。”

“机遇引发奇迹，理性创造价值。”布克尔说，“所以你明天来写一下今晚的奇思妙想，这样我就能拿到稿子了。”

“我很乐意帮忙，”瓦尔豪森笑道，“但我得和你说一下，你的读者们会觉得稿子是从某一本多余的书里面摘出来的——你接下来要做点什么呢，苏西？”

“我要去做一些理性的事情，”她庄重地说，“我要把质料填进形式之中。”

她往酒杯里倒满了酒。

（赵佳铭　译）

文学的影响

在当代，可以观察到科幻小说影响着主流作家的写作，因为在试图应对不断变化的世界时，主流文学也采用了科幻这一描述变革的文学体裁当中常用的惯例和隐喻。我们可以轻松列举出一连串涉及过科幻理念的传统作家，或者说把自己改造成传统作家的人。如果说找出几百位此类作家有点困难，那么仅仅提名几十位总还是没有问题的。我在1975年出版的《科幻小说史》中列举了其中最突出的几位，包括阿道斯·赫胥黎、乔治·奥威尔、内维尔·舒特、伯马德·沃尔夫、赫尔曼·伍克、安·兰德、约翰·赫西、皮埃尔·布勒、威廉·戈尔丁、多丽丝·莱辛、弗拉基米尔·纳博科夫、沃克·珀西、安东尼·伯吉斯、维克斯、威廉·伯罗斯、约翰·巴特、托马斯·品钦、库尔特·冯内古特。在那以后还有更多的主流作家冒险进入了科幻的垃圾场。

不过，在科幻小说发展的大部分时期，其实是主流文学一直在影响科幻，例如赫胥黎与奥威尔，奥拉夫·斯台普顿提出的末世论（eschatology），或者约翰·多斯·帕索斯的拼贴手法——约翰·布伦纳尤其将拼贴写作这样的主流文学技巧运用在了《站在桑给巴尔》（*Stand on Zanzibar*，1968）当中。具体而言，主流文学帮助塑造了20世纪60年代的英国科幻新浪潮运动，从威廉·巴勒斯的偏执存在观到现在的法国实验派的模糊小说与反小说，都与主流文学难解难分。

然而，科幻小说受到的主流文学最重要的影响之一，来自一位1883年出生于布拉格的德裔犹太人，此人在这座城市度过了短暂一生中的绝大部分时间，他赖以为生的工作是为一家意外险保险公司担任律师，1924年因肺部疾病在维也纳去世。他的名字叫弗朗茨·卡夫卡。如果没有他的小说，我们很难想象日后会出现豪尔赫·路易斯·博尔赫斯，或者菲利普·迪克，甚至詹姆斯·莫罗[1]这样的作家。迈克尔·毕晓普在《流浪番茄》（“Rogue Tomato”，1975）中致敬了这份传承。

卡夫卡的正式工作既枯燥又重复，他的个人生活也很不顺心。他的父亲既霸道又暴力，对于儿子的文学抱负嗤之以鼻。1915年，他出版了《变形记》（“Die Verwandlung”，1937），并获得了冯塔纳奖[2]（Fontane prize）。1919年，他出版了《乡村医生》（*Ein Landarzt*）和《刑场》（*In der Starfkolonie*）。

《大英百科全书》中评论说：“他凭借令人深感不安的生动噩梦呈现了悲剧性的人生观。这噩梦当中充斥着痛苦、怪诞且离奇的细节，所有这些细节都暗示着某种可怖的现实。他的文风和谐、洗练而又宁静，与他的创作题材形成了鲜明的对比。他笔下的长短篇小说无不涉及人类在一个不可理解且显然抱有敌意的宇宙当中的困境，他的主人公无望而又无助地试图与某种遥远且绝对的力量达成妥协，

1. 美国科幻作家，代表作为“上帝三部曲”。
2. 即“柏林艺术奖”，为纪念德国著名作家西奥多·冯塔纳而设立。

而这种力量的体现在他的作品当中从头到尾都晦暗不清。”

卡夫卡最著名的中篇小说《变形记》(“Die Verwandlung”, 1915)集中体现了上述观念：一个年轻人一觉醒来突然变成了人体大小的甲虫。在《刑场》中，一台处决犯人的机器将道德标语刻在了受害者的身体上。弗朗兹·罗滕施泰纳认为这个故事可能是“对纳粹集中营的预言”。约翰·克卢特在《科幻小说百科全书》中指出，卡夫卡笔下的世界“极端脱离正常现实”，而他对这些世界的呈现方式则“宛如幻觉一般清澈通透”。

克卢特进一步写道：“(卡夫卡的)作品是现代主义的，这些文字的寓言品质不可捉摸，如同梦幻。他的影响极大，渗透了许多现代主义作品，这些作品都试图在错位、极权主义、超现实主义，或者仅仅是不可捉摸的场景当中去探究生活的质量。”比方说《猎人格拉楚斯》(“The Hunter Gracchus”)显然涉及了求死不能的痛苦。但是在通常情况下，卡夫卡作品的内在含义不那么容易破译。卡洛琳·戈登和艾伦·泰特在他们的文学选集《小说之家》(*The House of Fiction*, 1950)中认为，这部作品其实是“基督被钉死在十字架上，但却永远无法升天的故事”。

他们指出，船主是“教会”，落在运尸担架上的鸽子是“圣灵”，而市长则代表着“灵魂”——值得注意的是，市长这个角色名叫萨尔瓦多(Salvatore)，暗指“救赎”(salvation)。他们的解释倒也可信，但是对于享受这个小故事或许并不太重要，就好比用不着熟知斯威夫特在讽刺哪些人和事物也可以享受《格列佛游记》一样。这个故事可以在不同的层面上进行解读，在科幻层面上，卡夫卡围绕着“死不了的人”这一幻想元素展开了不亚于任何科幻小说的自然主义细节描写。戈登和泰特写道：“他的象征主义比喻就像欧内斯特·海明威的《杀人者》(“The Killers”)一样，牢牢地扎根于自然主义细节。他的象征性人物首先是可信的人类……象征通过令人信服的细节得以体现。”

也许是因为背负着自卑与父亲的反对，卡夫卡在临终之前曾经给他大学时代的朋友马克斯·勃罗德留下了书面嘱托，要他无须阅读就销毁自己的手稿。勃罗德则告诉卡夫卡，自己做不到，并且出版了大部分手稿，包括三部未完成的小说——《美国》（*Amerika*，1927）、《审判》（*Der Prozess*，1925）和《城堡》（*Das Schloss*，1926）。

也许，如果勃罗德的耳根子再软一点，并且不那么相信卡夫卡的天才，那么主流文学与科幻文学的进程都将会大不相同。卡夫卡始终关注着人性如何在一个毫无感受、无法理解且奉行官僚主义的宇宙当中失落。随着年代的推移，他的文字似乎也变得越发合宜起来。这正是技术变革的一个重要方面：那些不愿或不能随环境而改变的人们将会承受怎样的悲剧。卡夫卡对科幻的另一个重要贡献就是将幻想题材当成司空见惯的自然主义素材。

（万年看客　译）

猎人格拉楚斯

［奥地利］弗朗茨·卡夫卡

两个男孩坐在码头的堤坝上玩骰子。一个男人坐在纪念碑的台阶上，在挥舞着佩剑的英雄雕像的阴影中读报纸。一个女孩在水井边往木桶里灌水。一位水果贩子躺在他的货物旁，远远地望着大海。透过一家小酒馆空荡荡的门和窗洞，人们能看到酒馆深处坐着两个喝酒的男人。店主坐在一张桌子前打着瞌睡。一艘小船寂然无声地泊入小码头，仿佛被什么东西托在水上。一个穿着蓝色罩衫的男人爬上岸，将缆绳穿过铁环。水手身后的另外两个男人穿着有银纽扣的深色上衣，抬着一副担架。在一大块有着花朵图案和流苏装饰的绸布下，人们能明显地看出担架上躺着一个人。

码头上没人关注这些刚来的人，甚至当他们放下棺材，等待着还在系缆绳的船夫时也是如此。没人走过来，没人问他们问题，没人注意看他们。

船夫被一个刚刚才在甲板上露面的女人缠着，她顶着一头蓬乱的头发，怀中抱着一个小孩子。随后他走上来，指着一幢矗立在大海左侧的二层黄色房子。抬担架的人抬着担架，走过低矮而有着细长门柱的房门。一个小男孩打开窗户，刚好看到这一队人消失在房屋中，就赶忙关上窗户。房门也在此时关上了，那是一扇用黑橡木精细拼合的门。一群刚刚绕着钟楼飞翔的鸽子降落在房前。它们聚集在门前，就像房子里储藏着它们的食物一样。一只鸽子飞上二楼，啄着玻璃窗户。鸽子长着浅色的羽毛，活泼有力，显然被照顾得很好。船上来的女人朝着鸽群用力撒去一把谷子，鸽群飞快地啄食那些谷子，然后又飞向那个女人。

码头有一条狭窄陡峭的小巷子向上延伸，一个男人从里面走下来，戴着系有哀悼丝带的礼帽。他仔细环视四周，看到的一切都让他忧郁不快。他瞥见了角落里的垃圾，脸拉长了。纪念碑的台阶上散落着水果皮，他走过时用拐杖将它们扫下台阶。他敲了敲房门，同时将礼帽拿在带着黑色手套的右手中。门立刻就开了，大概五十个小男孩在走廊里排成两排，向他鞠躬。

船夫走下楼梯迎接这位绅士。他带着绅士走上二楼，绕过围着院子建造的明亮而精致的凉廊，男孩们跟在他们后面，保持着敬畏的距离。两人走到房子背面的一间阴凉而宽敞的房间中，从房间里看不到其他房子，只能看到一片光秃秃的灰黑色峭壁。抬担架的人忙着在担架的一端放上几支长长的蜡烛，将它们点燃。但是烛光并不亮，只是让之前静止不动的影子摇晃起来，在墙上跳动着。担架上的布已被掀开，上面躺着一个男人，须发蓬乱，皮肤黝黑，看上去像是猎人。他一动不动地躺着，闭着眼睛，看起来已全无气息，尽管如此，也只有四周的布置能说明他大概已经死了。

绅士走到担架旁，把手放在躺着的人额头上，跪下身子祷告。船夫朝着抬担架的人挥挥手，示意他们离开房间。他们走出房间，赶走了聚在外面的男孩，关上房门。绅士似乎对目前的安静程度还不太满意，看向船夫。船夫明白了绅士的意思，推开侧门去了隔壁的房间。担架上的男人立刻睁开眼睛，脸上带着苦笑，转向绅士说：

“你是谁？”绅士毫不惊讶地从跪姿中站起身来，回答道：“里瓦市[1]市长。”

担架上的男人点点头，伸出手，轻轻朝着一张沙发椅指了指。等市长答应了他的邀请后，他说：“我当然知道，市长先生，但刚醒过来时我总是会忘记一切，一切似乎都在打转，我最好还是问一下，即便我已记起了一切。你大概也知道，我是猎人格拉楚斯。”

“我知道。”市长说，“我在今天凌晨收到消息说您要来。我们早就睡下了，大概在午夜，我的妻子喊：‘萨尔瓦托[2]’——这是我的名字——‘看看窗外的那只鸽子！’真的有一只鸽子，但是它和公鸡一样大。它飞到我耳边说：‘死去的猎人格拉楚斯明天要来，以这座城市的名义接待他。’”

猎人点点头，舌尖在双唇上舔了舔：“是的，鸽子飞在我前头。但您觉得呢，市长先生，我应该留在里瓦吗？”

“我现在不能确定。”市长说，“您死了吗？”

“是的。”猎人说，“正如您所见。很多年以前，一定是很多很多年前了，我在黑森林[3]里——那是在德国——追赶一只羚羊的时候，从悬崖上摔了下来，之后我就死了。”

“但是您现在还活着。”市长说。

“在某种意义上，”猎人说，“在某种意义上我是还活着。我的死亡之船走错了路，船舵转错了方向，船夫走神了片刻，转向了我美丽至极的家乡。我也不知道怎么回事，我只知道我还留在这个世界上，此后我的小船一直在尘世间的水域上行驶。所以，我这个一辈子只想住在自己那儿的山里头的人，在死后走遍了地球上的所有大陆。”

---

1. 里瓦市（Riva），世界上有多个城市以此为名，其中美国马里兰州的里瓦市位于海边，此外意大利有多地地名可简称为里瓦，但都不在海边。作者可能指的是美国马里兰州的海滨小城，也可能只是虚指。
2. 男子名，词源为拉丁语，意为救世主。
3. 位于德国西南部巴登-符腾堡州的山地森林。

“您的任何部分都不在天国里？”市长皱着眉问道。

“我一直，”猎人回答，“在前往天国的那条长长的阶梯上。我在这条无限长的台阶上游荡，一会儿往上，一会儿往下，一会儿往右，一会儿往左，总是在运动之中。猎人现在变成了蝴蝶。请您不要笑。”

“我没笑。”市长反驳道。

“您很明智。”猎人说，“我总是在运动之中。哪怕我有时高高飞腾，看到了天堂之门在我面前发光时，我还是总会在我那条老旧的小船上醒来，漂在尘世间某一处远离人烟的水域上。在我久远前的死亡中有个根本性的错误，它似乎在我的船舱中嘲笑我。船夫的妻子尤莉娅敲开门，把早餐饮品送到我的担架旁，饮品是我们从陆地上搞来的，我们刚刚驶过那片陆地的海滨。我躺在一张木板床上，穿着——看到我的样子肯定不是什么令人愉悦的事情——一件肮脏的寿衣，灰黑色的头发和胡子乱糟糟的，缠在一起。我的担架上盖着一块很大的女式丝绸围巾，上面有花朵的图案和长长的流苏。我的脑袋前面立着一支教堂蜡烛，照着我。我对面的墙上挂着一小张画，画上的人明显是布须曼人[1]，正用长矛朝我刺过来，身体尽可能地隐藏在一面绘制精美的盾牌后面。人们在船上常会见到一些愚蠢的艺术品，可这一件是最为愚蠢的。除此之外，在我的木头小舱里面什么都没有。南方夜晚的温暖空气通过侧墙上的一个小窗吹进来，我还能听到水流拍打着这艘旧船的声音。

“当我还是活着的猎人格拉楚斯时，我的家在黑森林，我追赶一只羚羊然后摔死了。自此之后，我一直躺在这里。一切事情都发生得理所当然。我追赶着，摔了下去，在一条山谷里流尽了血，死了，

1. 生活在非洲南部的原住民。

这条小船应该载着我去天国。我还记得我第一次在这张木板床上舒展四肢躺着时是多么高兴。当时那四面墙听到了我的歌声，那样的歌声连山林都没听过。

“我活得很快乐，死得也很快乐，在我上船前，我就高兴地把那些东西扔了：讨厌的弹药、背包，和我一直骄傲地背在身后的猎枪。我就像一个姑娘穿上婚纱一样迅速地穿上寿衣。我躺在那儿，等待着。之后不幸的事情就发生了。”

“真是糟糕的命运。”市长说，防御性地抬起手来，“其中你没有任何过错，是吧？”

“没有任何过错，”猎人说，“我是个猎人，这有什么错吗？我安于天命，在黑森林里打猎，那个时候森林里还有狼呢。我埋伏在林中，射击猎物、击中猎物、剥下猎物的皮，这有什么错吗？我的工作是受到祝福的[1]。人们叫我‘黑森林中的伟大猎手’。这有什么错吗？”

“我没有下判断的资格，”市长说，“不过我也觉得你好像没有任何过错。但是这是谁的错呢？”

“船工。”猎人说，“没人会读到我现在写下的话，没人会过来帮助我。即便帮助我是一种命令，所有的门也都会关上，所有的房子也都会锁上，所有人都会躺在床上，用被子蒙住头，整个地球会如同夜晚的旅馆。这其实也有一定道理，因为没人认识我，就算有人认识我，他也不知道我的容身之所。就算他知道我的容身之所，他也不知道怎么让我留在那里，他也不知道该怎么帮助我。想要帮我这种想法是一种疾病，要卧床治疗。

“这些我都清楚，我也不会高声喊叫，寻求帮助，即便是在我非

1. 按《圣经·旧约·创世纪》，以撒“当受祝福”的长子以扫就是猎人。

常想求助的时刻——当我无法控制自己的时候，比如现在。但只要我环顾四周，想到我身处何方以及——我敢这么说——几百年来所居何地，这就足以打消我的求助念头。”

“离奇，”市长说，“离奇。现在你想要留在里瓦，跟我们一起吗？”

“我不这么认为。”猎人微笑着说，把手放在市长的膝盖上，作为对嘲讽之情的补偿。

“我现在在这里，更远的事情我就不知道了，也做不了什么。我的小船没有舵，它是依靠死者之地的最深处吹来的风航行的。”

（赵佳铭　译）

奥地利联系

奥地利有自己的科幻小说传统。这一传统诞生于世纪之交的维也纳，当时这座城市堪称智识与艺术的圣殿。激发这一传统的诱因则包括精神分析与逻辑实证主义等思想。赫茨尔的犹太复国主义通过《旧新大陆》（1902）得到了表达——人们都说这部作品描绘了唯一一个在现实世界得到创建的乌托邦——而赫尔茨卡的乌托邦概念则体现在他的《自由之地》（1890）中。弗朗茨·卡夫卡在维也纳度过了他最后的岁月。其他的布拉格作家，包括马克斯·勃罗德、利奥·佩鲁茨和弗朗茨·韦尔弗也都曾在这里生活过一段时间。然而，奥地利的科幻作品从未与德国科幻区分开来，奥地利科幻作家在德国出版的作品也要多于在奥地利出版的作品。

弗朗茨·罗滕施泰纳在《科幻小说百科全书》中列举了奥地利科幻的先驱作品，例如罗伯特·穆勒的未来主义悬疑小说《暗室》（*Camera Obscura*，1921）；利奥·佩鲁茨的两部长篇奇幻小说《审判日之主》（*Der Meister des Jüngsten Tages*，1923）和《圣彼得之雪》（*St. Petri Schnee*，1933）；圣奥斯瓦尔德·莱维特可能死于纳粹集中营，此人写了两部小说，分别是《遗失在时间里》（“Verirrt in den Zeiten”，1933）和《凤蝶》（*Papilio Mariposa*，1935）。其他与科幻相关的奥地利作品包括雨果·贝陶尔的《没有犹太人的城市》（“Die Stadt ohne Juden”，1925）和奥托·索卡的《梦之鞭》（“Die Traumpeitsche”，1921）。

战后奥地利的科幻作品包括埃里克·多罗扎尔的少年科幻系列作品，题材是火箭科学；弗雷德里克·赫希特创作了两本太空旅行题材的作品；温弗利德·布鲁克纳创作了一部反乌托邦题材少年科幻系列。恩斯特·弗尔切克自1970年起成为职业作家，根据罗滕施泰纳的说法，他创作了数百部科幻小说，尤其是“佩里·罗丹”系列。较年轻的作家还有彼得·夏特施耐德、玛丽安娜·格鲁贝尔、芭芭拉·纽沃斯、恩斯特·佩兹和库尔特·布拉哈茨。

然而，奥地利作家中为科幻做出最重要贡献者可能还得算赫伯特·W. 弗兰克。罗滕施泰纳写道，此人“被视为最重要的在世的德语科幻作家”。弗兰克于1950年在维也纳获得博士学位，并在慕尼黑大学教授控制论美学。爱丽丝·卡罗尔·加尔在《圣詹姆斯科幻小说作家指南》中指出，自从20世纪50年代以来，弗兰克出版了许多关于“计算机、信息科学以及通过电子感官刺激进行心理操纵的可能性”的科普书籍，此外还开始发表科幻短篇小说，并且为戈德曼科幻系列主编了一本小说集《绿色彗星》（*Der grüne Komet*，1960），其中收录了大约65篇他本人创作的微型科幻小说。

弗兰克的第一部长篇科幻小说是《心灵网》（*Das Gedankennetz*，1961）。从那以后他又出版了十几部科幻小说以及短篇选集，写了广播剧，还主编了几部国际科幻选集。他还有两部长篇小说被翻译成了英文，分别是《兰花笼》（*Der Orchideenkäfig*，1961）和《空区》（*Zone Null*，1970）。罗滕施泰纳在《惊异剖析》中指出，弗兰克“找到了标志性的且十分成功的形式来表达他在科学与政治两方面的严肃关切，尤其是对通信技术的滥用以及操纵人类的行为的关切”。约翰·克卢特在《科幻小说百科全书》中认为，弗兰克的“典型文风惯于推想，有时略显干涩”。加尔写道：“他早期的小说着重描写强大的军工体系如何与随波逐流的毒品文化沆瀣一气，充满辐射的荒原、颓废且沉迷游戏的大众文化、满是塑料的人工环境如何禁锢人，以及某些偏执狂如何强迫别人承认他更加‘优越’。他在 20 世纪 70 年代末和 80 年代初创作的几部长篇小说描写了痴迷于超人类的领导人利用电子模拟来测试和欺骗他们的受训者。”

也许正是因为这些，罗滕施泰纳将弗兰克的科幻作品与菲利普·K. 迪克的作品相提并论：“弗兰克的小说总体氛围与迪克的小说并无不同，但迪克的小说更有新意，并且超越了已知科学的边界，弗兰克从未做到这一点……就像菲利普·K. 迪克一样，他似乎创作了一套正在进行中的大型小说，其中的每一部单独作品都由许多相同的元素组成。”

克卢特的结论是：“（弗兰克）是第一批当代德国科幻作家之一，他的作品与英语和其他欧洲语言的作品并驾齐驱。”

（万年看客　译）

大厦

［奥地利］赫伯特·W. 弗兰克

机器渐渐从人类手中夺走了工作。在一周四十八小时工作制之后，我们迎来了一周四十小时工作制，其后又是一周三十小时、二十小时，不断减少。人们在空闲时间要做些什么呢？人们必须得忙碌起来，严肃的政客们为此想破了头。

蓝色的太阳没入地平线，红色的太阳壮观地升上天空。一道宏伟的紫色霞光横亘于两个太阳之间，如同屋梁。

方坦随着队列前行。队列从四面八方涌来，如同一个个活动着的灰色长方形，朝着西边的某处而去。它们的目的地是一座将城市和岛屿连起来的桥梁。机器警察维持着交通。

方坦是一位泥瓦工。他的工作就是将搬运工从工地上拖过来的石块砌在一起。他用泥刀把合成灰泥涂在石块表面，然后把下一块石块搭在上面。

工人们在工作时一言不发。机器人监工在一排排忙碌的工人身后不断穿行。只有在蓝色夜晚的时候，他们才能在睡前的几小时工闲时聊聊天——聊他们正在建造的大厦，聊大厦建好之后，他们就可以舒适地住在里面。他们现在的住所只是勉强够住，每个人只有自己的一块小空间。他们的工作会让他们拥有宽敞的住所。

大厦向着四面八方延伸出去。虽然工人们每天都被分配到一个新的工作地点，但却没有人见过整座岛屿的样子，也没有人见过整座大厦的设计蓝图。那是机器人负责的事情。

一代代人为建造大厦而努力工作着，大厦也似乎很快就要完工了。十年？二十年？有一次，方坦曾经问过机器人监工，结果就是他在冰冷的禁闭间内被关了三个晚上。

他站在脚手架上，把石块一层层砌起来。现在他的视野很宽广，但他仍然只能看到高高低低的灰色墙壁。脚手架上到处都是正在劳作的工人，脚手架下方，搬运工人们扛着大筐忙碌穿行。

自从记事起，方坦就每天都在这里工作。他从来没有仔细思考过这件事。但现在，当他偷偷转过身去，望着无边无际的高墙之时，他却突然觉得大厦可能是某种邪恶的东西，他的脑中闪过一个罪恶的念头：砸烂大厦的地基，让这些高墙跌落尘埃——然后在老城过起无忧无虑的生活！但这个想法在一刹那间就消逝了。方坦带着愧意转向他的石块，加倍努力地劳作起来。

城市上方的紫色光芒昭示着清晨的来临——最后一丝红色的光线渐渐消退，白昼的蓝色铺展开来。

居民们列着队向东前行——走过桥，走到岛上，走到他们要开始工作的地方。他们不知道岛的另外一边有什么，也没有人对此感兴趣。他们也没有时间去关心这些。傍晚时分结束工作回到家里时，他们已经相当困倦了。吃完了机器人厨师给他们准备的晚餐后，他们就一头栽倒在床上。

哈桑是一位工人。他的工作就是将石块从墙上凿下来。这份工作相当艰苦，因为石块被一种坚硬的黏合剂粘在了一起。但这份工作还是要比搬运工好一点，他们需要日复一日地把沉重的建材搬运到垃圾堆放处。

能从事这份重要的工作，哈桑觉得很满足。机器人警察一直监控着所有的工人，但它们并不需要监管哈桑。不论它们把哈桑派到哪里，他都会做好自己的工作，完成自己的任务。他蹲在脚手架上，用锤头敲打着凿子，发出清脆的响声。他的脑海中有种模模糊糊的梦想，期盼着美好的时代，那时广场已经被清理干净了，可以建造许多水培园地。现在的口粮配额仅够维生，在未来，园地的额外产出就足够让他们毫无限制地吃吃喝喝了。哈桑用尽全身力气，又凿下一块石块。石块摇摇晃晃地掉进了一张收集网中。一位搬运工立刻将它抬进了自己的筐里。

哈桑擦了一下额头上的汗水，目光越过自己的这面墙，朝着其他被凿成锯齿形状的墙看去，只看到满眼都是正在辛勤劳作的伙伴。很久以前，这座大厦曾有多高？一个想法突然从他的脑海中一闪而过，一个荒谬的想法，只是一个幻想，但是却惊人地清晰：

把这堵墙继续造下去，造得越来越高，造成一幢高耸入云、气势雄伟、傲视天下的高楼大厦，人们站在楼顶就可以俯瞰整座岛屿的全貌！但哈桑立刻感觉到这个念头实在是荒唐可笑，于是重新拿起凿子，虽然有些困惑，但却毫不犹豫——他相信，会有别人替他考虑这些的。

（赵佳铭　译）

出版的力量

要想点评德国科幻小说界，就绝不能忽略“佩里·罗丹”现象。“佩里·罗丹”系列科幻作品每周发行一个小册子，每月出一本平装书，在德国以外再无可与之匹敌者，只有美国的超级英雄漫画以及《星际迷航》电视剧系列能与之相提并论。这一系列创始于1961年，原作者是沃尔特·恩斯汀（笔名克拉克·道尔顿）和卡尔·赫伯特·舍尔。这套由团队编写的系列图书每一期都能卖出数十万册，到1991年已经累计发行了1 600期，培养了自己的书迷会和相关书迷活动。这套丛书已经被翻译成了十几种语言。1969年至1977年间，福雷斯特·詹姆斯·阿克曼（Forrest J. Ackerman）在丛书中拣选了118期在美国出版。虽然弗朗茨·罗滕施泰纳斥责这一系列充斥着“臭名昭著的法西斯主义”，还专门著述批判该丛书的反动本质，但是这套银河系冒险系列如今已经度过了一味偏重军事冲突的早期阶段，几乎探索了所有的科幻概念。

出于某些原因，“佩里·罗丹”系列的书迷们并没有转向更广泛的一般科幻作品，就好比看惯了科幻大片与热播剧的美国观众往往并不会进一步成为科幻读者，至多只会阅读影视作品的配套书籍，或许还会看一点系列奇幻作品。然而德国科幻界还有另一个可能比“佩里·罗丹”更重要的方面，也就是美国科幻译作的盛行。第一批美国科幻译作于20世纪50年代登陆德国，首先是在1951年，出版商是魏斯兄弟（Gebrüder Weiss）；其次是在1953年，出版商是卡尔·劳赫和帕贝尔；再次是在1956年，出版商是雷宁；然后是在1957年，出版商是默维格；最后是在1960年，出版商是戈德曼，并且由赫伯特·W. 弗兰克担任顾问编辑。20世纪50年代初，美国科幻在欧洲各国几乎同时抢滩登陆，其中原因可能在于美国在二战后重新以图书形式出版科幻作品，并且海外出版商和代理商也主动引进。

这一趋势在欧洲培养出了一个科幻出版领域，进入该领域的最重要经营实体就是从1960年开始出版科幻作品的威廉·海涅出版社。1973年，海涅科幻系列的编辑权落到了作家兼编辑沃尔夫冈·耶施克手里，他将海涅出版社改造成了德国科幻出版业的领军企业，每年出版的平装书超过100种，其中大部分是翻译作品。耶施克毕业于慕尼黑大学，主修德语、英语和哲学；他在1959年出版了他的第一部科幻作品《他者》（“Die Anderen”，罗滕施泰纳认为这部作品堪称“一座高塔”）。10年后耶施克担任了Kindle电子文学大百科（Kindlers Literaturlexikon）的联合编辑，同时还为利希滕贝格出版社（Lichtenberg）编辑了“内行人的科幻系列丛书”（Science Fiction fur Kenner series），由此更加深入地投入了科幻事业。4年后，他加入了海涅出版社。

耶施克迄今只出版过两部长篇小说，分别是《造物的最后一日》（*Der Letzte Tag de Schöpfung*，1981）和《迈达斯》（*Midas*，1987）。罗滕施泰纳在《圣詹姆斯科幻作家指南》中评论道，虽然耶施克的作品不多，但“他是德国最重要的科幻作家之一”，因为他的写作颇覆了弗兰克的侧重方向——换句话说，耶施克的作品经常涉及早已被反复讲述，具备丰富背景与鲜明风格的科幻概念。比如说，他的早期短篇小说（以及他的第一部长篇小说）的题材就是时间旅行与时间悖论。罗滕施泰纳还进一步指出，耶施克的小说和广播剧“内容更丰富，形式更富实验性，叙述更具激情，而且往往带有巴洛克式的夸张”。他的第二部长篇小说采用惊悚情节作为主线，题材是如何针对那些曾经搅乱过全球信息网的人类进行重建与电子存储。罗滕施泰纳称其为“德国对赛博朋克科幻的贡献”。

从工作年限以及对德国科幻的影响来看，耶施克或许更应该与约翰·W. 坎贝尔相提并论，后者担任《惊异》的主编足有 34 年。在担任主编的最初十几年里，坎贝尔按照自己的眼光塑造了科幻小说，并且开创了后世所谓的科幻“黄金时代”。海涅出版社在耶施克掌舵的 23 年当中或许也在德国科幻界占据了类似的地位。一些评论家认为坎贝尔对科幻发展有功有过，一些德国科幻作家对于耶施克偏重译作的路线也抱有同样的感受。但是就算有功有过，毕竟也还是功大于过。耶施克保持了德国科幻出版的旺盛活力，从而汇聚了更多德国科幻作家的贡献。

（万年看客　译）

内罗曼提翁[1]

［德国］沃尔夫冈·耶施克

我活着时你从未轻慢，但死后你却将我遗忘。
请你马上埋葬我，让我通过哈迪斯的门廊。
死者的灵魂和虚影，阻碍了我渡过冥河的路途。
在哈迪斯的大门之前，我只能徘徊徜徉。
求求你，帮帮我吧！
用烈火将我吞噬，我就不会再从阴间回返，在人世游荡。

——荷马《伊利亚特》第二十三章，70—76 行[2]

"章鱼有八条命。"斯皮罗斯一边说，一边把八爪鱼砸到防波堤上的一块大理石上，那里有一个凹坑，是人们数十年来屠杀海产形成的。"必须把每一条都结果才行。"他用强壮而黝黑的手抓住章鱼湿漉漉的珍珠贝母色身躯，把它浸泡在装满水的黄色塑料桶中。章鱼的触手摇摆起来，缠在他的手腕上，很难说这只是随着水流而摆

1. 一座古希腊神庙，祭祀希腊神话中冥王哈迪斯及其王后珀尔塞福涅，也被用于训练神职人员，练习和死者沟通的能力。
2. 此处节选的诗行是在战争中阵亡的帕特洛克罗斯的亡魂对他的好友兼恋人阿喀琉斯所说的话，希望阿喀琉斯尽快将自己火葬，使其灵魂安息。

动，还是临死前的抽搐。章鱼的身体又一次被“啪”的一下摔在石壁的凹坑上，而后在麻木和痛苦中僵硬了。两个孩子入迷地看着。女孩蹲在斯皮罗斯面前，他的目光沿着女孩晒成棕色的大腿向上看去，然而除了一条漂亮干净的白色小短裤外，他没看到什么值得兴奋的东西。男孩在他左边，也在防波堤上，正蹲在自己的脚跟上，斯皮罗斯注意到男孩的双眼正顺着他淫秽的目光望去，赶忙尴尬地擦了擦溅到眼角的海水。

“比它命还多的只有猫了。”他一边说，一边抓起章鱼，又一次重重地向下摔去。“还有那些在上头的，在内罗曼提翁那儿埋着的死了的有钱人。他们能买得起多少条命，就有多少条命。”他呻吟着站直身子。他那掉了色的衬衫曾在脏兮兮的仙人掌上挂着晾晒，变得破烂不堪，从衬衫的窟窿里漏出来一丛丛的黑色汗毛，黝黑的肩膀上布满了溅上来的海水干涸后留下的盐渍。他的脚趾紧紧地巴在破烂的塑料凉鞋里，如同粗糙的棕色树根。

“那些死了的有钱人怎么了？”欧律狄克问道，用手护着眼前，这时她正看向渔夫，目光迎着太阳。

“在那里，他们的尸体会重新活动起来。”渔夫说。

“不是让尸体活动起来，而是让死者复活。”男孩插了一句。

斯皮罗斯若有所思地看着他。“嗯，是的，他们被复活了。”他说，“那里有一种机器，如果你有钱，你就可以去那里做个记录。等你死了，你的家人就聚过来，每个人出一点钱，你就可以复活个一两天，和他们聚一聚庆祝一下。只是这要花很多钱。”他耸了耸肩。“但是想要再见到那些死了很久的人，总是要花很多钱的。在本地，这种相当不错的生意已经传了两千多年了。”

“不对，”亚历克山德罗斯说，“那么久之前还没有迈达斯机器呢。”

“古人不需要机器。”斯皮罗斯朝着小港口中浑浊的水里啐了一口，水上漂着许多塑料袋，就像苍白的水母。“但是他们也有机器，人们已经发现了几台。”

亚历克山德罗斯摇了摇头。

“打个赌吗？”斯皮罗斯问道，挑衅地笑了笑。他的门牙缺了几颗，那是在一场暴风雨中被船舵打掉的。在牙齿的缺口中，湿乎乎的粉红色牙龈闪着光。欧律狄克厌恶地转过身去。

“问问你舅舅吧！”他朝着我点了点头，“他会给你讲个与这件事有关的故事的。”

这个老混蛋，我想到。他当然知道这个故事，每个人都知道。“阿波斯托洛斯，旅店老板的小儿子，实际上已经和格曼尼达睡过了，就是那个领导着内罗曼提翁的发掘工作的女博士……”老头们没牙的嘴里发出的笑声，串珠[1]喀喀嚓嚓、叮叮当当的响声……希腊男人对自己性功能的骄傲和淫荡混合在一起。“他给她看了。”噢，天哪，艾莉妮，看了……但我该怎么反驳他呢？能反驳吗？

“可能他们真的发现了某种机器。”亚历克山德罗斯说，“但肯定不是那种美国机器，肯定是一种原始的东西。”

在船舶停靠的地方，一艘机动渔船发动了马达。我愉快地将柴油燃烧的气味吸进肺中。现在已经很难闻到柴油味了。有人在叫喊，我听不清他喊的是什么。马达的震动声更响了，小船朝着海港的入口驶去，在那里，混凝土防波堤就像一把生了锈的丑陋直尺，伸入发着微光的海洋之中。船激起的波浪沿着码头呼啸奔涌，塑料水母猛烈地摇曳着。

欧律狄克抓住章鱼的触手，又让一根触手从她的小手中滑落。

1. 文中提到的串珠原文为Komboloi，是一种希腊特色的传统装饰品，由珍珠、石头、金属、玻璃等制成，用来放松或者活动手指。

"人们也能复活它吗？"

斯皮罗斯高高地举起章鱼，盯着它看。"上帝啊，欧律狄克，我很高兴这家伙已经死了。"他大笑道，"但是……谁知道呢，可能他们也能复活它。"

"只有先做过记录，才能复活。"亚历克山德罗斯说，"只有这样才能做一个复制品出来。"

斯皮罗斯若有所思地看着男孩。"做这样的一个记录挺好的。这样我每天都能复活一条章鱼出来，海里的章鱼已经不多了。"他朝着大海的方向点了点头。"以前，我经常一晚上就抓到一打章鱼，有时候还能抓到更多。"他把塑料桶倒空，把章鱼扔了进去。

亚历克山德罗斯朝我坐着的桌子慢悠悠地走了过来。"他说的是什么意思？"他皱着眉头问道，"在内罗曼提翁那儿让死人复活是个新发明。两千年前的人怎么能用它来复活死者呢？"他和他父亲莱昂多斯一样，有着微胖的身材和圆圆的脸盘，但他坚定不移的探索精神却和我弟弟尼克斯一样。谢天谢地，你没有尼克斯那样的眼睛，我想，那种冷冰冰的目光就像严酷的教书匠。

"尼克斯舅舅什么时候来？"我问道。

"他和迪米特里奥斯舅舅一起开车过来。"他的眉头皱得更紧了，"斯皮罗斯说两千多年前人们就能复活死者，是怎么回事？"

"那不过是瞎编的。"

我在年轻的时候曾经参加过内罗曼提翁古迹的发掘工作，一个德国女人领导着这项工程。偶尔会有个雅典来的教授，在旅店和我们一起住。格曼尼达，那个女博士，有时候过来吃晚饭，给我们讲古老的历史。

艾莉妮，你还记得我们当初的美好时光吗？上帝啊，时间都去哪了？被生活消磨了吗？她那个时候也就40多岁，现在一定已经过了 70 岁了。她现在是个老太太了？不，在我的记忆里她还年轻，比那时还要年轻，艾莉妮。

时间是多么残酷啊。

“这种事情要怎么编？死人要么可以复活，要么不能复活。”亚历克山德罗斯说。

“我以后会给你解释的。”

“但我现在就想知道！”

我望着海港另外一端如同混凝土块的旅店。旅店外面架着脚手架，布满了大块的猩红色斑点，那是以前人们为了控制混凝土上生长的苔藓喷洒的剧毒药剂。当时那里还有一座古老的风车塔楼，夏天的时候，那里出售去帕克索斯和科基拉[1]的游船船票。塔楼刚被重新粉刷过的那阵子，看上去又白又亮，尽管外形粗壮，但似乎非常轻盈，仿佛只要碰一下就会飞到云端。

“这是个天才的诈骗生意，几百年间一直兴旺发达。他们承诺把人们带到哈迪斯的门口，在那儿和死者见面。”

我们为客人铺上了纸质桌布，用橡皮筋绑好，但风一直在把桌布吹起来，艾莉妮用手肘紧紧地压住桌布。“这里，阿克戎[2]，就是阳间的尽头，是现世和彼世之间的界河，人们猜测那里就是死者之国的入口——用神话来做买卖的绝佳之地。几个江湖骗子、演员和手艺人联手，在小山上造了个大概像是活人和死人会面的地方。甚至连荷马都提到了它。”

艾莉妮的脖子上用细皮带挂着一支棕色的毡头笔，她拿起笔，在桌布上画了一排长方形小格子。“他们造了一座迷宫：没窗户的房

1. 帕克索斯和科基拉均为伊奥尼亚海上的岛屿，隶属希腊。
2. 希腊河流名称，也是希腊传说中的冥河。

间，一个接着另一个。房间里必须得黑漆漆的，目的是让人心无旁骛、内心纯净。进去的人还要吃一道菜，江湖骗子们往里混了迷幻剂，可能是麦角菌。前来的朝拜者还需要做好心理准备，迎接与死者相会的伟大时刻。朝拜者们迫切地想要重新见到他们死去的亲人。可能有情感上的原因，但肯定也有其他原因。死者往往把秘密也带到了坟墓里，人们试图用这种方式得知这个秘密。他把钱藏在哪里了，还有没有哪儿藏着什么宝贝。”

我的父亲狐疑地看着那些方格子。“再给女博士来杯酒！”他对尼克斯说。尼克斯如同海绵吸水一样，听进去了艾莉妮说的每一个字，我的父亲不喜欢这一点。他从来都不看重科学。

“祭司的肚子被献祭的动物肉填得饱饱的，而屋子里的人却饿得肚子咕咕叫。”艾莉妮用笔敲了敲桌上画的迷宫，“达卡里斯教授在四十年前率先发掘出了这里，用卡车拉走了成吨的腐败血液。四周的泥土一定是被血给浸透了。

“据估计，那些来访者要花上三周的时间，洁净程度才能符合要求，之后才能单独被人带着，在迷宫中穿行。要是黑暗、斋戒和迷幻剂还不起作用，他们就用浇下来的冷水、石刑仪式[1]和骨头燃烧产生的烟。在声音上他们也有不少点子——可以说，作为一种补充措施：黑暗中的神秘杂音、轻声低语和令人毛骨悚然的嚎叫。”

艾莉妮画了一个大长方形。“最后，这些朝拜者被引入一个巨大的、在地底深处的大厅中，那里一片漆黑。在经过迷宫中狭小的房间后，这个房间一定给人一种庞大宽阔的错误印象：这就是哈迪斯的接待室。拱顶的另外一头，用某种升降机——人们找到了这台机器的残骸——放下一个罩着白布的、人形的东西，借助于一系列的

1. 用石头投向象征物或者人身，“驱除邪恶”的仪式。

镜子将光线投射到那个东西上面。死者站在冥界的门口，等着朝拜者的问题。至于他们会不会回答，那就是另外一回事了。

“然而，来客们此时已经彻底晕头转向，处在精神错乱的边缘了。他们会把那个人形的东西认成任何人，每一个模糊不清的回答都会让他们满意，只为了快点逃离这地狱边缘，重新看到阳光。”

“我觉得这些还是不太靠谱。”我的父亲说，“从几块古老的石头中就得出那么些神秘的故事。”

他挑衅式地努起嘴巴。“您说‘阿克戎是阳间的尽头’？阿克戎的北边一直都有希腊人住着啊。我认识些住在山上的人家，很好的希腊人家，他们早就住在那儿了，比那个欧马[1]还早。他到底是哪儿来的？雅典？”

“我也不清楚。”艾莉妮一边说，一边若有所思地抚摸着她的手镯，手镯上刻着一条镶着绿宝石的蛇怪，正要咬住自己的尾巴。“可能是小亚细亚[2]来的。”

“土耳其人。”父亲哼了一声，挠了挠他的小胡子，胡子看起来就像是粘在他鼻子下面的一只肥大的苍蝇。“关于我们伊庇鲁斯[3]，他知道啥呀？”他把荷马从餐桌上的话题中扫了出去，就像扫掉一颗吐出来的橄榄核。他肯定地说，阳间的边界不在阿克戎，要在远得多的北方，在阿尔巴尼亚[4]。另外，在他听来，这整段故事都像是典型的阿尔巴尼亚人编出来的骗局。“不过，”他安慰一般轻轻拍了拍艾莉妮的双肩，说道，“挖出古老的石头，通过它们来编一些故事，这是您的职业。”她浅蓝色的亚麻连衣裙的袖口裁剪得很宽，此时我正通

1. 此处为父亲对荷马的误称。
2. 又称为安纳托利亚，亚洲西部的半岛，位于现在的土耳其。
3. 希腊北部一区域名，也是希腊古代一小国的国名。
4. 欧洲地名。在伊庇鲁斯北面。近代以来，阿尔巴尼亚人大多信仰伊斯兰教，与多数信奉东正教的希腊人不合，两国多次发生边境冲突。

过袖口望去，着迷地盯着一只结实、小巧、被阳光晒得黝黑的乳房。她娇小的身形和小麦色的短发让她看起来很年轻，就像小姑娘一样年轻。从眼角和嘴角的皱纹上，人们能看出她已经老了，但是当她笑起来的时候，人们就忘了这一点。

考古学家们和他们雇的人工作到1点钟，休息了一会儿之后又工作到4点钟。我很快就发现，当天气好的时候，艾莉妮就会骑着小摩托车去海里洗澡，有一次我骑着自行车跟着她。我蹑手蹑脚地躲在灌木和芦苇后面，她躺在沙滩上，离我五六米远。她全身赤裸，只戴着一顶宽檐草帽，正在草帽的阴影下读书。她小巧的臀部和大腿与后背一样，都晒得很黑。我兴奋得要命，把泳裤褪下半截。在宁静的中午，只能听到芦苇丛沙沙作响。酷热让我呼吸困难。有一阵子我脑中有个疯狂的想法，想要就这样裸着身体跑到沙滩上去，出现在她面前。一只驴子在附近打起了响鼻，我猛地一惊，四处环顾。驴子被拴在一棵开着花的石榴树下，晃着脑袋，想挣脱缰绳，同时冷淡地看着我。

“这样可不行，年轻人。”她站在我面前笑着说，身上不着寸缕，草帽遮住脸，看起来就像个年轻姑娘。“你要么把裤子提上，离开这儿，要么彻底脱掉。”

她是个很有耐心的老师。第一次体验总是很糟糕。我急急忙忙地办完了事，就好像芦苇丛中有一群喘着粗气的恶狗，随时都可能流着涎水朝我扑过来一样。我气喘吁吁地躺在她身旁，心里满是我自己的唐突大胆和她出乎意料的宠爱，而她则笑着擦去我脸上的细沙。

我们常常在海湾见面。当客人不多时，我几乎每个中午都会偷偷溜出来，带着面包、奶酪和水果。我看着她吃东西，但很少和她一起吃。

“你为什么不吃点呢？”她问。

“我吃过了。”我撒了个谎。为什么呢？是兴奋之情让我无法下咽吗？也许这对我来说是一种献祭：几块羊奶酪，放在沾满油点的纸上，还有几颗橄榄、葡萄以及面包，为了让奇迹能持续下去的献祭。她吃得津津有味。我们做爱，在海中游泳，在阳光下躺着，之后再做爱。

尼克斯一定是什么时候注意到了，他偷偷地跟踪我。

“我看到了你和女博士做的事儿。”他轻声说，脸色苍白，嘴唇颤抖。我一拳打在他的胸口，他摔倒在地板上。“你干了她，”他恨恨地说，“我要告诉父亲。”

我知道，他绝对是个可以用钱收买的人，因为他总是需要钱来为他的电脑增加配件。我给了他 10 欧元，他要 20 欧元。[1] 我给了他，因为我已经常常领教父亲粗壮的大手了。但当父亲知道这件事之后，他却大笑起来，当母亲责骂道“那个女人，那个格曼尼达”时，他笑得更响了。

“她就那么把你给……”尼克斯问道，目不转睛地盯着我。

我把拳头伸到他鼻子下面。“滚！”

不知怎么回事，所有人都知道这件事了。所有人都笑了，当然指的是所有男人，尤其是那些岁数大的。我因此恨我弟弟，尽管他可能没有告诉过任何人。可能有别人在跟踪我。但我还是恨他，因为他分享了一个秘密，一个只属于我和艾莉妮的秘密。

奇迹并没有持续下去。秋天时，考古学家们返回了雅典。我再

1. 现今 1 欧元约为 7.5 至 8 元人民币。因希腊加入欧元区，此处作者在 2011 年出版第二版时进行了修改，第一版时此处叙述者给弟弟的钱是 1 000 德拉克马，而弟弟的要求是 2 000 德拉克马。德拉克马为希腊在加入欧元区之前的货币单位，1 德拉克马约为 2.5 分人民币。

也没有见过艾莉妮，我写了至少两打热情洋溢的信，但却从没有寄出去过。我至今还保存着这些信。第二年，来了一张明信片。艾莉妮在塞浦路斯[1]做挖掘工作。“亲爱的卡祖拉尼斯一家。”她是这么写的。我的名字没有在明信片上出现。父亲用大头钉把明信片钉在吧台后面的墙上，仿佛那是一张奖状。不知什么时候，明信片不见了。可能是母亲把它撕掉了。母亲不时地盯着我看，就好像我犯了什么罪过，但当我垂下目光时，她却笑了。

有几次我开车到海滩上去，却发现那里只有令人难以忍受的空旷，或者正被陌生人亵渎。

“老内罗曼提翁和新的之间就一点关系都没有吗？”亚历克山德罗斯说。

我摇摇头。

“迪米特里奥斯和尼克斯还没到吗？”爱丽娜在楼上喊道。

“还没到！”我大声回答，“我觉得，他们被堵在斯特拉托斯的大桥那里了，因为那座桥有倒塌的危险。他们只能从普雷韦札的阿斯塔克斯那里的大道上绕过来。”

“一切都被毁了，一切，一切！”爱丽娜高喊着回复道，“整个世界都被毁了！”

“几块丑陋的混凝土块还称不上是整个世界。那只是大自然的平衡之力。”

“那是一种苔藓，能腐蚀混凝土。”亚历克山德罗斯说。

“是的，是一种变异的苔藓。人们将其命名为克朗代克变种，因为它是在阿拉斯加首先出现的[2]。”

“为什么人们不彻底灭绝它们呢？”

1. 欧洲与亚洲交界处的一座岛屿。希腊和土耳其的争端之地。
2. 克朗代克为北美洲阿拉斯加的地名，在当地曾发生著名的北美淘金潮。

“亲爱的，那笔开销全世界都付不起。另外，我完全不介意苔藓毁了那座破房子。”我指着远处的旅馆，“有那么多混凝土作为食物供给，它们会爆炸式繁殖的。什么都没法阻止它们。”

“但是所有的桥梁、隧道、高楼……”

我耸耸肩。“我们不需要这些也能活下去。当我们需要造什么的时候，我们就用砖头或者石头。砖头或者石头造的房子还更漂亮。”

亚历克山德罗斯难以置信地看着我，如同我弟弟尼克斯灵魂附体。内陆的水渠已被腐蚀，几千米长的高速公路也已经崩塌，雄伟的桥梁倒了下来，有钱人的那些丑陋的混凝土房子正被苔藓侵蚀，要进行必需的修缮得花上大价钱，这让很多人都在暗暗高兴。但这里的人还是非常相信技术进步不会遇到任何障碍。不会遇到障碍吗？障碍自己就会出现的。阿波斯托洛斯，你真的觉得我们能够放弃技术吗？我不这么觉得，但是我不想让技术掌握在那些人手里——那些只对所有可行的事情感兴趣的人，而且他们的主要特点就是品味非常糟糕。

“他们来了！”欧律狄克喊道。她气喘吁吁地跑过来，又马上转过身去。

一辆深红色的马自达电动车缓缓驶过来，停在停车场上。迪米特里奥斯和尼克斯下了车。孩子们簇拥着他们。我站起身来，莱昂多斯和爱丽娜出现在门口。

“到阳台上来吧！今天太热了。”爱丽娜大声说道，“迪米特里奥斯，你为什么不把车停在阴凉的地方啊？”

“一小时后那里就不是阴凉的地方了，爱丽娜，但这里会是。”迪米特里奥斯说，吻了吻她的脸颊。

“你们男人怎么总是知道树荫在什么时候会在哪儿？”她问道，将一绺头发拢到耳朵后面。她将头发理成一种老式的发型——编成辫子，盘在头的后面，固定好。“你们男人总是有时间来观察太阳，而与此同时，我们女人就必须干活，每天都这样，一整年都这样，从早到晚，无论是周六还是周日，一直干活，直到我们倒下死掉。我也会在干活的时候倒下死去的。”哦，姐姐，我想，要是你能有母亲一星半点的自尊和聪明就好了。但是爱丽娜是那种每天都抱怨自己命苦，生活中的全部就是干活的人。莱昂多斯，她的丈夫，带着惭愧的目光站在一边，和铲子一样的大手放在肚子上。

“你们坐下！坐下！”她喊道，“我还没准备好。阿波斯托洛斯，拿瓶乌佐酒[1]来！再拿瓶葡萄酒来！你们饿了吗？”还没等我们回答，她就急急忙忙地回到了房子里。

透明的冰柜中躺着一条八爪鱼，冰冷的鱼肉上布满了陈旧的斑点，鱼肉看起来如同塑料，上面粘着棱角尖锐、光滑发亮、染成紫色的小吸盘。它已经用完了它的八条命。它的触手末端穿过冰柜中的架子，毫无生机地垂下来。一条生命就这样萎缩成一堆蛋白质。

“人们也能复活它吗？”

酒瓶又冷又滑，几乎要从我的手中滑落。我擦干净几只酒杯。

障碍出现了。那时候的世界是多么有希望啊！那一定是在世纪之交之后不久。复合吗哪[2]！简直是堪比《圣经》的大工程！工程中的工程！让食物可以神奇地滋生。能养活上万人……什么呀！应该说能养活世界上忍饥挨饿的上千万人、上亿人、上十亿人。我们用电子仪器战胜了饥饿。蛋白质的结构被记录在磁带上，然后又借助磁带，用无生命的物质生产出来，用碳、氢、氧、硫和我也不知道是什么的元素，利用电脑阵列在涡流室中组装食物。一罐一罐又一

1. 一种希腊和塞浦路斯地区特色的茴香味开胃酒，是希腊文化的代表之一。
2. 吗哪，《圣经》中上帝在以色列人离开埃及时赐给他们的神奇食物。

罐，程序也集成了包装功能。复合吗哪。人类对饥饿的最终胜利！用电子技术合成的鸡肉来给全世界提供食物——印度人、苏丹人、墨西哥人、巴基斯坦人和霍屯督人[1]都可以吃，因为没什么愚蠢的禁忌可以阻挡真正的大规模生产——迈达斯机器很贵，非常非常贵，只有大批量生产的时候才能赚到钱。很显然，新技术也帮助有钱人满足了口腹之欲：世界顶级厨师的精致菜品可以在工作室中制造，清新的、香甜的、还冒着热气的美味佳肴都可以保存在磁带中。出自卡带的高级菜肴。当然了，这花费不菲，光是那些技术设备就需要相当大一笔钱。

然而人们马上就拉长了脸。实验动物出现了中毒症状，几千只几千只地死去，而其他吃了同样的复合吗哪的动物却活蹦乱跳，健康状态极佳。神秘莫测的有毒物质、扭曲变形的分子团、杂质原子的沉积，形成了致命的化合物。

这是重建时产生的错误，加州理工大学和美国航空航天局的科学家们说，对母本提高取样精度并在重建分子结构时用更好的电脑，这些现象就会马上消失。生产有生命物体的复制品也是可行的，包括人类。（复合吗哪只是这项技术的副产物，就像特氟龙涂层锅只是阿波罗计划的副产物一样。）这只是存储和传输数据量多少的问题。

复制品不会随着时间而变化，可以摆脱时间的流逝，我对这个主意很感兴趣。一对恋人的复制品可以不断地重聚，永远和当时的艾莉妮一样年轻。跨越千年的时间启动复制程序，这对电脑来说只是小菜一碟。

“迈达斯是什么？”我问尼克斯。

1. 非洲南部人种，主要生活在南非、纳米比亚和博茨瓦纳。

他狐疑地看着我。

“不，我真的不知道。”我向他保证。

“分子结合与数字合成系统[1]。”他说，“和电视机成像的原理是一样的，只是复杂得多，而且是三维的。人们测定空间中特定区域内的分子中的每个原子的位置，然后将数据存储起来。利用这些数据，人们可以——类似于二维的电视机成像——造出一个三维的复制品。这个过程在所谓的涡流室中完成，那里备有组成复制品所需的原子。一系列由计算机诱导产生的磁场将材料按照和母本完全相同的形态组装起来。重建的速度取决于母本的分子复杂程度。要重建一枚硬币大概只需要一秒钟，要重建一个人的话，就算不花上一天时间，也要花上好几个小时。”

美国航空航天局眼巴巴地指望着这项工程。人类可以将搭载了迈达斯机器的无人探测器发射到每一颗行星的轨道上去，还可以发射无人星际飞船到半人马座阿尔法，到巴纳德星，到天狼星——然后等飞船到了目的地，再把宇航员以光速送过去。

尼克斯在他的计算机屏幕上调出了高速飞离太阳系的飞船航行轨迹，那条轨迹穿梭着进入遥远的引力场，绕着遥远的恒星盘旋，就像绿色的光线制成的套索。他看着科学家的身体被组装起来，匆忙地赶到各种仪器前，测量并记录着他们发现的奇观。

“这是人类征服空间和时间的胜利。”尼克斯说。

他有一双清澈的浅蓝色眼睛，那是北欧的征服者或者奴隶的眼睛。每隔几代，我们这里就会毫无征兆地有长着这样眼睛的人出生。就像黑色岩层中闪烁的海蓝宝石。我一直就很嫉妒那双眼睛，我从

1. 文中的迈达斯（MIDAS）为分子结合与数字合成系统（Molecular Integrating and Digital Assembling System）英文首字母的缩写。同时迈达斯也是神话中向酒神求得能赋予其无限财富的点金手，却反而招致一系列不幸的人物。

来没喜欢过尼克斯。

另外一类人马上就出现了——那些怀疑这种技术的人。他们说，复制活细胞所要求的那种高保真度永远也无法实现。酶和神经系统的紊乱、毒性、致癌性和畸变不可避免。活体生物的复制品无法存活。

我仿佛看到了一艘星际飞船，就像美杜莎之筏[1]，弥漫着死亡和腐烂的气味，过道上的人摇摇晃晃，尖叫着，浑身是血。其他人对眼前的奇观视若无睹，蹲在仪器旁聚在一起，咒骂着那些将他们送上这趟有去无回的旅途的人。

人们早就给这些人起了名字：将亡者[2]。人们用这个悲伤的名字称呼这些人，那些即将死去的人，为科学献身的英雄——他们看到了星星，之后就死了——但是迈达斯系统的技术人员以他们一贯的那种混凝土般冷硬的理性，将他们命名为“磁带异种”。

后来出现了一位叫霍拉斯·西蒙森的数学家，他证明错误率在理论上不可能低于千分之几，因为录制的过程本身就已经影响了分子结构，也就是说，复制品所需要的精确度越高，因此产生的错误也就越大。这简直是生物电子技术中的海森堡不确定性原理[3]。这意味着给那些饥饿的人吃的是有毒的鸡肉，意味着丧失工作能力的、畸形的、流血的宇航员，也意味着——更糟糕的是——那些高档宴会中的灾难性意外（除非他们按照古老的传统，让人先尝菜试毒，否

1.《美杜莎之筏》，法国作家席里柯绘制的油画名作，描述了1816年法国海军“美杜莎号”遭遇海难后，被船长和高级军官们抛弃的幸存者在木筏上漂流，陷入绝境的场面。最终木筏上100多名船员绝大部分死亡。

2. 此处原文为拉丁语单词morituri，意为“即将死去的人”。

3. 旧称测不准原理，是一条量子力学中的理论。当人们想要测量一个粒子的位置和动量时，对位置的测量越是精确，就越是无法精确测量其动量，因为测量某个粒子的位置必然伴随着对这个粒子动量的影响。（比如用一个光子和粒子相互作用，然后观察反射回来的光子，以此来测量这个粒子的位置，但光子和粒子的相互作用就影响了这个粒子的动量，增大了动量的不确定性。）文中的科幻设定和这一点类似：扫描过程会影响到母本中每一个原子的位置，因此越是想要精确地扫描母本以获得更为精确的复制品，对母本的影响就越大，反而难以获得精确的复制品。

则就玩玩俄罗斯轮盘赌吧）。

议会取消了进一步研究的经费。内罗曼提翁有限公司的机会来了。公司用120亿美元的价格买下了这种技术的专利权，此前美国政府已经往里面投了10倍以上的钱了。所谓的拉撒路法案[1]规定，只有已被证明死亡的人才可以被复制（出于法学上的原因和身份原因——法案里面是这么写的）。电子永生和短暂复活现在变得可行。当然了，在这个地方建立一家世界性公司的分公司是一种典型的美式营销手段，在两千五百年前，古老的内罗曼提翁同样在这里生意兴隆。

葡萄藤下的路面刷着石灰，阳光在路上投下点点光斑。我面前的人脸上也是光影斑驳。我的兄弟迪米特里奥斯和尼克斯一起从帕特雷[2]赶了过来。他们坐在桌旁，爱丽娜的丈夫莱昂多斯也加入了他们。他前面放着一封用小鹅卵石压着的信，身边是两个孩子。

迪米特里奥斯身材矮小，但肌肉发达。他也留着小胡子，像一只肥大的黑苍蝇停在上嘴唇的那种小胡子。他越来越像父亲了，我想道。

尼克斯穿着一身考究的深色西装，配着背心和浅灰色领带，手指上戴着一只镶着缟玛瑙的戒指，手腕上戴着一块迷你计算机。他黑色的络腮胡子保养得很好。

“你看上去真不错。”我说。

“这话听着像是你想求我帮忙。”他说。他的牙齿洁白耀眼。

“别担心。”

“阿波斯托洛斯，你知道我今天想到谁了吗？”他问。

1. 作者虚构的法案，名称来源于《圣经》人物拉撒路，在《圣经》中，他死后被耶稣复活。
2. 希腊城市名。

"我可猜不出来，尼克拉基斯[1]。"

"你还记不记得那个德国女人了，那个艾莉妮？"

"记得点吧。"

"她现在还活着吗？"

"为什么不呢？"我的语气比我预想的还要激动，"她那时候还很年轻。"

尼克斯没有看我，而是看着他搭在一起的手，咧嘴笑着。"她现在得有 80 多岁了。"

爱丽娜的丈夫恳求般地看着我们。他宽阔的肩膀已经被他老婆无休止的责骂压垮了，他的那双大手放在被酒溅湿了的桌面上，手里拿着一杯喝了一半的酒。我不必再说什么了。

"他们现在把斯特拉托斯那里的桥也给封了。"迪米特里奥斯说，"他们对付不了那些东西了。"

我禁不住笑了出来。

"我没看出来有什么好笑的。"他说，"上周，帕特雷炸掉了四栋高楼，因为它们有倒塌的风险，其中包括喜来登旅馆。"

"伯罗奔尼撒的那栋难看的房子？"

"但这样下去该怎么办呢？"

"涂上石灰就好了。"亚历克山德罗斯说。

"闭嘴！"他父亲说。

"他说得对，"尼克斯说，"石灰可以消毒。但是还有更好的消毒剂。只是重新粉刷希腊的所有混凝土建筑至少要花 500 亿欧元[2]。此外这些消毒剂还有剧毒，那些环保主义者……"他无可奈何地耸了耸肩。

1. 尼克斯的全名。
2. 此处在第一版中为"2 000 亿德拉克马"。

莱昂多斯喝光了他的酒。

“再去拿瓶酒来！”他对亚历克山德罗斯说。

“妈妈说你不能喝那么多。”男孩回答。尼克斯看着他的姐夫，咧嘴坏笑。

“多管闲事，闭上你的嘴！”男孩的父亲反驳道，语气中带着强烈的反抗情绪，似乎在表示自己可以做主。

“但是我想听听尼克斯舅舅说些什么。”亚历克山德罗斯嘟囔着。

“他会把话留到你回来再说。”

“生意还好吗？”我问迪米特里奥斯。

“现在都没法聊生意了。”他叹着气，“之前德国人还会来的时候——还有奥地利人、英格兰人、瑞典人——葡萄酒和乌佐酒还能卖得出去。嗨！那时候生意兴隆啊！但是现在……”他无可奈何地摊开双手。“我们甚至都没法用葡萄去喂猪。那些阿拉伯人不仅不喝酒，还不吃猪肉。”他忧伤地摇摇头。“我真是不懂这些人，整天喝茶，板着脸看着大海。”

“信上写了什么？”尼克斯问道，“我们其实是为这个过来的。”

莱昂多斯把石头推到一边，把大手放在纸上。

“内罗曼提翁给我们发了一封邀请函，就在父亲要过 80 岁生日的时候，我也不知道他们怎么知道的。”

男孩把一罐葡萄酒放在桌子上。莱昂多斯倒满一杯酒，酒杯上立刻就结了一层水珠，闪着金黄色的光。

“当内罗曼提翁研究所成立时，公司买下了阿克戎河周围的所有土地，他们也从父亲手中买下了 16 公顷的山地牧场。”

“牧场！”迪米特里奥斯鄙夷地大笑，“那儿连一打山羊都养不活。除了石头啥都没有。那是他这辈子做过的最好的买卖了！”

莱昂多斯戴上眼镜，显得非常迂腐，他大声读着：“我们向包括克里斯托斯·卡祖拉尼斯在内的少数中选者提供一次无与伦比、非同寻常的机会：一次免费的记录——”，莱昂多斯停顿了一下，“——括号，操作——以记录其在任意一个给定的时间点之前的人格。记录——括号，档案——的免费存储会持续五年。之后将收取常规的存储费用。每次实体化身体——括号，拷贝——都会有百分之三十三又三分之一的折扣，包含复制品的医疗服务，直到其死亡，以及符合其身份的葬礼、遗体火化等。”他舔了舔嘴唇，用手指指着信上的一行行字，继续读：“这是您可以给一个人最为珍贵的礼物：生命的礼物。”

一片寂静。所有人都在沉思。

“这买卖划算。”莱昂多斯朗读的内容引发了大家的思考，这是爱丽娜在说话，我只能勉强听清她的话。“到目前为止，只有有钱人才能享受得起：年轻的奥纳西斯[1]、洛克菲勒[2]五世、查尔斯王子[3]、几个海湾地区的埃米尔[4]、一些政客和演员……真的很划算，我和你们说。”

“父亲是什么意思？”迪米特里奥斯说，“哦，他去哪了？”

“他去咖啡馆了，和爱丽娜吵了一架，每天都这样，一直这样。我们昨天只能又让一个姑娘走了，很老实的姑娘，从帕皮贡[5]来的，勤劳能干。他总是跟着她，把手伸到她裙子下面乱摸，他总这么干。每次爱丽娜都只能自己把所有的活干完。唉……”他叹了口气，沉默了。

“对这个提议，父亲怎么说呢？”尼克斯问。

1. 希腊船王亚里士多德·奥纳西斯的姓氏。
2. 洛克菲勒是美国富豪家族。
3. 此处指的是英国现任王储查尔斯·蒙巴顿-温莎，在本文最初发表的版本中，此处为“查尔斯王子和戴安娜王妃”，但戴安娜王妃已经于 1997 年去世，可能出于这个原因，本文的新版中去掉了她的名字。
4. 伊斯兰国家中的贵族头衔，类似于总督、酋长或国王。现代中东若干国家（如卡塔尔）的元首仍沿用此称号。
5. 希腊地名。

“我还什么都没和他说，我们想首先和你们商量一下。”

“这种优惠经常是关门结业的开始。”迪米特里奥斯插话。

“胡说，”尼克斯说，“他们肯定还有空余的存储能力。”

“我觉得，新的内罗曼提翁肯定会和老的那个一样成功。”我说，“只要有一两千人开始在那里建立记录，之后光是保存的费用都够他们赚上一大笔。当有人在那里建立记录之后，哪会有人把记录删掉！谁会对自己的亲人痛下杀手呢？谁会毁灭让肉身复活的希望，哪怕只能复活一天呢？就算数学家说，这在理论上不可行——信念什么时候又被数学撼动过？信念、爱、希望——人类的三大情感支柱——会被几行干巴巴的公式所动摇？永远不可能！家属们会乖乖地付清内罗曼提翁公司的账单。只有当事人已经消失在所有活着的人心中，消失在记忆当中时，人们才可能会删掉记录。这时他才能得到最后的安息。事情总是这样的。”

“你反对这件事？”尼克斯说。

“我不反对。”

“我不知道这整个事情意义何在。”迪米特里奥斯说。

“其实就是，”我说，“你可以和一个死去很久的人一起待上几个小时，或者几天。你可以和他闲谈，和他一起庆祝，和他一起享乐。”原谅我——我当时了解的也就这么多。

尼克斯将一块奶酪塞进嘴里，点头说：“这是最为卓越的科学成就之一，我支持。”

迪米特里奥斯点点头。

“我也一样。”我说。

莱昂多斯耸耸肩。“这买卖划算。”他说。

“你有权代表爱丽娜说话吗？”尼克斯尖刻地说。

莱昂多斯无奈地看着他。

“拜托，尼克斯，别闹！”我说。

他自我防卫一般地举起手：“我不是那个意思。”

欧律狄克已经厌烦了大人们的谈话，用塑料凉鞋的鞋尖踢着阳台的混凝土围栏。突然，一大块混凝土掉了下来，砸在街道上，发出很大的声响。所有人都吃惊地看向墙上出现的缺口。一片寂静中，甚至能听到码头另外一头的孩子们踢足球的叫喊声。

迪米特里奥斯突然爆发出一阵大笑，就像母鸡生了蛋后的叫声一样。“不要担心！”他高声说，“只是父亲在水泥上偷工减料了而已。”

“你们达成一致意见了吗？”爱丽娜问道，她出现在门口，正在围裙上擦干双手。“这买卖划算。”

这一点也是父亲做出决定的真正原因。尽管他也抱怨说，他一辈子都不想被一台机器“摸来摸去”，还说她怀疑他的女儿把他卖给了这家“偷死尸的公司”背后的“美国资本家”。但正如滴水可以穿石，“这买卖划算”的观点消磨了他的固执和犹豫，钻入他的内心深处。来年，他同意做一份记录，条件是我必须陪他去阿克戎。

这是暮春的一个晴朗的早晨。鼠尾草和百里香开着花，金雀花将山坡染成了亮丽的金色。在平整和谐的绿地之上，点缀着火红的石榴花。我们沿着海滨公路，驱车顺着山坡向北驶去。在山上是看不见垃圾的，我想，看不见那些已经消失的、在人们使用塑料的年代留下的“礼物”。

父亲有好几次坚持要停车休息一下，喝几口乌佐酒。我把酒倒进一只玻璃杯，兑了很多水，杯中液体看起来如同牛奶，我喝了一些。一辈子都在遵从禁酒令的父亲用咖啡杯喝着酒。

我们喝得微醺，走进一座朴素的小教堂，点上两支纤细的蜡烛，将它们插进圣坛旁边的沙盘中。表情严肃的圣徒们在镶着玻璃板的画中，跨越几个世纪的光阴看着我们。

很快，我们就到达了目的地。

内罗曼提翁公司是一家跨国企业的一部分，这家企业主要经营连锁养老院、老年旅游机构、老年病医院和丧葬服务业务。为了利用当地特有的文化背景，公司买下了帕加镇东部和东南部的大片土地，并将其改造成公园。伊古迈尼察和普雷韦机之间的土地在两千年前代表着文明世界的边界，一直保留着原本的荒凉山地的样子。就算在阳光明媚的白天，那里也显得很阴森。地上被钻出许多洞，通向地底深处。从山上流下来的小河朝着东南方向流去，在帕加汇入大海。那条河正是阿克戎河，曾经是阳间和阴间的界河。两千五百年前，老内罗曼提翁曾坐落在河对岸的小丘上。

现代的内罗曼提翁与古代的那个共同之处很少——除了它们的目的都是把人们的钱从钱包里面骗走。它现在类似于养老院、医院、巨大的高保真录放工厂和核能研究中心的混合体。建筑和周围的环境融合得很好，柏树和速生的桉树围绕在建筑四周，建筑还有地下的部分。小树林、悉心修整的草坪、草地上的小径和用来休息的长椅共同组成了如画的景致。公司在普雷韦机的海湾建造了一座核能发电站，用它的电能来运作海水淡化装置和记录、生产复制品的装置。在涡流室中重塑物质结构要消耗巨量的能源。

人们彻底改变了这里的景致。当有了充足的水源时，人们就启动了一项慷慨的绿化工程。其结果就是这里与其说是冥界，更像是好莱坞——至少第一眼看去是这样。

要办的手续早就做好了准备，很快就办好了。于是我们就必须等待一会儿。我们在接待大楼的前面反复徘徊。风吹拂着三角梅紫红色的艳丽花朵，它们几乎完全覆盖住了房子的外立面。在远处，海湾被芦苇环绕，河流入海处有一片沙洲，在海湾和沙洲的另外一头，是波光粼粼的大海。

克里斯托斯用小而有力的手拉着我的前臂，望着我，神情几乎称得上恳求。

“我得脱掉全部衣服吗？”

这个简单但出乎意料的问题让我惊呆了一阵子，有那么几秒钟，我不知道该说什么，只是盯着父亲的脸。你都这么老了，父亲，我想着，看着他倔强而衰老的脸上闪着一丝恐慌——同时我也意识到，我已经好多年没有仔细看过他的脸了，我总是轻率地觉得自己很熟悉他的脸。我勉强打起精神，考虑了一阵子，回答他。

“我不知道，父亲。我们会问问医生的，如果你觉得这个问题对你很重要的话。”

焦虑的神情从他那双被皱纹围绕的蓝灰色眼睛中消失了，他的嘴角抽动了几下，手从我的袖子上滑落，垂了下来。

“但你要等着我，孩子，无论他们要在我身上做什么。你要保证！”

“我当然会等你的，父亲。不会花很长时间的。”

总共花了4个多小时的时间。在一个自称卡米纳斯博士的友善中年医生陪着父亲离开后，过了4个多小时。我在内罗曼提翁的广场上漫无目的地闲逛。我从来没有见过这么多老人。大多数休闲长椅上都坐着病人，他们周围围着一些忐忑不安地看着他们的探望者。一辆电动轮椅从我身边经过，马达发出呜咽般的声音。一位老者笔直地坐在轮椅上，身着一套奶油色的衣服，衣服板正得体，但却过时很久了。不知为何我觉得他有些眼熟。我觉得，很久之前我在电视里看到过他，但我却想不起他的名字了。病人举起草帽，向我点头致意，不过他没有看我，而是直直地盯着前面的路。他左手紧绷，紧紧握着操纵杆，努力而认真地绷紧嘴巴，但口水从他的嘴角流下来，流过下巴，滴在杏黄色衬衫的加硬衣领上。

另外一张长椅上坐着一位肥胖的老者，他剃着秃头，留着蓬松的深色髭须。我很确定我之前经常在报纸上看到他的脸，但是那一定是10年或者15年前了。一位知名律师？或许是一位政客？我想不起来他的名字了。他无力地坐在那里，紧靠着椅背，黝黑的头部向后仰着，嘴张得很大。他呼吸粗重，在他的一只鼻孔中接着一根透明塑料管，其中咕噜咕噜地流着一些红色的、冒着泡沫的黏液。他的脸色和死人一样苍白，双眼无神地盯着天空。他肥厚而苍白的手放在一位身穿考究的黑色衣服的老妇人膝上。她紧紧地握着他的手，双眼因流泪而显得通红，她偷偷用手帕擦了擦眼睛。一位年轻貌美的护士站在这对夫妇背后，穿着带有红领章的制服，衣服紧身而得体。她朝我微笑，似乎想要让我高兴起来。这种反差搞得我心烦意乱，我匆匆转过身去，在草坪灌溉机无处不在的噗噗声中，溜回接待大楼。

“确实没花多久。”父亲从门口走出来，高声说道。卡米纳斯博士和一名护士在他身边扶着他。他看上去相当满意，还带着一点点醉意。他的双眼有些呆滞，可能是麻醉剂的作用，我想，因为他并没有喝太多乌佐酒。

“你必须要脱光衣服吗？”在我们走向汽车时，我问他。

“嗯？”他把一只手放在耳边，用力眯起眼睛，就好像他能用这种神秘的方法增强已经衰退的听力一样。

“你是不是必须把衣服脱光？”

“不。他们只是扎了我的手指。”他举起左手，伸出食指，用拇指揉着小小的针孔。“然后我就睡着了。等我醒来时，所有的事儿都干完了。我也不知道他们是怎么搞定的，但是卡米纳斯博士说，一切都办好了。”

在回家的路上，他睡着了。我用余光看着他。他花白的头发浓密蓬乱，就像野驴的鬃毛。饱经风霜的暗棕色皮肤在鬓角和颧骨上绷得紧紧的，这让他熟睡的脸庞看起来如同木乃伊。没有牙齿的嘴微微张开，嘴的上方还留着查理·卓别林式的小胡子，和迪米特里奥斯的胡子一样——一丝灰色都没有，就像是粘上去的，大小就像一只肥大的苍蝇。满是褶子的脖子从他的衬衫领口中露出来，领口对他来说已经变得太大了。这是我的父亲，我对自己说，有那么一阵子，我的心里涌上来一阵温情，我在面对他的时候从来没有过这种感觉。在我重新集中注意力开车前，有那么一瞬间，我几乎要掉下泪来。

内罗曼提翁公司提供的服务也包括接老人去公司的敬老院居住。莱昂多斯在那个周六下午没敢提这件事，因为他知道，除了他老婆没人会同意的。

“你们倒是站着说话不腰疼。”等这个话题最终被提及时，爱丽娜大声抱怨道，“他又不是天天在你们身边待着。”

“你有一个有60张床位的旅馆。”迪米特里奥斯激动地反驳道，“就没个地方给父亲住？”

“他也是你父亲！你一年来这儿看他三四次，尼克斯和阿波斯托洛斯也一样。你们又不用每天都忍着他，比如他追在女服务员身后的时候，或者他喝多了之后和客人说胡话的时候。”

确实，他又固执又暴躁，而且一直这样。但我们的母亲阿蕾蒂对此也有责任。她一生都深爱着父亲，只在暗地里抱怨抱怨，自己忍受着痛苦。八年前，她去世了。我们永远无法再见到她，至少没办法利用电子技术再见到她。爱丽娜早就接替了她母亲的位置，只是她会大声叫骂、毫不让步、对父亲缺乏理解。父亲用激烈的言语抗拒着她的管束，即便是在旅馆的客人面前，也毫无退让，一定要决出胜负。他很享受这种公开的争吵——他从未和他的妻子这样公开吵过，母亲从不在外人面前吵架。自从他的听力衰退之后——他当然也和其他耳背的人一样，从来都听不进去别人说话——有时候他会做出令人相当难堪的事情，比如和本地客人大声地发表他对东方人的看法，而三张桌子远的地方就坐着东方人，或者自己蹲在厕所里，大声和爱丽娜说没有手纸了，声音很大，码头上的鸽子都吓得飞了起来。

“我们是不用。”我们一致声明，“你和莱昂多斯继承了旅馆，这个父亲盖的旅馆，所以他应该住在这里。谁知道他还能活多久。”

“你们的父亲会比你们三个人加在一起都长寿，他要活到100岁！”她朝我们吼道。

父亲没能活到100岁。就在同一年，在刚刚过了81岁生日后不久，他就静静地离开了人世。在他的一生中，他做什么事都从来没有这么安静过。那是一个晴朗的午后，清凉的海风吹拂着，但在咖啡馆刷着白色石灰的围墙处，人们仍然能感受到初秋时分残存的暑气。四位老人靠着围墙坐着。克里斯托斯坐在椅子上，朝着房子的墙壁翻了过去，帽子盖住了额头，脑袋靠着墙壁，嘴微微张开。海港的水面反射着阳光，在咖啡馆的窗帘和父亲胡子拉碴的脸颊上映出斑驳的光影。老桑树沙沙作响，秋风从树上吹落第一片枯黄的树叶，落在防波堤的石板路面上。串珠上的塑料珠子不时地相互碰撞，发出清脆的声音。

天气一转凉，老人们就会从架子上取下骰子和磨得很旧的棋子，玩塔兀里[1]。每天他们都要玩上几轮。

但是克里斯托斯再也不能和他们一起玩了。

时光流逝。很多宏伟的混凝土建筑都必须被炸掉或者费力地用空气压缩机粉碎、推平。让环保主义者高兴的是，那些穿过田野的碍眼高速公路架，每个月都要有几公里长的部分坍塌下来。人们试过毒剂、油漆，但是那英勇无畏的生物，它的小小的孢子，总是能钻进新的生存环境之中，将那些丑陋的建筑蒙上一层薄薄的红褐色面纱。它们无处不在，在每个缝隙中，在每个裂痕中，都可以生长。

在对父亲进行记录后的 6 年整，内罗曼提翁公司的第一张年度账单寄过来了。上面写着："生产克里斯托斯·卡祖拉尼斯先生的复制品所需要的数据储存费"。账单的费用大概是旅馆一年电费的三倍。

爱丽娜给迪米特里奥斯、尼克斯和我打了一个小时的电话。她的手就像刽子手的斧头一样上下甩动——这是希腊人表达坚决不妥协，要在争论中撕碎对方、消灭对方的方式。

"听着，爱丽娜。"我说，"你这样大叫大嚷是没有意义的。我们当初一致同意，我们接受公司的提议。如果我没记错的话，当初正是你说这买卖划算的。"

"你不能就这么把父亲的数据给删掉。"迪米特里奥斯说，"此外就我所知，我们有义务至少搞出一个复制品。你到底有没有打听过，这要多少钱？"

我们得知，即便公司提供了慷慨的折扣，做一份复制品也要花

1. 一种希腊桌游，规则和用具都和西洋双陆棋类似。

上一大笔钱。全家人聚在了一起。

"我当初就知道要发生这种事情。"我说。但是这不是实话。事后说这种话总是很容易。我从来没有预料到要出这种事情，也没有预料到实际上将要发生的事情。

我们达成一致，决定分担父亲的数据存储费用，同时积攒必要的资金，在父亲100岁生日的时候让他复活。

这是个晴朗有风的白天。但在前一天夜里下了一阵猛烈的雷雨，这几天一直笼罩在海岸上的闷热雾气散去了。凉爽的西北风在海面上吹起波涛，也拨弄着橄榄树上闪着银光的叶子。在道路两侧，夹竹桃向我们殷勤地点着头。

女人们已经连续几天在准备食物，她们又是煮，又是煎，又是烤。男人们带来了葡萄酒和烈酒，并把它们冰镇起来。保鲜袋里面装满了水果、番茄和黄瓜，玻璃罐和调料盒里面装着胡椒、洋葱、大蒜、鼠尾草、迷迭香、牛至和罗勒，还有腌好的羊奶酪、上好的橄榄油和刚烤好的面包。我们吵吵嚷嚷了好久，才把东西都放好，现在后备箱看起来就像是盛宴的百宝箱，闻起来如同草药园。之后，六辆车组成的车队出发了。尼克斯在前面引领，迪米特里奥斯居中，我殿后。卡祖拉尼斯家族的三代人带着愉悦和期待踏上旅程，我心中却有一点点不安。

不管怎么说，内罗曼提翁公司从生物化学的角度来说掌控了局势。喝了一杯我自己挑的迎宾酒之后，我开始傻笑起来，带着一点忧伤，怀念着过去的时光，尽管我当时觉得那些日子简直难以忍受。

我们被带到了"福地14号"，那是一座大概6米乘14米大的亭子，三侧敞开，一侧有封闭的阳台。亭子里摆着桌子和椅子，四周围着很密的栅栏，还有一间宽敞的盥洗室，配有马桶，以及一间小小的医务室。地下通道连着诊所的核心设施。此外还有一间装饰奢华的厨房，配着炊具、餐具、一台冰箱、一台微波炉、一个橱柜和一台洗碗机。女人们马上就开始布置宴会桌，男人们去小吧台旁边，一杯又一杯地喝起了乌佐酒。隐藏着的喇叭奏起了舒缓的音乐。不知哪里有一只夜莺在啼鸣——我猜，那也是只晶体管模拟出来的夜莺。“与复苏之人的相会”本应在中午就开始，但因为昨晚沿海地区下了暴风雨，技术人员担心空气中可能会有电磁干扰，因此复制过程直到早晨才开始。他们和我们说，复制会花上一段时间。我和巴斯托斯还有品达尔一起朝着技术中心走去，他们是迪米特里奥斯的孙子。一路上，我们见到了许多老年人，大多数都坐着轮椅，还有护理人员陪同。一些人看起来已经相当老迈了。

“他们可能是复制品。”品达尔敬畏地小声说道。

“复苏之人。”巴斯托斯纠正他。

技术中心的大厅散发出一种精美绝伦、富丽堂皇的气息，但也像地下墓穴一样阴冷。接待处的人询问一般地扬起眉毛。

“克里斯托斯·卡祖拉尼斯。”我说。

他拿起一只麦克风，用准确得有些做作的声音说：“卡——祖——拉——尼——斯，克——里——斯——托——斯。”他的电脑终端旁边的屏幕上显示出几行字：

卡祖拉尼斯，克里斯托斯

1953 年 8 月 18 日—2034 年 10 月 23 日

记录于

2034 年 6 月 2 日

与此同时，在屏幕的左下方，一块绿色的区域中闪着一行字：

我深深地吸了一口气。“是时候了。”我说，“我们得回去了。”

不知从哪里传来一阵柔和的铃声，一支圆柱形的容器出现在一个圆形的开口处。工作人员把它拿出来，隔着柜台递给了我。它摸上去又硬又凉。我马上把它递给了巴斯托斯。他看起来很内行地用手掂量了一下，说：“像颗手榴弹。”他刚刚服完兵役回来。

“这就是太爷爷？”品达尔问。

我打量着圆柱边缘刻着的字，点了点头。

突然，我们三个人都笑了起来。工作人员恼怒地看着我们，责备般地摇了摇头。他把圆柱重新推进开口，在电脑终端上输入了一串代码。

我们其实根本就不必慌张。我们又等了半个小时，然后——就像很久之前那样——我们还没看到他的人，就先听到了他的声音。

“嘿！这些可笑的破衣服是怎么回事？”他愤怒地叫嚷着，“我在蹲监狱吗？我今天早上过来的时候，还穿着一件上好的英格兰布料做成的西装，值 300 欧元[1]呢！我是不是掉贼窝里了？还有这个蠢轮椅是怎么回事？我没病！但我得承认，我确实感觉不舒服。阿波斯托洛斯，你在哪儿？这都是哪儿来的庸医？我只是要做个记录而已。卡米纳斯博士呢？我刚才还和卡米纳斯博士说话来的！我和他说……”

当医务室的门打开时，他愣住了。他看到了我们布置好的一桌盛宴，也看到了我们。他身边陪着一位护士和一位医生。

1. 此处在初版中为“20 000 德拉克马”。

我的第一个想法是：他们就连父亲的小胡子都复制出来了。

“这些人是谁？”他紧紧抓着推轮椅的护士的胳膊，问道，“这是葬礼吗？”之后他看到了欧律狄克的女儿阿德里安娜。父亲的脸焕发出光彩。

“欧律狄克！”他张开双臂。

“欧律狄克？”莱昂多斯不耐烦地说，“那是阿德里安娜，老爷爷。这才是欧律狄克。你……”这时欧律狄克的小儿子小克里斯托斯哭了起来，莱昂多斯不说话了。

“我们齐聚一堂，”迪米特里奥斯用一种喜庆的语气说道，“庆祝你的100岁生日。过来和我们坐在一起吧！这是专门给你留的上座。”

“我……”克里斯托斯呻吟着说，“我已经死了？”他的脸上浮现起既惊愕又恐惧的神情。

“我们让你复活了。”尼克斯说，“虽然花了不少钱，但是为了你，花上再多的钱也值得。过来和我们坐在一起吧！我们要庆祝一下。”

克里斯托斯的目光扫过我们的脸，如同盲人在用手摸索。“上帝啊，你们都这么老了！”他说。他看到我，笑了。

“是你吗，阿波斯托洛斯，我的儿子？你吃得太多了，每天还一直坐着不动。你又胖了。你还在给杂志写恐怖小说吗？”

“很少写了，”我说，“现在很少有人读恐怖小说了。”

“我感觉，似乎就在今天，我们两个人第一次到这里来。”

“对你来说是今天，对我来说是20年之前了。”

“真的能做到？”他问道，“我是什么时候……什么时候死的？”

“就在来这里之后不久，在秋天，10月份，那是个美丽的秋天……”我说不下去了，强忍着眼泪。

“你也胖了，爱丽娜。尼克斯也是，我们的精英人物尼克斯，都秃顶了！我和你说过多少次了，我的孩子，不要想那么多。你一定是亚历克山德罗斯，还是和从前一样又懒又胖。我敢打赌，你也和尼克斯一样当老师了，对吧？迪米特里奥斯！把我介绍给你的孙子们。你多大了？”

“74 了。”

“那你很快就比我还要老了。”

“抱歉，你今天都 100 岁了。”他笑了，但目光却暗淡下去。

“是啊，我忘了。”

“他什么都能吃，什么都能喝吗？”我轻声向医生询问。那个年轻人看着我，半是觉得好笑，半是觉得惊讶。

“当然了。”他笑着说。他是那种运动型的人，这种人生活的全部似乎就是把每一克过剩的脂肪都转化为过剩的肌肉。看他们吃的东西，就好像他们正在进行一种狂热的修行，自从中世纪的苦修者之后，人们就再也没见过这样的人了。为了保持下颌肌肉的健美造型，他正有力地咀嚼着三倍量的口香糖，他的口气也因此带着一种令人作呕的胡椒薄荷味。

“我不是想要破坏你们的喜庆气氛。”他说，“但您最好清楚一点，这里的那位……”他用拇指朝着克里斯托斯随便地比画了一下，“并不是病人，只是一个只能存活很短时间的复制品。”

“谢谢您的提醒。”我和他保证我清楚这些。

“因为暴风雨，技术人员在今天晚上遇上了点麻烦。也许记录本身不是完美无瑕的。不管怎么说……”他又用拇指指了指父亲，“那是个很糟糕的复制品。”

“对不起，那可是我父亲。”

运动员带着一种不快的神态打量了我一下。“这正是我刚才一直想要让您弄清楚的一点：那不是您的父亲。您的父亲死了。那是一个复制品，根据一个曾经活着的人留下的记录，用电子合成技术合成的原生质体。”

“我明白，我……”

“您没明白。您可以这么想，要录一场音乐会的话，就算是用精度最高的高保真录制，回放的时候也总会缺一些泛音。”

他把眼镜举到阳光下检查着。我看到，他的眼镜相当厚。这个运动员在照顾别人情绪方面如同鼹鼠，而且视力也和鼹鼠一样差。

“从医学的角度说，”他毫无同情心地继续说着，“这意味着，一些激素和酶没有被精确地复制，可能会在体内产生灾难性的生化反应。”

他开始用力擦他的眼镜。“短时间的话，可以用药物来控制，但是我们的控制能力是有限的。在这种情况下，其平均寿命——严格地从科学角度来讲的话，寿命这个词用在这里没有意义——特别的……”他停下来，把眼镜在鼻梁上架好，看着我的脸，“还是那句话，我不想破坏你们的庆典。”

“这根输液管是怎么回事？”我问，“能不能把它取下来？”

他坚决地摇摇头。“我们需要直接的医学干预，必须要用静脉注射。如果出现毒性症状，我们必须迅速介入。你们肯定也不想白花这笔钱的。”他干巴巴地笑了笑，“我们的监测仪会持续监控他的状况。波利克西妮护士会陪着他，照顾他。一旦出现任何严重问题，她就会叫我。我会随时准备医疗干预。”他轻轻地拍了拍我的胳膊。“您不要担心，您毕竟是在内罗曼提翁，一家有着悠久历史的公司。”他看了看表，“那个卡米纳斯博士，就是他想见的那人，两年前就不在这儿了。他吃了过量的苯环己哌啶[1]，自杀了。在此之前，他销毁了自己本人的记录。”他耸了耸肩，离开了。

1. 一种致幻剂、毒品，又称天使粉。

波利克西妮护士是个淳朴乐天的人。她不偏不倚、富有魅力、做事高效，知道怎么去化解拘谨、活跃气氛。甚至当寿星去摸她的胸的时候，她也能一笑而过，还会主动和他调情。宴会十分丰盛，饮品应有尽有。克里斯托斯享用着他最喜欢的菜肴，无所顾忌地玩他的恶作剧，和他的女儿吵吵闹闹，就像从前那样。然而，大概两个小时之后，他的“泛音”给他带来了第一次麻烦。一次窒息的发作让他喘不过气来，但波利克西妮护士沉着自信地悄悄给他打了一针静脉注射剂，化解了危机。

此后，情况变得越来越糟。但就像这一类宴会通常的那样，寿星逐渐不再是宴会的焦点，远房亲戚们开始拉家常，堂兄开始对堂妹产生兴趣，拉着她偷偷溜了出去。录放机播放着嘈杂刺耳的音乐，孩子们的声音甚至更响。在吧台四周围了一圈喝醉的人，他们大着舌头，努力地试图把话说清楚。

傍晚时分，克里斯托斯的情况一定已经恶化得很厉害了，因为医生露面了，还和护士低声交谈起来。他们一起把父亲的轮椅推进医务室。

“我们让他恢复一下精神。”波利克西妮用轻松的语调解释道。我注意到，克里斯托斯把自己弄得全身都湿透了，呆滞的双眼直勾勾地看着前方。大部分人压根就没注意到他的离开。我看到，欧律狄克在偷偷哭泣。

半小时后，他们把父亲推回来了。他们给父亲换上了一套新的衣服，他看起来似乎更精神了，但这明显是大剂量药物作用下的结果，因为他连清晰地发声都很费力了。“我又活过来了。”他一遍一遍地重复这句话，泪水从他的脸颊上流淌下来。

“只要你高兴，什么都值得。”迪米特里奥斯口齿不清地向父亲保证，双手环抱着父亲的肩膀，脸紧紧地贴着父亲的面颊。他们看起来就像一对双胞胎，都留着查理·卓别林式的小胡子，就好像粘在上嘴唇的上方一样。眼前的情景太荒诞了，让我非常惊恐。我呆呆地凝视着这出令人毛骨悚然的闹剧，因此也率先注意到了父亲的鼻子中喷出血来。

“快做点什么！”我冲着护士大喊，把迪米特里奥斯从父亲的怀抱中拉出来。他不悦地咕哝着。我把他扶到另外一张椅子上，他低下头，趴在桌上。

护士又给父亲打了一针。我从她慌乱的动作中看出，她现在也很紧张。欧律狄克站在旁边看着我们，眼睛瞪得老大，显得很惊恐。

“注意点，让孩子们离开！趁着现在还能说再见，快和父亲告别！你们最好先开车回家去。”

后来医生也来了。“糟糕的复制品。”他检查克里斯托斯的时候咕哝着说，“你们应该找领导说说这事，这次应该减价，内罗曼提翁在这方面还是很通融的。”

“别说了！”我大吼。他耸了耸肩。我盯着父亲毫无血色的脸庞。他的脸看上去似乎正在垮下去。鲜血从鼻子和嘴里喷涌而出。因为药物的效果和令人麻木的疼痛，父亲灰色的双眼失去了神采。我把手放在他的脸颊上，脸颊冰冷。他感觉不到我的抚摸。我走到厕所，把自己锁在里面，大哭起来。在另外一间厕所里，有人在呕吐。“噢，上帝啊！”我听见了尼克斯哭泣的声音。“噢，上帝！”

尼克拉基斯，这个词居然能从你嘴里说出来？但这话我并没有说出口来。

我洗了把脸，又回去了。医生还在围着父亲忙碌。克里斯托斯的鼻子上扎着一个针头，嘴上罩着氧气面罩，随着心肺复苏机的搏动，他的身体也一下下地抽搐着。

还有一小时，天就要黑了。

女人和孩子们已经先走了，我很欣慰，因为之后的场面惨不忍睹。父亲的肉体已经衰朽，医生们只是在努力地抢救一具残破的躯壳。父亲的第一次死亡是多么温和，多么平静，多么有尊严啊。

我留在他身边，直到最后的苦痛时刻。

我感到一种不真实的感觉。我周围越是暗下去，我的心中却越是明亮起来。“父亲。”我说，“父亲。”我为这个可怜造物的灵魂祈祷——人们用电子技术制造了一团有着克里斯托斯的外表的仿生原生质体，然后把这灵魂给封进里头，一个正在一点一点地脱离那具衰朽无力肉体的灵魂。

随后，他们把他搬走了。

一阵胡椒薄荷的味道向我飘来。“我需要您的签字才能火化遗体。”医生说，“复制品当然是您的财产，但是，直到付清全款之前，复制品都属于内罗曼提翁公司——法律上来说是这样的。”

他用那双鼹鼠一般的眼睛毫无心机地看着我。他不知道怎么说得更委婉了。他浅绿色的手术服上溅满了小血点。就是他给了父亲最后的解脱吗？如同刽子手那样？

“姓名？”接待处的员工问我。

“克里斯托斯·卡祖拉尼斯。”

“卡——祖——拉——尼——斯，克——里——斯——托——斯。”他对着电脑重复道。屏幕上闪现出父亲的名字。

复制品数目为零

这行字在屏幕的左下角闪了一下。

之后屏幕上的字就改变了：

复制品已被销毁

记录可供再次复制

员工按下了一个按键。闪烁的字迹消失了。

巴斯托斯在等我。

我感觉嘴里又苦又干。

“还有什么能喝的吗？”我问道。

“行李箱里应该还有一瓶乌佐酒。”

他把酒递给我。

又辣又甜的味道让我清醒过来，就像刀片在划着我的上颚。行李箱里面还放着生日礼物，悉心包装过，还扎着蝴蝶结。克里斯托斯甚至都没有机会打开它们。

“你了解古代内罗曼提翁的故事吗？”我问巴斯托斯。

“不了解。”

“我给你讲讲吧。”

“我听说，那是个骗局。”

“是的，但是只骗活着的人。死者仍然安详地躺在那里。”

后来我一定是在电动马达发出的嗡嗡声中睡着了。

“我们这是往哪儿开？”我突然从睡梦中惊醒。

“一直朝前。”巴斯托斯果断地回答道。

就如同时间的流逝。

“那就很好，”我说，“很好。”

夜晚的空气温暖柔和，空气中弥漫着焚烧橄榄木的香味。右边是大海，仿佛镶了一层白边；左边是稻田，在星光下似乎微微发着光。从前，阿切鲁西亚湖[1]曾经蔓延到这里，那是来自冥府的黑水。

山那边，月亮正在升起。

1984年6月，于萨拉基里基[2]

（赵佳铭　译）

1. 古希腊湖泊名称，被认为是冥府的湖泊。

2. 此处原文萨拉基里基（Sarakiriki），查无此地，疑为作者对莎拉基尼可（Sarakiniko，希腊米诺斯岛旅游海滩）的误拼。

高墙的意义

德国的统一对大多数东德人造成了巨大的冲击。突然间，在经历了 40 多年的物资紧缺以及行动、言论和写作限制之后，他们有了随意旅行的自由、畅所欲言的自由，以及不受审查地进行文学创作的自由。但是另一方面，他们也有了失业的自由、买不起身边无处不在的商品的自由，以及无话可说无事可写的自由。

在德国，“柏林墙”就是冷战铁幕的标志，铁幕背后的人们得到了保护，不至于遭受极端的匮乏。这一点也适用于科幻小说作家。在东德，每年大约有十几本科幻小说新书出版，但印数往往能以十几万计，并且经常得到重印。重印收入外加低廉的生活成本意味着一位作家每三年出版一本书就能生存下去。1990 年德国统一后，这一切都改变了：现在东德科幻作家们必须在一个挤满了美国译本和佩里·罗丹的市场上参与竞争，而德国本土科幻的印刷和销售也受到了限制。作家兼编辑埃里克·西蒙（Erik Simon）写道：“1990 年以来，几乎所有的东德科幻作家都沉默了。”西蒙认为最大的问题可能在于东德没有专业的科幻杂志。虽然 1990 年创刊的东德杂志《外星人接触》(*Alien Contact*)在恢复到半专业的地位后，前途更光明了一些。

不过，东德作家的困难并不能全都怪罪于市场。东德的生活节奏比较慢，作家和读者之间的相互理解更充分（他们享有“同一套坐标系”）。统一意味着东德居民陷入了“普遍的迷茫”。东德的编辑们经常抽时间与作家们一起工作，而负担过重的西德编辑们却没有这样的时间。甚至就连审查制度的缺位也为东德作家们带来了麻烦。在审查制度的锻炼下，东德的读者学会了从字里行间读出可能从审查员眼前蒙混过去的微小政治暗示，如此小心翼翼的阅读态度意味着他们对于任何文本都阅读得更加深入细致。

埃里克·西蒙于 1950 年出生于德累斯顿，在德累斯顿工业大学获得物理学学位，专攻低温物理学。他在 1970 年创作了第一篇科幻小说，1974 年当上了东德新柏林出版社（Das Neue Berlin）的科幻编辑。他只写过短篇小说，并且出版了三部作品集，分别是与莱因哈特·海因里希[1]合著的《第一次时间旅行》(*Die ersten Zeitreisen*，1977)、《异星》(*Fremde Sterne*，1979）和《月球幻影，地球访客》(*Mondphantome, Erdbesucher*，1985)。这些作品已被翻译成保加利亚语、捷克语、波兰语和瑞典语。他的短篇小说还被翻译成了匈牙利语、俄语、斯洛伐克语、乌克兰语和西班牙语。此外，西蒙也曾参与编辑了 20 部科幻文集与 1 部东德科幻百科全书。

1991 年，西蒙丢了工作，因为竞争乏力的出版社不再出版科幻作品了。1993 年，这家出版社彻底关门。西蒙从来都不是一个多产的作家，如今他的工作是翻译，尤其是翻译美国科幻作品，另外他每年也会创作一两部短篇科幻小说。他的一部短篇获得了科德·拉

1. 东德科幻作家，埃里克·西蒙的长期合作伙伴。

斯威兹奖，另一部获得了二等奖。

《伊卡洛斯行星要闻》（“Wissenwertes über den Planeten Ikaros”）写于 1971 年，但是对于现在的西蒙来说，它的意义要比当时更为深远。这部作品诞生的前提——他当时还没有意识到（“审查员和评论家们也没有意识到”）——“在于东德民众遭到禁锢的特殊生存状态”。当时没有人知道，这部作品当中描述的空心星球的形象不仅意味着封闭的处境，而且“也意味着许多东德人（至少是 1965 年以前出生的许多东德人）如今在他们熟悉的小而安全的监狱崩溃后的感受。他们发现自己落入一个充满敌意的宇宙，置身于始料不及、至今也仍然无法适应的环境之中”。

（万年看客　译）

伊卡洛斯行星要闻

［德国］埃里克·西蒙

伊卡洛斯（2）——密近双星[1]奥恩星[2]（详见参考文献）的唯一一颗行星。公转轨道接近正圆，轨道半长轴[3]22 亿 380 万千米，公转周期 15 010 地球日。行星自转已被潮汐锁定[4]。行星赤道半径 5 800 千米。质量为 0.32 个地球质量。于新纪元 893 年在第 32 次星际探测（详见参考文献）中被发现。

行星学资料：一、基本可分为三层：1. 大气层，成分包括惰性气体（氩、氪、氡）、烃类、痕量的二氧化碳、氮气和氧气。大气非常稀薄，在 200 千米高处已无法检出。2. 岩石外层，厚度大约 1 000 千米，主要元素包括：碳、氧、铝、硅、铁、钴、银、铅和放射性重元素（主要是长半衰期元素）。3. 行星内核。其特点是密度极低。成分未知。可能中空（？）。其天体演化学形成过程不明。由于第一点，该星球没有生命迹象。

---

1. 天文学术语，指的是相距紧密以至于可以发生物质交换的双星系统。
2. 作者虚构的恒星。
3. 数学术语，指椭圆长轴的一半。
4. 天文学术语，发生在两个质量相差较大的天体间，指的是小天体的自转周期会因为引力作用逐渐等于其围绕大天体运行的公转周期，从而永远以一侧对着大天体的现象，如月球永远以一侧朝着地球。

我是第 47 次星际探测的队员。当我们从参宿四返回的途中抵达奥恩星并想要解开伊卡洛斯的谜团时，我觉得我没有任何工作要做，因为我是历史学家和考古学家，完全不懂行星学和天体演化学。但我错了。

一开始，我们在预先算好的位置上没有找到这颗行星。但如果第 32 次星际探测的队员们对它轨道的测算是准确的——这一点毋庸置疑——这颗行星就一定在那里，否则天体力学定律就有问题了。当我们继续接近双星时，我们终于发现了伊卡洛斯——它残存的遗骸：一群大大小小的小行星和陨石。

我想说得简短一些，客观准确地报告我们发现的事情。我认为报告不应该写得戏剧化。歌谣和悲剧就留给别人写吧——我写不出来，也不会这么写的。

我们研究了一下那些碎块。第 32 次星际探测认为这颗行星上没有生命。这是错的，只是星球的表面没有生命而已。

伊卡洛斯是个空心星球，就像一个巨大的肥皂泡，岩石外壳只有 600 千米厚——和其中包裹的直径为 10 400 千米的空腔相比微不足道。空腔中充满了高度压缩的气体：氮气、氧气、二氧化碳和重稀有气体[1]。很明显，内部气体的高压有助于使相对来说很薄的岩石外壳维持稳固。

在这个空腔内，在对我们的肉眼来说无法望穿的黑暗并且几乎完全失重的环境中，生活着伊卡人——有智慧的，这颗星球的主人。众所周知，一个空心球对于身处其中的所有任何物体都没有引力，因为吸引力的总和恰好为零。然而伊卡人的生活区域还是被限制在了岩石壳附近，因为他们如同星球上的所有动物一样以植物为生，

1. 自然界中除氦气之外的其他五种稀有气体元素氖、氩、氪、氙、氡的统称。

而植物从岩石壳产生的放射线中获取能量。此外，向空心球的内部深入时，气压还会继续上升。

伊卡洛斯星球的居民有着梨形的身躯，身长可达 5 米，在较尖的一端有一个嘴状的开口，还有一些重要的感觉器官，我们只了解其中的两个。伊卡人有四只眼睛，它们可以看到光谱中的红外区。在它们的“头部”内——也就是说在身体较尖的一端内——有一个器官，可以接收到长波电磁波。此外我们还知道，它们能感知伽马射线，但是我们不知道相应的感觉器官在哪。在“头部”周围分布着四对长达 2 米的触须，末端分叉，因此很适合作为夹持器官。在身体的另外一端有四条更长、更有力、分得更开的触须，伊卡人借此在大气中划行。

很可惜，我们对伊卡人的文化和历史几乎一无所知。即使我们能见到它们，我们也几乎不可能理解它们。它们的科学发展十分片面。它们在星球内部的地形测量学、数学的一些分支、矿物学、植物学、遗传学，可能还有一些其他的科学领域上有着相当丰富的知识。相反，像天文学和（少数分支除外的）物理学这样的科学领域上，它们一无所知。

这样的文明和我们的文明截然不同。它们既不知道火，也不知道轮子。我们人类生活在重力环境下，以日和年计算时间，伊卡人一定发展出了和人类完全不同的时间与空间概念。

伊卡人的技术非常原始，但它们在培育特种植物方面取得了不可思议的成就，那种植物可以最大化地利用那里稀少的能源。可用能源短缺和因此带来的食品短缺是伊卡文明发展的最大障碍。在很久很久以前，它们就已经为了消除食物的竞争者而灭绝了所有大型动物，还铲除了所有它们不能食用的植物。之后，它们在岩石壳内部稀少而分散的强辐射区域种上了这种高产植物。上千年来，一个严密的全球性组织管理着食物，可能还管理着伊卡人的繁衍。这个组织确保每一位伊卡人恰好得到生活必需的食物。我们不知道这种单性生物的繁殖方式，但无论如何都有一种机制——生物学上的或者社会学上的——控制着人口数量恒定不变。这种组织方式也许是来自天性。毕竟，伊卡人之间从来都没有发生过战争。

关于伊卡人的文明，我们能确定的知识就这么多。我们知道，即便这颗星球用上了所有的节约措施，也最多只能为一两百万散居在整个星球内表面的伊卡人提供食物，这也正是上千年来的人口数量。这个文明在与致命饥饿的持久斗争中剩下来的微薄力量，都被伊卡人持续不断地投入到一个项目之中，持续了至少两千年。这个项目明显意义重大，但我们还不清楚它是什么。

至于伊卡洛斯行星毁灭的原因，我们也只能去猜测。这样一颗行星几乎不可能形成，那么一次相对轻微的撞击就可以打破平衡状态，摧毁这颗行星。公认的理论是有一颗小行星或者来自星际空间的天体撞上了伊卡洛斯，击穿了岩石外壳，行星内部的大气由于高压泄漏到宇宙空间中。撞击产生的震动以及更为重要的——起到保护作用的内部大气消失了，导致行星在自身重力之下坍塌。

可我还知道另外一种解释，不涉及撞击——我真希望我从来没想到过这种解释!

上千年来，伊卡人一直为那个令人困惑的项目劳作。它们虽然没什么可以用的技术，但却竭尽全力。这个项目让我难以释怀。

也许它们和我们的区别没有那么大……如果我们生活在一个空心球中——上千年来——甚至可能上百万年来——一直生活在一个我们的祖先已经探索过每一个角落的空心球中，再如果我们中的某个人有了和一切经验都相矛盾的想法，认为我们生活的世界可能不是整个宇宙，岩石壳可能有尽头，在后面还有其他的东西存在——

那我们会做什么？

但可能一切都不是这样，可能我的想法是错误的。另外，尽管任何事都无法改变已经发生的事实——为什么我还如此希望我的想法是错的呢？

（赵佳铭　译）